講談社文庫

新装版
カディスの赤い星(上)

逢坂 剛

講談社

目次

《登場人物》

漆田《うるしだ》　亮《りよう》	漆田ＰＲ事務所所長
大倉幸祐	同事務所所員
石橋純子	同事務所所員
那智理沙代	広告会社萬広ＰＲ局　ＰＲウーマン
河出弘継	日野楽器　広報担当常務
新井進一郎	日野楽器　広報室長
槙村真紀子	全日本消費者同盟　書記長
槙村　優	その息子
大野顕介	太陽楽器　取締役宣伝部長
坂上太郎	関西のギタリスト
津川　陽	ギタリスト　通称パコ
清水宏紀	ギタリスト　通称マノロ
高井修三	ギタリスト　通称サントス
佐伯浩太郎	ギタリスト　通称アントニオ
オイワケ	フラメンコの歌い手
ラモス	スペインのギター製作家
フローラ	ラモスの孫娘
サンチェス	治安警備隊の少佐
セレスティノ	その部下
フェルナンド	同
ビクトル	同
ロドリゲス	秘密警察ＢＰＳの刑事
ロコ	右翼団体ＪＥＤＲＡの攻撃隊長
マタリフェ	その部下
アンヘル	左翼過激派ＦＲＡＰの闘士

カディスの赤い星　(上)

プロローグ　一九八六年六月

その朝、わたしは社長室のデスクにすわり、ディクタホンのマイクに向かっていた。

「ご承知のようにこの五月には、イベリア・スペイン航空のわが国への直行便乗り入れが、実現いたしました。これによって、スペインと日本は近い将来、実際の距離を忘れさせる親密な関係を、築くことになりましょう」

「今年初めEC加盟を果たし、三月には国民投票によってNATO残留を決めたスペインは、ヨーロッパへの同化を着々と進めております。今回の総選挙においても、フエリペ・ゴンサレス首相の率いる社会労働党が順当な勝利を収め、国民が安定した左翼政権に合意を与えたことが、確認されています」

「また今年一九八六年は、スペイン内戦が勃発してから、ちょうど五十年めに当たります。わが国でも、すでにそれに関連する雑誌の特集や、研究書の発刊が出版界を賑《にぎ》わしております。すなわち現代史の分野からも、今スペインに対して熱い視線が向けられているわけであります」

「さらに六年後の一九九二年には、コロンブスのアメリカ大陸発見五百周年を迎えるほか、それを記念してバルセロナにオリンピックを、またセビリャに万国博覧会を誘致する動きが、強まっております」

「このようにスペインは、間違いなく今後数年にわたって、世界の注目を浴びることになるでしょう。その機を捉え、さまざまな角度からスペインをテーマにしたPRキャンペーンを推進展開し、長期的な観点から御社のイメージアップを図ることは、国内市場はもちろん国際戦略上も、大いに利益をもたらすものと確信いたします。以上」

「ここまでの分を、日野《ひの》楽器のPRキャンペーンの企画書の最後に、付け加えるように手配すること」

ボタンをオフにして、マイクを置く。

日野楽器は社の最も古い得意先の一つで、わたしたちは今スペインにからんだPRキャンペーンの企画を、提案しようとしている最中だった。

ソファに移り、積み上げたスペインの週刊誌を手に取る。企画立案の資料として、ここ半年ほどのバックナンバーを、倉庫から出して来たのだ。あまり読む時間がなく、だいぶ見落とした記事がある。

わたしはその中から、面白そうな記事を拾い読みした。

コロンブスの子孫で、現役の海軍中将のクリストバル・コロンが、過激派のＥＴＡに暗殺された話。

現職のマドリード市長で、法学博士のティエルノ・ガルバンが、病死した話。ガルバンは、ＰＳＯＥ（社会労働党）の名誉議長であり、左翼の象徴的存在だった。

フランコ総統死後十周年の、記念特集。これは「フランコの歴史的審判」と題して、昨年秋数週間にわたって連載されたものだった。

その記事を流し読みしているうちに、ある箇所が偶然のように目を射た。一瞬背筋に電気が走り、動悸が速くなる。十年と少し前のことが、突然脳裡《のうり》によみがえってきた。

特集記事の中に、フランコ総統の死に関するくだりがあり、そこに予想もしない事実が暴露《ばくろ》されていた。

わたしは急いで、その前後に目を通した。

記事の要旨はこうだ。

一九七五年に死んだフランコの死亡日時は、実際の死よりも一日遅い日付で発表された。それはフランコの命日を、ホセ・アントニオ・プリモ・デ・リベラの命日と同じにするための、政府の操作によるのだという。

ホセ・アントニオは、一九三三年に政治結社『ファランヘ党』を創立した、有名なファシストのリーダーだ。ファシストでありながら、左翼の一部からもてはやされるという不思議な魅力の持ち主で、一種のカリスマ的な存在であった。しかし彼は、内戦が勃発した一九三六年、ときの共和国政府から反乱の指導者の一人とみなされ、銃殺刑に処された。わずかに三十三歳という若さである。

フランコは内戦で勝利を収めたのち、彼の英雄的な死と名声を自分の権勢に利用するため、国中の都市の主要な広場や目抜き通りに『ホセ・アントニオ』の名前をつけた。そのおかげで、ホセ・アントニオの名はますます神格化され、ついに伝説的人物になる。

問題の記事によれば、フランコは実際のところ一九七五年の、ホセ・アントニオの命日の一日前に死んだ。しかし命日を彼と一致させることによって、フランコの死を同じように神秘化し、伝説化しようと考えた当時の閣僚が、死亡日時を一日遅らせて発表したというのである。

わたしは腕を組み、窓の外を眺めた。梅雨空《つゆぞら》に、重い雲が垂れ込めている。雨はやみそうにもなかった。

五年ほど前、事務所を会社組織にして、この新しいビルに移転した。オフィスはだいぶ広くなり、社員の数もふえた。十年前には考えられなかったことだ。

いつの間にか、手が汗ばんでいる。

もしこの週刊誌が伝えるとおり、フランコが一日早く死んでいたとしたらどうだろう。もちろんそれによって、スペインの歴史が変わるわけではない。しかしわたしにとってそのからくりは、いささか意味のあることだった。

インタホンのブザーが鳴る。

現実に引きもどされた。デスクへもどる。

「なんだね」

「専務がお部屋にうかがいたいとおっしゃっておられますが、よろしいでしょうか」

秘書の事務的な声が流れて来た。

「いいよ。コーヒーを二つ入れて、ついでにディクタホンを持って行ってほしい。日野楽器の企画書の続きだ。すぐに専務を通してくれたまえ」

窓際へ行き、隣のビルの屋上を見下ろす。コンクリートに雨が躍《おど》っていた。

ガラスに映った自分の顔を見る。

あれから十年——いや、そろそろ十一年になるのだ。十一年前、一九七五年の夏にそれは始まった。そしてその秋、わたしは一度死んだのだった。

ドアにノックの音が響く。わたしは向き直った。

「どうぞ」

第一章　一九七五年　夏の嵐

1

新井のがらがら声は、いつになく緊張していた。

「ちょっと面倒なことになったんだ。すぐに来てくれないか」

新井が、冗談を言わずに用件を切り出すのは、めったにないことだ。

「どうしたんですか、いったい」

「たった今、全日本消費者同盟の書記長と称する女性から、電話があってね。槙村《まきむら》と名乗っていたが、心当たりはないか」

「名前を聞いたことはあります」

「その槙村書記長とやらが、午後一番で河出常務のところへ来る。用件は、日野楽器のギターについて、一般の消費者から欠陥楽器の訴えがあったので、見解を聞きたいというんだ」

「欠陥楽器。ギターが爆発した、とでもいうんですか」

「うちのギターは、ニトログリセリンを使わずに、作っているんだがね。知らなかったのか」

新井はそっけなく応じた。相当機嫌が悪い。

「すると、どんな欠陥ですか」

「それがあちらさんは、詳《くわ》しいことは電話では言えないと、そう言うんだ。仕方がないから、こっちへ来てもらうことにした。おれは、全日本消費者同盟なる団体のことはよく知らんし、槙村書記長のブラジャーのサイズも知らん。だから、きみの知恵を借りたいんだ。そのために、月づきのフィーを払ってることは、もちろん承知しているだろうね」

わたしは承知していると答え、できるだけ早く行くと約束して、電話を切った。

新井には、好きなときにわたしを呼びつける権利があると考えるだけの、正当な理由がある。わたしは、所員が二人しかいないＰＲ事務所の所長で、新井はわが事務所最大の得意先、日野楽器の広報室長だった。

わたしの事務所は、四谷本塩町《ほんしおちょう》のビラ・コンチネンタルという、シティ・マンションの五階にある。父親が遺した千葉県船橋市の山林を売り、二年前に二部屋ぶち抜きで購入した、住居兼用の事務所だった。

わたしが秘書と呼び、自分では雑用係と称している石橋純子が、お茶を入れてくれた。

純子は、わたしが新聞で秘書を募集したとき、ただ一人誤字脱字のない履歴書を携《たずさ》えて来た娘だ。すでに二十五を過ぎており、お世辞にも美人とは言えないが、愛嬌があってよく気が回る。頭の回転も早い。ひどい汗かきで、夏場はいつもブラウスの背中を、円く濡《ぬ》らしている。

「新井さん、ご機嫌悪かったでしょう」

純子はくりくりと目を動かしながら言った。

「うん。しゃべりながら電話をかじっていたよ。ええと、消費者団体のファイルの中から、全日本消費者同盟というのを探してくれないか」

純子がそれを探している間に、わたしは厚生省の記者クラブへ電話をして、知り合いの記者をつかまえようとした。つかまるわけがなかった。朝の十時半に、クラブに出て来るような真面目な記者は、ＰＲマンと友だちになったりしない。

ここにあるPRの仕事に必要なデータは、ほとんどすべて純子が作成し、まとめ上げたものだ。新聞社の各部長、週刊誌の編集長のリスト。それぞれの現場記者のリスト。テレビのショー番組のディレクター、プロデューサーのリストもある。

そうした資料の中には、もちろん主要な消費者団体、婦人団体のリストも含まれている。わたしは、純子が出してくれた全日本消費者同盟のファイルにざっと目を通し、簡単にメモを取った。槙村書記長のプロファイルも、かなり詳しく書き込んである。新聞や雑誌の記事から、純子が抜粋して作成した貴重なデータだ。

純子に留守を頼み、事務所を出た。

日野楽器は、業界でも五本の指にはいる大手メーカーで、京橋の一角に六階建ての社屋を構えていた。ここの広報室は、三年ほど前わたしの提案によって、設置された。

まだ、大手のPR会社に在籍していたころだが、ある日日野楽器の常務の河出、と名乗る男がわたしに電話をよこして、企業のPR活動のあり方について話を聞きたい、と言ってきた。河出は、わたしがある専門誌に寄稿した、PR活動に関する雑文を読んで、興味を引かれたのだと言った。

それがきっかけとなって、わたしは日野楽器にPR活動に関するプレゼンテーションを行ない、月額五十万円のPRコンサルテーションの扱いを獲得した。そしてその年のうちに、PR誌やイベントを含めて、年間一千万円を越すPR予算を取るまでの得意先に、育て上げた。

二年前に自分の事務所を開いたとき、わたしは会社と日野楽器双方の了解のもとに、その扱いを持って独立したのだった。

わたしは、大きなテーブルに灰皿が一つしかない会議室で、しばらく待たされた。たばこを一本吸い終わったとき、常務の河出が新井を従えてはいって来た。

河出弘継《ひろつぐ》は五十代半ばの、いつも仕立てのいい服を着た、口数の少ない男だった。必要なとき以外はめったに口をきかないが、黙っていてもその場の雰囲気を支配する、独特の存在感を持っている。

新井進一郎は、河出より一回り若い四十代の半ばで、いつも仕立ての悪い服を着た、口数の多い男だった。骨張った体つきをしていて、いつも髭の剃《そ》りあとを青あおとさせ、顔色が悪い。眉は太いマジックで描いたように濃く、端がぴんと跳ね上がっている。

挨拶をすますと、二人はテーブルを挟《はさ》んでわたしの向かいにすわった。

新井は腕時計を見て、すぐに切り出した。

「それで全日本消費者同盟というのは、どういう団体なのかね」

わたしは形ばかりメモを取り出した。

「全消同は八年前、つまり昭和四十二年に設立されています。ちょうど消費者運動が活発化し始めたころのことですね。設立当初は婦人運動的な色彩が強くて、しかも都区内だけの組織だったんですが、今では狙いを消費者問題一本に絞り込み、地域的にも首都圏全域、栃木から神奈川までカバーするくらい勢力を伸ばしています。全日本というのも、いずれは誇称でなくなるかもしれません」

新井は空咳《からぜき》をした。

「どんな性格の団体なんだ」

「一匹狼というか、他の団体と一切共闘しない点に特徴があります。政党とのつながりも、特に報告されていません。その意味では、孤立した団体のようですね」

新井は眉を動かし、河出の横顔をちらりと見た。河出は表情を変えず、黙ったままだった。

新井はわたしに目をもどした。

「すると、あまり影響力のない団体とみていいのかね」

「いや、そうとも言えません。この二年間に三度ばかり、スタンドプレー的な企業告発で、名前を売っています。例の千代田銀行の闇融資の告発とか、大手スーパーチェーンの価格操作の暴露、いずれも全消同の仕事です」

新井は大きくうなずき、指を鳴らした。

「なるほど、あれが全消同の仕事だったのか。思い出したよ。かなりマスコミの使い方がうまい団体だな、と思った記憶がある」

「そのとおりです。マスコミには独特のネットを持っているようです」

新井はテーブルの表面を爪で叩いた。そのしぐさにいらだちがこもっていた。

「すると全消同は、少数派だがラディカルな団体と考えていいわけだな」

少しの間沈黙が流れた。

やがて河出が、初めて口を開いた。

「それで槙村書記長についてはどうなんだ。何か分かっているのかね」

わたしはメモを見た。

全日本消費者同盟の書記長槙村真紀子は、二年ほど前に今の役職についている。それまではあまり目立つ存在ではなかったが、一連の企業告発運動で突然表舞台に出て、目覚ましい働きをした。その手腕と功績が認められて、書記長の座についたといわれている。

マスコミ、特に通産省や農林省のクラブ詰めの記者に、個人的なシンパを持っているほか、大蔵省や厚生省の記者クラブにも、出入りしている形跡がある。そうした幅広いマスコミのネットが、全消同の強力な武器になっているのだった。

個人的なキャリアについては、あまり詳しい報告がない。ただ、槙村書記長はかつて、全消同会長の矢部恭子が自治会役員をしていた団地に、ときどき雑貨を売りに来る行商人の手伝いをしていた、という話が伝えられている。そんな境遇を矢部会長が見兼ねて、彼女を事務員として全消同に入れたというのである。

もしそれが事実なら、一介の事務員からスタートして書記長へのし上がった彼女は、相当のやり手とみて間違いないだろう。

わたしの報告を聞き終わると、河出は少し考え、それからおもむろに言った。

「全消同は、他の消費者団体からどんな見方をされているのかね」

わたしはメモをたたんだ。

「これは未確認情報ですが、全消同は資金集めのことで、他の団体からときどき集中攻撃を食っているようです」

「資金集めというと」

「企業告発をする一方で、いくつかの企業から協賛金、あるいは研究費といった名目で裏金をもらっている――そんな噂があります。そして、それを積極的に進めているのが、槙村書記長だといわれています。まあ全消同としても、機関紙やプライベート・ブランドの雑貨の売り上げだけでは、賄《まかな》い切れない面があるのかもしれません」

「彼女の、全消同内部での力関係は、どんな具合なんだ」

「全消同には、設立以来の矢部会長、田中副会長という二人の実力者がいます。そこへ槙村書記長が加わって、現在は大きく三つの派閥に分かれているわけです。その中で槙村書記長は、急進派のリーダーとして確固たる地位を、築きつつあります。資金調達能力、マスコミ動員力の点で、会長も副会長も彼女には一目置いています」

河出はしばらく黙っていたが、やがて声の調子を変えずに言った。

「ほかにも何かあるかね」

わたしはたばこに火をつけた。

「これも噂の域を出ませんが、全消同は内部に新左翼の学生運動の支援派がいて、資金カンパに手を貸している、という説があります。過激派のイメージは、消費者運動にとってはマイナスになりますし、そうした面でも他の消費者団体から胡散臭《うさんくさ》い目で見られ、敬遠《けいえん》されているようですね」

新井は腕組みをし、大きく溜め息をついた。

「なんだか厄介な相手に見込まれたようだな。そんな気がしませんか、常務」

「しかし、会わないわけにもいくまい」

河出はそう言うと、わたしの方に乗り出した。

「応対はわたしと新井君でするが、きみにも同席してもらうよ。話の中身を、よく聞いておいてほしい。うちの社員のような顔をしていれば、別に構わんだろう」

それからわたしたちは、早めの昼食をとりに出た。

2

役員応接室へはいって来た女を見たとき、わたしはいささかたじろいだ、といってもいいだろう。

彼女は、自家用のプールとテニスコートを持った金持ちの未亡人にも見えたし、繁《はん》盛《じょう》しているデート倶楽部の経営者にも見えた。しかしどこから見ても、消費者団体の書記長には見えなかった。

槙村真紀子は、花模様のインド更紗《さらさ》のワンピースに組み紐のベルトを緩《ゆる》く締め、薄茶のサングラスをかけていた。それは、レンズの大きな変わった形の眼鏡で、つるに細い金の鎖がついている。

なめし革のような小麦色の肌、つやのある髪にわずかに白いものが交じっているが、胸は高く張り出し、脚の筋肉にたるみはない。年齢は四十五、六といったところか。

河出、新井と順に名刺を交換し、真紀子は最後にわたしに目を向けた。

「漆田《うるしだ》といいます。あいにく名刺を切らしまして」

そう言い訳すると、真紀子はきらりと眼鏡を光らせ、それから無造作に名刺をよこした。わたしたちはソファに腰を下ろした。

向かいにすわった真紀子は、わたしたちの視線を気にする風もなく、高だかと脚を組んだ。それは、運動選手を思わせるような、強靭《きょうじん》な脚だった。白いエナメルのハイヒールをはき、ストッキングはつけていない。

女子社員がジュースを運んで来て去ると、真紀子は背筋を真っ直ぐに伸ばした。

「お忙しいと思いますので、さっそく本題にはいらせていただきます」

切り口上でそう言い、白いメッシュのハンドバッグから、キャビネの写真を三枚取り出した。

「このギターに、お心当たりがありまして」

河出は、それを受け取った。一目見るなり、さっと頬をこわばらせる。新井が脇からのぞき込んだ。

「これは」

新井は思わず声を出した。わたしも、河出の肩の後ろから、写真をのぞいて見た。

その写真は三枚とも、ギターの胴の部分を拡大接写したものだった。ギターは別々のものに見えたが、いずれも弦《げん》を張る駒《こま》の部分がはがれ、表面板の地肌が白くむき出しになっていた。その傷口には、邪悪な獣《けもの》の牙《きば》を思わせる荒あらしさがあった。

室内に重苦しい沈黙が漂《ただよ》った。

やがて河出は写真を置き、軽く頭を下げるようなしぐさをした。

「写真を見る限りでは、これは確かにわたくしどもの製品です。内部のラベルと響孔《きようこう》のモザイク模様から判断しますと、いずれもＨＧ２００タイプ、市価二万円のギターだと思います」

真紀子は、たばこに火をつけた。高く組んだ膝の上から、煙が舞い上がった。

「それ、どうお考えですかしら」

河出は、両手を組み合わせた。

「一つ、状況をご説明願えませんか。これだけでは、なんとも申し上げようがありませんので」

「それは三台とも、演奏中に駒がはじけて飛んでしまったということで、全消同へ持ち込まれたものですのよ」

新井が、驚いたときの癖で、小さく喉《のど》を鳴らすのが聞こえた。詰まりながら言う。

「え、演奏中にですって」

「ええ、演奏中に、です」

真紀子はわざとらしく、区切りながら言った。

河出は眉をひそめ、もう一度写真を取り上げてしげしげと見入った。

それに押しかぶせるように、真紀子は続けた。

「このギターは、手工品じゃございませんわね、もちろん」

新井は空咳をした。

「確かに手工品ではありませんが、マスプロ製品としては、比較的高級品といってもいいものです。このタイプは発売してまだ三ヵ月ですが、我が社の自信作のひとつなんです。演奏中に駒がはがれるなんて、ちょっと信じられませんね」

真紀子はサングラスを外し、胸元に垂らした。金の鎖が、小麦色の肌にまぶしく映えた。目尻には年相応の細かい筋が出ていたが、目の光は若わかしく、鋭い。

「あなたが信じようと信じまいと、現にこのとおり、駒がはがれているんですよ」

真紀子に決めつけられ、新井はたじたじとなった。急いでハンカチを出し、額《ひたい》をふく。

「六本の弦を音程どおりにきちんと張ると、ギターに対して通常六十キロ程度の荷重が加わります。しかし、かりにそれよりきつく張ったとしても、弦が切れるだけで駒がはじけることはないはずなんですがね」

いかにも腑《ふ》に落ちないと言わんばかりのその口調に、真紀子の頰が引き締まった。

それに気づいた河出が、急いで割ってはいる。

「おっしゃるとおり、演奏中にこうして駒がはがれたとすれば、接着剤が弱かったのか、あるいは木の乾燥状態が悪かったのか、とにかく原因があるはずです。さっそく、調査させていただきます」

真紀子は新井をしばらく見つめ、それから河出に目を移した。

「品質検査のシステムは、ちゃんとしてらっしゃるんでしょうね」

それはかなりきつい質問だったが、河出は少しも顔色を変えなかった。

「それは、どこにも負けないつもりです。現にこの機種、ＨＧ２００を含めて、少なくともこの十年間、駒がはがれたという事故はゼロでした」

新井が乗り出した。

「わたし個人の記憶では、入社した昭和二十七年以来、この種の事故は一件もなかったと断言します。ですから正直なところ、この写真を見てびっくりしてるんですよ」

真紀子は冷たい目で新井を見た。

「演奏中に駒がはじけるような目にあった人は、もっとびっくりしたと思いませんか」

新井は、ぐっと詰まった。真紀子は脚を下ろし、たばこを灰皿で押しつぶした。

「どんなにすぐれた製品でも、完璧《かんぺき》ということはありえません。それは認めていただけるでしょうね」

河出はうなずき、一膝《ひとひざ》乗り出した。

「もちろんです。そこでご相談ですが、この三本のギターを、わたしどもにお引き渡しいただけませんか。徹底的に原因を究明して、その結果をご報告することをお約束します。当然、これらのギターをお買い上げいただいたお客さまには、すぐにも新しいギターを持ってお詫びにうかがうつもりです」

「その必要はありませんわ」

真紀子は、にべもなく言い捨てた。写真を取り上げ、テーブルの上でとんとんと揃《そろ》える。河出と新井は、ちらりと目を見交わした。

新井は、わざと押さえつけたような声で言った。

「するとまさか、わずかこれだけのデータでHG200を全品回収せよと、そうおっしゃるんでは」

突然真紀子が笑い出したので、新井はびっくりして言葉を切った。それはどこか人を不安に陥れるような、冷たい笑い声だった。わたしたちは妙にしんとして、それを聞いていた。

真紀子は笑うのをやめ、写真をハンドバッグにしまった。

「いくらなんでも、そこまで無茶なことは申しませんわ。きょうのところは、一応こちらのお考えをうかがいに来ただけですの。こういう事故が起こり得る、ということを認めていただければ、それでいいんです」

河出は体を起こした。表情に、わずかに焦りの色が見える。

「しかしそれでは、わたしどもの立場がなくなります。ぜひそのギターをお引き渡しいただいて」

「それはできませんわ。わたくしたち自身の調査がまだ残っておりますので。その結果によっては、製品回収の要求を出すことがあるかもしれません。また、ご連絡させていただきます」

真紀子はきっぱりと言い、立ち上がった。わたしたちも、あわててそれにならった。新井が必死に食い下がる。

「しかしこのままでは、われわれとしても寝覚めが悪いわけでして。せめて、その三人の方のお名前だけでも教えていただいて、お詫びにうかがわないことには」

「それについても、改めてご連絡させていただきますわ」

新井が、口をとがらせて言い返そうとしたとき、河出はそれをさえぎった。

「分かりました。わたくしどもも工場と連絡を取りまして、製品チェックに遺漏《いろう》がなかったかどうか、もう一度よく調べてみることにします。そちらの調査が終わりましたら、できるだけ早く結果をお知らせいただきたいと思います。つまり、どこかほかにお知らせになる前に、という意味ですが」

真紀子は、河出が言った言葉の意味を考えているようだった。それから口元に微笑を浮かべ、サングラスをかけ直すと、何も言わずに出て行った。

河出は、厳《きび》しい目でわたしを見返った。

「どう思うかね、漆田君」

「今日は、揺さぶりをかけに来ただけのようですね。何か狙いがあるとは思いますが」

河出は、親指をぐいとドアの方へ向けた。

「すぐに、コンタクトしてみてくれ。このままでは心配だ」

わたしは、エレベーター・ホールで真紀子に追いついた。

時間があれば、お茶でもご一緒したいと申し出ると、真紀子は値踏みするようにわたしを眺めてから、あっさり承知した。

日野楽器のビルを出て、暑い日差しの中を日本橋の方へ少し歩き、狭くて静かな喫茶店にはいった。二人とも、ホットコーヒーを注文した。

ウェートレスがいなくなると、真紀子はサングラスを外し、薄笑いを浮かべて言った。

「漆田さんておっしゃったわね。あなた、日野楽器の人じゃないんでしょ」

わたしは、少しも動じなかったといえば嘘になるが、努めて平静を装《よそお》い、聞き返した。

「だとすると、どこの人間に見えますか」

真紀子は顎《あご》を引き、またわたしの値踏みをした。

「そうねえ、ＰＲ会社の人かしら」

わたしは、真紀子の直感力に舌を巻いた。これはやはり、ただの鼠《ねずみ》ではない。真紀子は、わたしが図星を指されて参っているのを見て取ると、にっと笑った。

「お名刺くださいな。あいにく切らしてなんかいないんでしょ」

わたしは苦笑した。

「一枚ぐらいあったかもしれません」

名刺を渡し、ウェートレスが運んで来たコーヒーの、味つけに取りかかる。真紀子は名刺をしげしげと眺め、声を出して読んだ。

「漆田ＰＲ事務所。ＰＲカウンセラー、漆田亮。うるしだ・りょう、でいいのかしら。それともあきらさん」

「りょうです」

真紀子は首をかしげた。

「するとあなたは、フリーランスのＰＲマンというわけね」

「おっしゃるとおりです」

真紀子は、名刺をひらひらさせながら、あたりを見回した。くずかごを探しているようだったが、見つからなかったので結局バッグの中にしまった。

「なるほどねえ、近ごろはちょっと気のきいた会社になると、ＰＲマンに消費者団体のお相手をさせるわけね」

真紀子の言葉にはとげがあったが、口調はむしろからかっているように聞こえた。

「ＰＲマンは、企業の代理人ではないんです、よく誤解されるんですが。企業と消費者の意思の疎通を助ける、パイプ役と考えていただきたいですね、願わくは」

「そこがつまりエージェントではなく、カウンセラーたる所以《ゆえん》というわけね」

「そうでありたいと思います」

真紀子はたばこに火をつけた。

「わたしも、ＰＲマンは何人か知っているわ。なかなか面白いお仕事ね」

「わたしから見れば、あなたのお仕事の方がよほど痛快に思えますがね」

「痛快ですって」

「ええ。今日のようなきわどいゲームで、企業のトップを震え上がらすことができるんだから」

3

真紀子は、じろりとわたしを見た。思わず気をつけをしたくなるような視線だった。

「きわどいゲーム。それ、どういう意味かしら。もし意味があるとすればだけど」

わたしも負けずに、相手を見返した。

「日野楽器は、例の写真を突きつけられただけで、自分たちのギターが欠陥楽器である、と認めるべきではありませんでした。あれが、他社の製品に日野のラベルを貼ったものではないとは、だれにも言い切れません」

「あれは間違いなく、日野楽器のギターよ」

わたしは、真紀子の視線を意識しながら、ゆっくりとたばこに火をつけた。

「かりにそうだとしても、演奏中に駒がはじけたことを立証するものは、何もありません。たとえばこの炎天下で、ギターを一時間も日なたにさらしておけば、駒は一たまりもなく吹っ飛ぶでしょう。しかしその場合、問題になるのは使用者の不注意もしくは悪意であって、欠陥問題とは次元が異なります」

真紀子は長くなったたばこの灰を、無頓着に床に叩き落とした。頰が少し紅潮する。

「だれかが、わざと壊したとおっしゃるの」

「そうかもしれないし、そうでないかもしれません。ギターに限らず、楽器というのは極めてデリケートにできています。その気になれば、欠陥楽器をでっち上げるのはいとも簡単なことです」

「日野楽器の人はそうは言わなかったわ」

「わたしは、日野楽器の人間ではない」

真紀子は腕組みをして、つくづくとわたしを見た。

「つまりわたしは、大胆不敵にも、根拠のないネタで日野楽器に脅《おど》しをかけたと、そういうわけね。きわどいゲームとは、そういう意味ね」

わたしは、それには答えなかった。

「どの企業も、消費者団体の告発にはひどく神経をとがらせています。そよ風が吹いただけで、台風の前触れではないかとぶるってしまう。それだけ、自信がないといえばそうかもしれませんが、やたらに揺さぶりをかければいい、というものではないように思います」

「現実に、消費者をないがしろにする悪い企業が、多すぎるわ。だからこそ、消費者団体という名のチェック機関が、存在するんじゃないかしら」

「それは言えるでしょう」

「そしてそのおかげで、ＰＲマンの出番が回って来るというわけね」

わたしは首筋を掻《か》いた。

「おっしゃるとおりです。消費者団体もＰＲ会社も、結局は資本主義社会の必然的産物なんです」

真紀子は、短くなったたばこをじっと見つめた。わたしのコーヒーカップに投げ入れるかどうか、考えているようだった。

やがて口を開いたとき、その声はだいぶ硬くなっていた。

「確かにあなたの言うとおり、いろいろな可能性が考えられるわね。実際に何が起こったのかは、ギターの持ち主でなければ分からない。もう少し、調べてみることにします。どちらにしても、日野楽器のギターの駒がはじけた、という事実は残るわ。そのことを、お忘れなくね」

真紀子は、たばこを丁寧に灰皿に押しつぶした。そこにある決意を込めたような、力強い手つきだった。

同じようにたばこをもみ消す。わたしも言うべきことは言っておかなければならない。

「参考までに、教えてください。全消同は、いくつかの企業から協賛金をもらっているという噂がありますが、ほんとうですか」

真紀子は、鋭い目でわたしを見据《みす》えた。それから唇をすぼめるようにして、短く笑った。

「あなたのこと、気に入ったわ。妙に卑屈なところがないし、かといって空いばりをするでもない。優秀なPRマンね」

「恐縮です。しかし、それでは答えになっていません」

真紀子は外国人がよくやるように、軽く肩をすくめた。

「否定はしないわ。わたしたちの活動には、これでけっこうお金がかかるの。またお金をかけなければ、世論を動かすような活動はできないわ。それを支援してくださる企業があるのなら、その厚意を無にすることはないでしょう。どうせ元はと言えば、わたしたちから吸い上げたお金なんだから」

思わず、含《ふく》み笑いをする。

「きついですね、おっしゃることが。いっそわたしも、消費者団体のPRをやらせてもらったら、ずいぶん楽しいだろうと思いますよ」

真紀子は首をかしげた。

「でも、これで案外バランスがとれているのかもね。大衆に消費者団体がついて、企業にはPRマンがつくということで」

「それが逆になるように努力するのが、われわれＰＲマンの仕事かもしれません」

真紀子はわたしをじっと見つめ、やがて屈託のない笑いを見せた。

「今度いつか、もう少し暗くて、もう少しうるさい場所で、お目にかかりたいわね」

「いいですね。すぐそばに水のはいったバケツがあって、いつでも頭からかけられるようになっているところなら、文句なしですよ」

真紀子は、眉をぴくりとさせた。

「じゃ、桜田門の角の古いビルなんか、ぴったりね」

わたしたちは割り勘でコーヒー代を払い、喫茶店の前で別れた。焼けるように熱い舗道の上を、真紀子は大輪のひまわりのように歩き去った。

役員応接室へもどると、河出と新井が待ちかねたように、わたしを迎えた。手短に、真紀子との話し合いの内容を報告する。

聞き終わると、新井は渋い顔をした。

「きみが、ＰＲマンだということをばらしたのは、まずくなかったかね」

「正直に言わなかったら、わたしは殺し屋だと思われたでしょう」

河出は笑った。この男には、雇っているＰＲマンの冗談を、大目に見るだけの度量《どりよう》がある。

二人に断って、厚生省の記者クラブへ電話した。今度はつかまった。山元《やまもと》という毎朝新聞の記者で、大学で同期だった男だ。わたしは以前山元から、全消同の事務局員の一人と飲み友だちだ、と聞かされたことがあった。

日野楽器の名前は出さずに、簡単に事情を話して、全消同に欠陥ギターを持ち込んだ、三人の人物の名前を聞き出してもらえないか、と頼んだ。

十分後にもう一度連絡する、と言って電話を切る。

河出が言った。

「それで、きみの感触はどうなんだ。彼女は、ただ揺さぶりをかけに来ただけなのか、それとも何か成算《せいさん》があって、乗り込んで来たのか」

「それは、どちらとも言えません。ただ、単なるはったりなら通用しないと、はっきり言っておきましたから、もし確証がないならこれ以上押して来ないでしょう」

河出は下唇を突き出した。

「どっちにしても、あの女史は一筋縄ではいかんな。あまり、敵に回したくない人物だよ」

新井も、しきりにうなずく。

「まったくです。しかし考えてみれば、漆田君の言うとおり、何も最初から恐れ入ることはなかったんですよ。証拠があるわけじゃなし。それをその気にさせられたのは、ひとえに彼女の話術というか、レトリックに乗せられてしまったからなんだ」

十分後、山元に電話を入れ、返事を聞いた。

意外なことに、山元が例の事務局員から聞き出したところでは、現時点で全消同に欠陥ギターの訴えは出ていない、と言うのだった。

「確かだろうね」

わたしが念を押すと、山元は電話の向こうで唸《うな》り声を上げた。

「おれの飲み友だちを疑うのはやめてくれよ。やっこさんは、その種の駆け込みをまなく、チェックできる立場にある男なんだぜ」

「その事務局員が、知っていてとぼけた、という可能性はないかね。酒と仕事は別だと、急に分別を出してさ」

「しかし実際に訴えがあったとすれば、訴えた人物の身元を出し渋《しぶ》ることはあっても、訴えそのものを否定することはないはずだ。新聞記者はいわば味方だし、しかも相手がポン友のおれとくればなおさらだよ。あとで嘘をついたことが分かってみろ」

山元が言うことも、もっともだった。

電話を切り、そのことを伝えると、二人は当惑して顔を見合わせた。

新井は、おおげさに腕組みした。

「極秘裡《ごくひり》に事を進めておいて、いきなりどかんとやるつもりじゃないだろうな」

河出は下唇を指でつまんでいたが、やがてあまり気の進まぬ口調で言った。

「もしかして、これはあくまで推測だが、今日のことは槙村書記長の個人的なデモンストレーションだという、そういう可能性はないかね」

それは、わたしも考えていた。

「あるかもしれませんね。彼女くらいの立場になれば、自分だけの判断で動くこともむずかしくないでしょう。これまでにも、そういうケースがいくつかあるようですし」

河出はうなずいた。

「いずれにしても、現状では手の打ちようがない。漆田君、一つ欠陥ギターの出所を、なんとか突き止めてくれないか。あちらさんの出方を待つだけでは、策がないからね」

できるだけやってみると答え、わたしはソファを立った。

河出は、エレベーター・ホールまでついて来た。

「さっきのきみの話だと、全消同は噂どおり企業からの援助をあえて断らない、ということだったね」

「そのようです」

河出は下を向き、靴の爪先を上げ下げしながら、低い声で言った。

「どうかね、彼女は暗にそれを期待しているような、そんな風情だったかね」

わたしは答えあぐねた。

「少なくとも、露骨に催促している風ではなかったですね」

河出は唇を結び、二、三度うなずいた。それからなんとなく手を振り、そそくさと廊下を歩き去った。

新井は眉をぐいと動かし、いぶかしげにそれを見送った。

4

大倉幸祐《こうすけ》の馬鹿笑いが、廊下まで響いていた。

事務所へはいると、大倉は眼鏡を押し上げ、急にくそ真面目な顔をして、報告書を書くふりをした。石橋純子は笑いをこらえ、流しへお茶を入れに行った。

「今朝はどうしたんだ。所長より遅くご出勤とは、ずいぶん出世したじゃないか」

大倉はぼさぼさの頭を掻きむしった。

「すみません。二日酔いで、寝坊しました。その分、今夜は遅くまで働きますから」

「当事務所では、残業代がつかないことは承知しているな」

「承知しています。納得はしてませんが」

「それならいい」

大倉はわたしが独立したとき、一緒についてきたただ一人の部下だった。まだ三十前のくせに、すでに中年太りが始まったように、腹が出ている。それでも、大学時代に剣道をやっていたと称するだけあって、下半身の安定はいい。血色の良い、赤ん坊の肌のような頰の持ち主で、笑うときは一切あたりを構わず、突拍子もない声で笑い転げる。従って、得意先の葬式には連れて行けない。

お茶を飲みながら、二人に日野楽器の新井の電話に始まる事の次第を、細大漏《さいだいも》らさず話して聞かせた。大倉は、寝癖《ねぐせ》のついた髪をなでつけながら、だれにも読めない字で必死に手帳に、メモを取った。

「この件は非常に含みが多い。全消同の事務局では、欠陥ギターの訴えなど出ていない、という。もしそうだとすれば、槙村書記長はどこから欠陥ギターを三本も、探し出してきたのか。そもそも、演奏中に駒がはがれるという事故が、実際に存在したのか。もしかするとこれは、でっち上げではないのか――とまあ、いろいろな可能性が考えられるわけだな」

大倉は胸組みをした。真剣になったときの癖で、小鼻がひくひく動いた。

「あるいは第三者がいて、槙村書記長を陰で操《あやつ》っているということも、考えられますね」

「そのとおりだ。少なくとも、この一件が彼女一人の思いつきでないとすれば、かならずだれかほかの人間と、コンタクトがあるに違いない。訴え出たやつか、あるいは彼女を利用しようとしているやつか」

「手がかりは、書記長自身にありますね、やはり」

「そうだ。したがって今日ただ今より、ただちに彼女をぴったりマークしてくれ」

「え」

大倉は、手帳をぱたんと閉じた。たちまち頬に血が上る。

「マークするって、どういうことですか」

「文字どおりの意味さ。四六時中目を離すな、ということだよ」

「でもそれは、興信所か私立探偵の仕事じゃないですか」

「やっと分かったようだね、小林君」

大倉は笑い出した。

「それはないですよ、明智先生」

しかしすぐに、調子を合わせている場合でないことに気づき、笑うのをやめて口をとがらせた。

「ぼくは、曲がりなりにもＰＲマンのつもりなんだから、探偵ごっこだけは勘弁してくださいよ」

「つまりここに一人、ユニークな経歴のＰＲマンが誕生する、というわけだ」

大倉をなだめて納得させるのには、それから一分とかからなかった。

わたしは大倉に、全日本消費者同盟の所在地をメモしてやり、槙村真紀子の服装や容姿をできるだけ詳しく教えた。そして今日のうちにも真紀子の顔を覚え、住んでいる所を突き止めるように指示した。


その日の夕方、日野楽器の河出から電話がかかった。珍しく声が上ずっていた。

「事態がややこしくなってきたよ、漆田君。例のスペインのギター製作家が、急に来週の月曜に来日することになったんだ」

「ホセ・ラモス・バルデス氏のことですか」

「そうだ、そのラモスだ」

ホセ・ラモスは、マドリードに工房を構えるベテランのギター製作家だった。この六月、日野楽器の営業マンがスペインへ飛び、ラモスを日本に招聘《しょうへい》すべく粘り強い交渉を開始した。その結果ラモスは、日野楽器で今年十月から一年間、手工ギターの製作指導に当たるという契約書に、サインしたのだ。

それについてはわたしも、三週間ほど前に河出から聞かされていた。いずれラモスが来日するときは、わたしの出番になるだろうと考えていた矢先だった。

「もう少し先だと思っていましたが、一週間後とはまた急ですね」

「そんなことは分かっている。問題は記者ゼミナールをやらなきゃならん、ということなんだ」

河出はぶっきらぼうに言った。

「記者ゼミナールというと、わたしがこの間提出した、例の企画書のことですか」

ラモス来日に合わせて、話題を盛り上げるため、ラモスをショーアップする記者ゼミナールを開いたらどうかという企画書を、十日前に提出していたのだ。

「そうだ、あれをやってもらう。うちの社長がきみの企画を気に入って、ぜひやれと言ってるんだよ。八月二十二日までにだ」

「ちょっと待ってください。八月二十二日といえば、あと一ヵ月もないじゃないですか。あの形式のゼミナールを実施するには、最低四十日はかかるんですよ」

「二十五日でやるんだ」

「それは無茶苦茶です。ただの記者会見ならいつでもできますが、ショーやレクチャーを織り込んだゼミナールとなると、そう簡単にはいきませんよ」

「よく聞いてくれ、漆田君。社長は八月二十三日から六週間、海外出張の予定がはいっている。この予定はもう変更できない。分かっているだろうが、ラモス招聘のプロジェクトには、うちの社運がかかっているといっても、過言ではない。社長の力の入れ方も、並たいていのものじゃないんだ。ぜひ、自分の目で記者ゼミナールを見てから、日本を発ちたいと言い張っている。だから、八月二十二日がタイムリミットなんだ」

河出はおそらく、受話器に向かって唾《つば》を飛ばしているに違いなかった。ここで、得意先の常務とやり合うことができるほど、ＰＲマンの力はまだ強くない。

「分かりました。大急ぎでスタッフを掻き集めます」

渋しぶ言うと、河出はほっと息をついた。

「無理を言ってすまんね。急なことだから、完璧なゼミナールをやってくれとは言わんが、よろしく頼むよ」

「そのお言葉は、大いに気休めになります」

わたしの声は、水溜まりに石ころを投げ込んだように響いた。

河出はちょっと口をつぐみ、それから続けた。

「もう一つ頼みがある。こういう状況になった以上、万が一にも欠陥ギターのことがマスコミに流れてはまずい。分かってるよ、まだ欠陥ギターと決まったわけじゃない、と言いたいんだろう。しかし今は、そんなことを議論している場合じゃないんだ。とにかく、火は小さいうちに消し止めなければならん。何も言わずに、槙村書記長に百万払うんだ。きみに金を預けるから、しかるべく処理してくれたまえ。頼んだぞ」

「これは常務のお言葉とも思えませんね。わたしとしては」

まだしゃべっているうちに、電話の向こうでかちりと音がして、通話が切れた。わたしは、耳から外した受話器をじっと見つめた。それは、よく熟《う》れたバナナのようだった。

受話器を置くと、純子がわたしを見た。わたしは仕方なしに笑いかけた。

「まあ結婚するなら、ＰＲマンだけは避《さ》けた方が賢明だね」

純子は肩をすくめ、くるりと瞳を回した。

「わたしとしては、もうＰＲマンでもいいという心境ですけどね」

5

翌朝事務所へ出ると、大倉がワイシャツの背を汗で濡らしたまま、右往左往していた。

わたしの顔を見るなり、遭難者を見つけたセントバーナードのように、飛んで来た。

「ゆうべは、どこをほっつき歩いてたんですか。何度テルしてもいないんだから」

大倉の胴間声《どうまごえ》は、二日酔いの頭にじんと響いた。わたしは、純子に熱い茶を入れてもらい、遅くまで外で酒を飲んでいたことを白状した。

大倉は頬をふくらませた。

「しかし、二日酔いとはひどいじゃないですか。人を夜中まで働かしといて」

「これには事情がある。これから一ヵ月、目が回るほど忙しくなりそうなんだ。だからガソリンを補給したというわけさ」

「そんなにせっせと、一人で補給してくださいよ、まったく。忙しくなるのは、どうせ一緒なんだから」

大倉は得意の反語法を使ってぼやいた。

わたしは、この次はかならず一緒に補給すると約束して、大倉の報告を聞いた。

大倉はあれからすぐ、渋谷《しぶや》区神南《じんなん》の全日本消費者同盟がはいっているビルへ行った。近くの喫茶店で張り込んでいると、槙村真紀子は夕方六時過ぎに出て来た。大倉の言によれば、わたしに人相風体を教わるまでもなく、真紀子は孔雀《くじやく》が羽根を広げたように目立つ女で、あれなら一キロ先からでも見逃しっこない、という。

真紀子は、大倉に尾行されているとも知らず、地下鉄で銀座へ出て、並木通りの『ドレスデン』という高級ドイツ料理店にはいった。大倉も少し離れた席にすわって、ハンバーグステーキを注文した。

しばらくすると、白のパンタロン・スーツを着た若い女がはいって来て、真紀子の席に加わった。

「それがただの女じゃないんです。どういう巡り合わせか、ぼくはその女を知ってるんですよ。グリーンのでかいイヤリングを見て、思い出したんですがね」

大倉は先月、業界の親睦《しんぼく》団体が主催する恒例のPRマン会議に、出席した。わたしの事務所も会員社の一つであり、毎回どちらかが出席することにしているのだ。

アメリカから来た、PRマンの講演がメインのイベントだったが、その会場で大倉は斜め前にすわっている《すこぶるつきのかわいこちゃん》に、気を奪われた。彼女は、大きなグリーンのイヤリングを、しきりにいじっていたという。

「そのときぼくの隣にすわったのが、日本パブリシティの橋爪《はしづめ》氏でしてね。彼が、そのかわいこちゃんの身元を、教えてくれたんです」

大倉は、手帳のページを繰った。

「名前は那智理沙代《なちりさよ》。萬広《まんこう》の営業本部PR局、パブリシティ部キャップ。推定年齢二十六歳ないし二十八歳、独身。橋爪氏に言わせると、彼女は、わが国ただ一人の美人のPRウーマンとして、つとに有名な存在なんだそうです」

ぴんと弾《はじ》けるものがあった。

「萬広のPRマンか」

萬広は、日本でも有数の大手広告会社で、特にPRの機能が充実していることで知られる、老舗《しにせ》だった。PR部門だけで年間八億円の売上げを持ち、広告とPRの連動による総合的なマーケティングを、売り物にしている。わたしたちのようなフリーの

ＰＲマンにとっては、巨大な壁ともいうべき存在だった。

大倉は、鼻をうごめかした。

「残念ながらぼくのテーブルからは、二人がどんな話をしてたのか聞こえなかったけど、見た感じでは那智女史の方が何か熱心に、槙村書記長を口説いている様子でした。とにかく、全消同の書記長が萬広のＰＲマンと密会するというのは、穏《おだ》やかじゃありませんよ」

穏やかでないどころではない。焦《こ》げ臭いにおいが、ぷんぷんした。

「その那智女史が、どこか楽器会社のＰＲを担当しているかどうか、調べてみる必要があるな」

大倉は人差し指を立て、うなずいた。

「抜かりはありませんよ。朝一番で萬広へテルして、確かめました。新聞記者のふりをして、楽器業界に関連するニュースレリースを送ってほしいんだけど、どこへ頼んだらいいかと聞いてやったんです。そうしたら交換手が、ＰＲ局パブリシティ部に太陽楽器の担当がおりますので、そちらでお尋ねくださいと、丁寧に教えてくれました」

「太陽楽器だって」

「そうです。ついでに担当者の名前を聞くと、まさに図星。那智と申します、と交換手は確かにそう言いました」

わたしは、おしぼりで顔をふいた。二日酔いは、どこかへ吹き飛んでしまった。太陽楽器といえば、業界最大手の楽器メーカーで、日野楽器の当面のライバルだった。

「驚いたな。一発で、ジグソーパズルのかけらをはめ込むとは、たいしたものだ。きみはやはり、探偵の方が向いているようだぞ」

大倉は、まんざらでもない顔をした。

「これは偶然というより、むしろ必然的な結果じゃないですかね。欠陥ギターの一件の裏に、萬広のPRマンが絡んでいることは、これでまず間違いないでしょう」

「まだ断定はできないが、少なくともその可能性が強くなったことは、確かだ」

さらに大倉は、二人が『ドレスデン』を出て別れたあと真紀子の尾行を続け、彼女が麹町《こうじまち》のドルミール麹町というマンションの、五〇三号室に住んでいることを突き止めた、と報告した。

「これがまるで、小さなお城のような瀟洒《しょうしゃ》なマンションでしてね。消費者団体の書記長には、ちょっと似つかわしくない感じでした」

その話はそこで打ち切り、記者ゼミナールの件に移った。とりあえず、制作スタッフを揃えなければならない。馴染《なじ》みのイベント・プロダクションに電話して、夕方適当なディレクターを一人、よこすように頼んだ。

昼前に日野楽器へ行った。

新井は、趣味の悪いピンクの半袖シャツに、趣味の悪いグリーンのネクタイを締めて、ぱたぱたと扇子《せんす》で安香水の匂いをまき散らしていた。

わたしたちは、広報室の隅にある、パネルで仕切っただけの小部屋にはいった。

「話は常務から聞いただろうな」

新井は威厳を取り繕《つくろ》いながら、硬い表情で言った。わたしは聞いたと答え、安香水の匂いからできるだけ遠ざかろうとした。

新井はいっそう強く扇子を使い、風を送ってよこした。

「あと三週間かそこらで、ちゃんとした記者ゼミナールをやれ、というのが無理な注文であることぐらい、おれも承知しているさ。しかし社長の意向は、うちでは絶対なんだ。分かってくれ」

社長の日野勝馬《かつま》が、木琴《もっきん》のセールスマンから叩き上げた根っからのワンマン社長であることは、わたしもよく知っている。

「この際、拙速《せっそく》を選ぶよりも、社長の帰国後まで延ばした方が、賢明じゃないですかね」

「それは、常務も進言したと思う。しかし、説得に失敗したらしい。こうなった以上、やるだけやるしかない」

新井はきっぱりと言った。その口調からすると、どうやら延期策は無理のようだ。

「それでは近々に、具体的な実施案を提出します。最初の企画書は、ただの机上プランですから」

「そうしてくれ。細かいことは言わないよ。予算も含めて、きみに全部任せる」

「それを聞いて、少しやる気が出て来ましたよ」

新井は苦笑したが、すぐに真顔にもどった。

「ホセ・ラモスとの契約では、滞日は十月からの一年間ということになってるんだが、なんでもマドリード大学で日本語を専攻している孫娘、というのがいてね。それが、夏休みのうちにぜひ日本へ行きたいと言い出して、それで少し予定を早めたらしいんだ。こっちじゃ、まだ住む所も手配してないというのにな」

「日本語の勉強でもするつもりかな」

新井は、それで思い出したというように、急に意地の悪い目つきをした。

「ラモスが来日すれば、ようやくきみの得意のスペイン語とやらが、聞けるわけだな。本場仕込みというからには、こんにちはとさようならだけじゃ、すまされんぞ。今から楽しみだよ」

わたしは安香水の匂いを散らすために、たばこに火をつけた。たばこを吸わない新井は、露骨に眉をしかめて煙をあおぎ返した。

「そういえば、常務から全消同に払う百万の件も、聞いただろうね」

「ええ。しかし、わたしとしては反対です。みずから欠陥ギターであることを、認める形になりますからね」

新井も悔しそうな顔をした。

「ラモスの件さえなければ、もう少し様子を見るところだがな」

「それに金を出したからといって、相手が引き下がるという保証はありませんよ」

「承知の上さ。これは一種の賭《か》けなんだ、それも極めて勝率の悪い」

「そういうことなら、もう何も言いません。しかし常務は電話で、わたしに金を預けると言ってましたが、どうして直接全消同の銀行口座に振り込まないんですか。わたしに持ち逃げされる心配もないし、ずっと手間が省《はぶ》けるでしょう」

新井はわたしを横目で見た。

「考えてもみろよ、きみ。日野楽器が全消同に百万振り込んだなんてことが、記録に残っていいと思うか。馬鹿言っちゃいかん、そんな危ない橋は渡れんよ。そこで、ものは相談だが」

そう言いながら、体を乗り出す。

「きみの事務所から、全消同に百万払う形にしてもらいたいんだ。今度のゼミナールの制作費として、その分よけいに前払いするから」

わたしは新井の顔をまじまじと見つめ、どこを殴《なぐ》りつけてやろうかと思案した。

「つまりわたしに、トンネルをやれと言うんですか」

新井は体を引いた。融通《ゆうずう》のきかぬやつだと言わんばかりに、わたしを睨《にら》みつける。

「ご不満なら、利子分ぐらいプラスしてもいいがね」

「それはできません。わたしの事務所は小なりといえどもPR会社で、金融業の看板は出していないんです」

新井は鼻白《はなじろ》み、たばこの煙を乱暴にあおぎ返した。不愉快そうに唇を歪《ゆが》める。

「分かった、分かった。きみのお説教なんぞ聞きたくもない。だいたいきみは、得意先に対するサービス精神が足りないよ。きみが、うちからもぎ取ってるフィーの中には、当然その種のサービス料も含まれている、と思ったがね」

わたしは、黙って聞いていた。新井の憎まれ口は昨日今日始まったわけではなく、それにどっちみち根の深いものではないのだ。

ひとしきり嫌味《いやみ》を拝聴したあと、わたしは爆弾をぶつけることにした。

「ところで室長は、例の欠陥ギター事件の裏で、萬広のPRマンが動いているのをご存じですか」

新井は、扇子を使うのをぴたりとやめ、ぽかんとわたしを見返した。

「萬広のPRマンだと」

「そうです。しかもそのPRマンが、太陽楽器の担当だとしたらどうしますか」

新井はそろそろとネクタイに手をやり、ぐるりと顎を回して結び目を緩めた。

「そりゃほんとうか」

「ほんとうです」

「昨日常務に、それを言ったのか」

「いや。分かったのが、今朝だったので。昨夜うちの若いのが、槙村書記長と萬広のPRマンがコンタクトするのを、はっきり見届けたんです」

新井はハンカチを出し、しきりに汗をふいた。

わたしは続けた。

「こうした状況を考え合わせると、たとえばこんな図式が考えられるわけです。日野楽器については、広告予算は博通広告が独占しているし、PR予算はわたしの事務所がいただいています。したがって萬広には日野楽器に食い込む余地がない。やむなく、ライバルの太陽楽器にアプローチするわけですが、太陽楽器には中堅どころの代理店が何社もはいっていて、シェア争いが激しい。萬広としては、なんとかその連中をしりぞけ、太陽楽器の扱いを独占したいところでしょう」

「すると萬広は、太陽楽器に対する点数稼ぎのために、全消同をたきつけてうちを攻撃しにかかったのか」

「あるいは逆に、太陽楽器が萬広にそれを強要したのかもしれません。その場合萬広としては、営業政策上断れないでしょう」

「だとすると、萬広のPRマンというのは、ずいぶんとサービス精神が旺盛《おうせい》なわけだ」

わたしは、その皮肉を無視した。

「どちらにしても、もしこの一件が萬広のPRマンの仕掛けたものなら、全消同に金を払うのは考えものです。敵に塩を送ることになるし、もし金を払ったことがばれたら、それ自体が攻撃の目標になるわけだから」

新井は、扇子を開いたり閉じたりしながら、しばらく考えていた。それから急に立ち上がると、トイレだ、と言い残して出て行った。

新井は、十分ほどでもどって来た。その間に、河出常務のところへ相談に行ったことは、間違いない。

「トイレでつくづく考えたが、やはり金は払うことにする。はっきり言って、口止め料だ。百万はうちの機密費から出して、あさってあたりきみに渡す。槙村書記長には、くれぐれもきみから因果《いんが》を含めておいてくれ。金が出たことが公になったら、お互いにまずいことになるんだから」

予想したとおりだった。わたしは、あえて反対しないことにした。河出も新井も、子供ではないのだ。

「分かりました。ただし領収証は出ませんよ。わたしからも、槙村女史からも」

「やむをえないだろう。それと、この件に萬広が絡んでいることについては、引き続き調査を続行してもらいたい」

「それが常務のご意向ですね」

「そうだ」

うなずいたあとで、新井ははっと気がつき、ばつの悪そうな顔をした。

今日浴びせられた悪口雑言の憂《う》さは、それで晴れた。

6

夕方四時に、クリオ・プロの村石というディレクターが、アシスタントを一人連れて、事務所へやって来た。

村石は映画監督上がりで、ファッション・ショーのような華やかな室内イベントを、得意としていた。今度の仕事には、ぴったりの男だった。

わたしは企画の概要をざっと説明し、記者ゼミナールの構成案や狙いを、思いつくままに述べた。

音楽評論家によるスペイン音楽、ギター音楽をテーマにしたレクチャー。現役のギタリストによる、ラモス製作のギターの試奏。フラメンコ舞踊の実演。それらを組み合わせた中に、ラモスの技術を導入する日野楽器の狙いや成算のほどを、さりげなく盛り込んでいく。

記者ゼミナールの、最大のポイントであるホセ・ラモスについては、特に念入りに説明した。

ラモスは今マドリードに工房を開いていて、弟子はおらず、大学に通う孫娘と二人で、暮らしている。丹念な仕事をするので、製作本数は少ないが、製作家としての評価は高い。クラシック・ギターとフラメンコ・ギターの製作比率は、ほぼ半々だそうだ。

日本では、まだフラメンコのファンは少ない。ギターの市場も、クラシックが主流だ。ラモスの技術も、大半はクラシック・ギターの製作指導に、注ぎ込まれることになるだろう。

しかしゼミナールは、いわば話題を盛り上げるためのデモンストレーションだ。その目的を実現するには、フラメンコの派手さ、華やかさが必要だった。わたしはその点を強調して、説明を終えた。

こうした大まかな企画案をもとに、具体的な実施プランを組み上げるのが、村石の仕事だった。村石は、日程のきついことに多少難色を示したが、どうにかやってみようと請《う》け合ってくれた。

ショーを構成するスタッフの人選は、村石に一任した。スペイン音楽の専門家やギタリスト、フラメンコの舞踊家などについては、これまでの人脈を生かしてわたしが担当することになった。

　それから二日後の昼過ぎ、わたしは日野楽器へ行って、新井に記者ゼミナールの構成案と招待状のリスト、パブリシティのプランなどを提出した。併せて、進行状況を報告する。新井は満足そうだった。

　その話が終わると、新井は背広の内ポケットから、分厚い封筒を取り出した。

「これが例の百万だ。落としたりしたら、絞《し》め殺すからな」

　百万といっても、わずか一センチの紙の束だ。わたしはそれを無造作にポケットに突っ込んだが、新井はどこかに穴でもあいていないかと心配そうな顔をした。

　事務所へもどると、石橋純子が一人でレース編みをしていた。つけっ放しのテレビが、高校野球をやっている。大倉は、別の得意先へ行ったということだった。

　一息ついたあと、わたしは名刺ファイルを繰り、電話を取り上げた。

　槙村真紀子は事務所にいたが、出て来るまでにしばらく時間がかかった。

　わたしが名乗ると、電話の向こうが急にしんとしたように感じられた。

「あの件でしたら、まだ調べがついておりませんのよ。改めてこちらから、お電話させていただきますわ」

真紀子は、古くなった絵の具のような、硬い声で応じた。恐ろしく、他人行儀な口調だった。

わたしは、受話器を握り直した。

「ええと、漆田ですがね、先日お茶をご一緒した」

もう一度言うと、真紀子は咳払いをした。

「よく存じてますわ。ときどき、名刺を切らすかたでしょ」

「恐れ入ります。いかがですか、今夜あたりのご都合は。ちょっと、お目にかけたいものが、あったりしまして」

「今夜は、遅くまで詰まってますのよ、あいにくですけど」

「それはよかった。わたしも、遅い時間の方が都合がいいんです」

真紀子は黙っていた。わたしも黙っていた。やがて真紀子は、電話にふうと息を吐きかけた。

「九時ごろなら、なんとかなりますわ」

「場所を指定してください」

真紀子はまた黙り、しばらく考えてから低い声で言った。

「それじゃ、銀座並木通りの『ツェルビノ』というクラブで。新橋に向かって、左側よ」

電話がかちりと鳴った。

「並木通りなら、『ドレスデン』でもいいんですよ。もしもし」

わたしは言ったが、もう電話は切れていた。


大倉と純子が引き上げたあと、今度のゼミナールの予算を弾き出してみた。かなりの額になる。全部任せる、と言った新井の言葉が、快く耳によみがえった。

七時過ぎに事務所を出た。銀座のみゆき通りに、一軒馴染みのバーがある。しばらく顔を出していないので、槙村真紀子に会うまでの時間つぶしに、ちょっとのぞいてみることにした。

数寄屋橋《すきやばし》で車を捨て、少し歩いて並木通りにはいった。『ツェルビノ』の、場所だけでも確認しておこうと思い、ビルの袖《そで》看板を見上げながら、新橋方面へ向かった。

みゆき通りを越えて少し行くと、左側に『ドレスデン』と片仮名で書かれた、厚い木の看板が目にはいった。通りに面した側が、木枠のガラス張りになっていて、中から暖かい光が漏れてくる。

大倉の話を思い出し、何気なくのぞいて見た。

二、三歩行き過ぎてから、わたしは足を止めた。急いで引き返し、もう一度中をのぞく。

花模様のインド更紗に、金鎖付きのサングラス。どこにでもある、という取り合わせではない。槙村真紀子はこちらに斜めに背を向け、相手に熱心に話しかけていた。真紀子の肩の向こうに、男がすわっている。照明のせいか顔色がどす黒く、唇は濃い紫色に見えた。太い、黒縁《くろぶち》の眼鏡の奥からのぞく目が、鋭く相手を見つめている。口髭《くちひげ》が生き物のように動き、右手の指がテーブルクロスに食い込む。

わたしは、また歩き出した。そこから二十メートルほど先のビルに、『ツェルビノ』の看板が出ているのが見えた。

並木通りを引き返した。『ドレスデン』を横目で見て通り過ぎる。真紀子と相手の男は、さっきと同じ姿勢で向き合ったままだった。

みゆき通りへはいり、目的のバーへ向かった。

その店は、簡素《かんそ》な造りのカウンターだけのバーだった。内側に、高見山によく似たママがいて、息を切らしながら一人で行ったり来たりしている。お見限りね、と言いながらわたしをぶとうとするので、背後の壁までのけぞらなければならなかった。前にうっかりぶたれたときは、二、三日あざが消えなかった覚えがある。

その店から逃げ出すのに苦労した。たまった勘定《かんじょう》を取り立てられ、一週間以内にかならず来ると誓いを立てて、ようやく放免《ほうめん》された。九時を十五分も過ぎていた。

『ツェルビノ』は、縦長の汚いビルの三階にあった。エレベーターは狭く、小便臭かった。

黒くすすけた一枚板の重い扉を引くと、どこかで乾いた鈴の音がして、タキシードを着た気障《きざ》な男が出て来た。熟練した目で、素早くわたしの品定めをする。

「申し訳ございません。こちらはプライベート・クラブでございまして、会員の方とご一緒していただきませんと」

「槙村さんだ。槙村さんと、ここで待ち合わせをしたんだがね」

男はボウ・タイに手をやって、いんぎんな笑いを浮かべた。指を突っ込んで引き回したくなるような、見事な鉤鼻《かぎばな》の持ち主だった。

「漆田さまでいらっしゃいますね。どうも失礼いたしました。槙村さまでしたら、もうお見えになっています」

中へはいると、その店はビルの様子からはとても想像できない、上品で落ち着いた雰囲気に包まれていた。決して広くはないが、照明設備といい絨毯《じゅうたん》の感触といい、設計者の趣味の良さを物語っていた。換気にも配慮が行き届いており、空気は冷たく澄んで息苦しさを感じさせない。

音楽学校の生徒のように見える、化粧気のない女のピアニストが、ドビュッシーを弾《ひ》いていた。その静かなたたずまいに、一瞬別世界に紛れ込んだような錯覚を起こした。

真紀子は、いちばん奥のボックスにいた。わたしを見ると、タンブラーを上げて挨拶をよこした。サングラスは外している。わたしは向かい合って腰を下ろし、鉤鼻の男が差し出したおしぼりを、丹念に使った。

真紀子は例の目で、わたしを値踏みした。その日のわたしは、汗とほこりでくたくたになった背広を着ていた。それを、いやでも意識させられる目だった。

鉤鼻の男が、水割りを作ってくれた。ウィスキーはシーバス・リーガルで、わたしが普段よく飲む酒とは言いがたい。大倉が、真紀子の住むドルミール麴町はまるで小さな城のようだった、と言っていた。マンションにしろこのクラブにしろ、消費者団体の書記長のイメージとは、ひどくかけ離れている。

「こちらはお友だちの漆田さん。この人はマネージャーの佐々木さん」

真紀子に紹介されて、わたしと鉤鼻は愛想よくうなずき合った。

「いい店をご存じですね。ホステスが、行列を作ってないところが気に入った」

「もっと、女の子がたくさんいるお店の方が、よかったかしら」

「いや、こういう方が静かでいいです。ここは一見《いちげん》の客は入れないんですか」

「ええ。このごろ少ないけれど、ここは正真正銘の会員制クラブなの」

水割りに、口をつける。真紀子は、少し濃いめに口紅を差しているほかは、この前会ったときと同じ装いだった。

「あのマネージャーは、まだ若いんでしょう」

「といっても、三十にはなっているはずよ」

「そうですか。わたしはまた、ボーイスカウトのアルバイトかと思った」

真紀子は小さく笑い、シーバス・リーガルのボトル越しに、わたしを見直した。

「何か失礼なこと言ったの、あの人」

「いや、別に。そのうち好きになれるでしょう」

わたしたちはしばらく、今年は台風が少ないこと、その日が今夏二番めの暑さだったことなど、差し障《さわ》りのない雑談でお互いの様子を、うかがい合った。

7

真紀子がマドラーを落とした。

水割りを作ろうとして手を滑《すべ》らせたのだが、そのとき初めて真紀子のしぐさに、酔いの兆《きざ》しが現れているのに、気づいた。

わたしはそれを拾い上げ、マネージャーに取り替えさせた。

真紀子が酔いつぶれてから、話を持ち出すのはまずい。具合のいいことに、また不思議といえば不思議だが、ホステスは一人もわたしたちの席にやって来ない。あるいは真紀子が、邪魔をしないように因果を含めたのかもしれない。

わたしは少し体を乗り出した。

「実は、今夜お時間をいただいたのは、お渡ししたいものがあったからなんです」

そう切り出すと、真紀子の口元がかすかに緊張した。

「電話では、見てほしいものがあるとかおっしゃったわね」

「見るだけでは価値のないものです」

わたしは内ポケットから封筒を出し、真紀子の前に置いた。真紀子は、無表情にそれを見下ろした。

「これは何」

「つまらん肖像画です。聖徳太子の。百枚はいっているはずですが、なんでしたら数えてみてください」

真紀子は、熱いものにでもさわるように、そっと封筒に指を走らせた。ゆっくりと言葉を選びながら言う。

「率直に言って、これはどういう性格のお金なの」

「率直に言って、口止め料です。この間の傑作写真の」

隣のボックスは空いている。だれにも聞かれる心配はなかった。

真紀子は、わざとらしいもったいをつけて、水割りを口に運んだ。

「わたし、こういうやり方、あまり好きじゃないわ」

「それでは化粧箱に入れて、リボンでもかければよかったですか」

わたしが言い返すと、真紀子は神経に障るような笑い声をたてた。

「なるほど。つまりこれは、あくまで日野楽器の物分かりの良さそうな重役さんの考えであって、あなたの欲するところではないというわけね」

わたしは答えず、水割りを飲んだ。米のとぎ汁のような味がした。

「わたしも、こういうやり方は好きではない。およしなさいとアドバイスはしたが、説得できなかった」

「それじゃ、どうしてこんないやな役を引き受けたの」

「そのために、お金をもらってるものですからね」

真紀子は水割りを空けた。

「だったら、使者の口上があってもよさそうなものだわ。一つご内聞《ないぶん》にとか、これでご勘弁のほどを、とか」

「持ち慣れない大金を持ったので、つい忘れてしまいました」

真紀子は、新しい水割りを作った。途中で手を休め、ふっと含み笑いをして言った。

「あなたは、あの常務が好きなのね」

わたしはまた、真紀子の直感力の鋭さに舌を巻いた。

「とにかく日野楽器では、この金であなたの良心を買うことができると、そう信じています。お伝えすることは、それだけです」

真紀子は白い歯を見せて、さもおかしそうに笑った。石をも噛《か》み砕《くだ》きそうな、立派な歯だった。

「わたしも、商売柄いろいろな人間と会ったけれど、あなたみたいな人は初めてだわ。体制側においておくのは、もったいないくらい」

「体制側」

突然、違和感のある言葉が耳に突き刺さり、わたしは思わず聞き返した。真紀子は、投げやりに手を振った。

「企業の人間は、みんな体制側よ」

「全消同が、イデオロギー集団とは思いませんでした」

「誤解しないでちょうだい。全消同は、特定の政治集団と、乳繰《ちちく》り合ったりしないわ。ほかの団体とも共闘しないし、独立独歩の団体なの」

「しかし、学生運動の支援派がいるという話を、聞きましたよ。あなたもそうですか」

真紀子は、持っていたタンブラーをがたり、とテーブルに置いた。息がわずかに乱れた。きつい口調で、きっぱりと言う。

「あなたには関係ないことだわ」

わたしは間をおくために、自分の水割りを作った。それを口に運ぶころには、真紀子はすでに冷静を取りもどしていた。

落ち着いた手つきで、たばこに火をつける。

「それにしても、日野楽器は気前がいいのねえ。まだ、欠陥楽器と決まったわけでもないのに、百万も払うなんて」

「欠陥楽器かそうでないかは、日野楽器にとって問題じゃないんです。そしてたぶん、あなたにとっても」

真紀子は、ゆっくりとわたしに煙を吐きかけた。わたしが言った言葉の意味を、吟味しているようだった。

やがて、手の平を上に向けて言う。

「どっちみちこれくらいのお金で、日野楽器のふところが痛むわけじゃないでしょ。少なくとも、わたしの良心が痛むほどには」

「あなたに良心があると聞いて、わたしも安心しましたよ」

真紀子は頭をそらし、奔放《ほんぽう》に笑った。

「ほんとにあなたって、口の減らない人ねえ」

しかしそのときわたしは、口で言うほど真紀子に悪意を抱いていないことに、気がついた。そして真紀子自身も、例の直感力でそれに気づいているようだった。

「それより、早くその封筒をしまってください。さっきのボーイスカウトが、持って行かないうちに」

真紀子は封筒を取り、手の平に載せて重さを量るようなしぐさをした。ハンドバッグを引き寄せ、口金を開く。

「さっき確か、これは協賛金だとおっしゃったわね」

真紀子は、ドライアイスのような声で言った。わたしは苦笑した。

「言ったかもしれません」

真紀子は封筒の糊しろをはがし、中をのぞいて無造作に札を何枚か引き出した。それをわたしの前に置き、封筒の方はバッグにしまった。

「これはなんですか」

「あなたのお仕事に対する、協賛金よ」

真紀子は悪びれる風もなく、たばこをふかした。わたしは、喉から手が出ないように口を閉じ、札をつまみ上げた。指先が切れそうな新札だった。

「数えていいですか」

真紀子はたばこを軽く動かし、どうぞ、というしぐさをした。わたしは数えた。

「ちょうど十枚ある。十パーセントだ。普通、代理店のバックマージンは十五パーセントなんですがね」

真紀子は短く笑った。

「普通、協賛金の額に注文をつける人はいないわ」

わたしは、金をポケットに突っ込んだ。何気なく振り向くと、後ろに鉤鼻のマネージャーが来ていて、いんぎんな笑いを浮かべたところだった。

「フルーツでもお持ちいたしましょうか」

「フルーツはいらないけど、ラローチャ女史にアルベニスでも、発注してくれないかな」

「かしこまりました」

マネージャーは、心得顔《こころえがお》に引き下がった。

わたしは、ぽかんとしてそれを見送った。真紀子が、新しい水割りを作りながら言った。

「今のはどういう意味」

「女流ピアニストに、スペインの曲を頼んでくれと言ったんです。あのボーイスカウトを、からかったつもりなんだが」

しばらくすると、ピアノがアルベニスの『エボカシオン』を奏《かな》で始めた。マネージャーがフロアの隅から、どうだと言わんばかりににっと笑った。

わたしの負けだった。

真紀子が、タンブラーをかざして言った。

「ね、これでわたしたち、お互いに垣根を取り払って、お付き合いができるわね」

「そう願いたいですね。この際だからお尋ねしますが、どうなんですか、欠陥ギターの持ち主というのは、ほんとにいたんですか」

真紀子は眉をぴくりとさせた。

「欠陥ギターですって。それ、なんのこと」

わたしは、真紀子を見直した。真紀子は真顔だった。確かに、したたかな女だ。

「なるほど、すると、さっきここに載っていた封筒なども、見たことがないというわけですね」

「そうよ。気の合った同士が、お酒を一緒に飲んだというだけ」

わたしは自分のタンブラーをあけ、新しい水割りを作った。

「一つだけ教えてください。消費者団体のお偉方は、みんなあなたのようにお酒が強いんですか」

真紀子は含《ふく》み笑いをした。

「亭主がいない場合はね」

その夜わたしは、真紀子を麴町の自宅まで送って行った。大倉の言ったとおり、それはまるで小さな城のようなマンションだった。

真紀子はだいぶ酔っていたが、一人でエレベーターに乗れる程度には、正気だった。

　翌日の午後、日野楽器へ行った。

　新井は、ブルーのギンガムチェックのワイシャツに、黄色い無地のネクタイを締め、扇子をぱたぱたさせながらわたしを迎えた。

　打ち合わせ室にはいり、前夜の報告をすると、新井はほっとしたようにネクタイを緩めた。

「槙村女史が、金をすんなり受け取ってくれたのはいいが、これに味をしめてまた乗り込んで来る、なんてことはないだろうな」

「分かりませんね。金を出す以上、それくらいの危険は覚悟の上だったんじゃないんですか」

　新井は、いやな顔をした。

「あるいはこの一件、きみの言うように萬広のＰＲマンが仕掛けたものだとしたら、どうなるかね。槙村女史が転んだと分かれば、別の消費者団体かマスコミへ持ち込むことも、考えられるんじゃないか」

「当然です。しかし、それもご承知の上だった、と理解していますが」

新井は、ますますいやな顔をした。

「女史に言わなかったのか。彼女のバックに、萬広のPRマンがついてることは、お見通しなんだと」

「言いませんでした。確証があるわけじゃないし、そこまで刺激するのはかえって危険だ、と思ったので」

「面白くない。このままじゃ、腹の虫が収まらんよ、まったく」

新井のこめかみに、青筋が立った。少しなだめる必要がある。

「まあわたしの勘では、これ以上もつれることはないでしょう。実際のところ、欠陥楽器が出たとしたら、苦情はまず楽器店かメーカーか、どちらかに来るのが筋です。それを、あんな形で消費者団体に持ち込んだところに、作為が感じられる。そこに、限界があります。あの札束は、十分役に立ちますよ」

わたしはポケットから封筒を出し、新井の方へ滑らせた。

「なんだ、これは」

「ゆうべ槙村女史が、わたしの仲介の労をねぎらって、わたしにくれた金です。十万はいってます」

新井は、わたしと封筒を交互に見比べ、それから妙に優しい声で言った。

「きみはそれを、ありがたく受け取ったというのかね」

「彼女も、ありがたく受け取りましたよ」

新井は咳払いをして、封筒をためつすがめつした。

「じゃあ、なぜおれに返すんだ。黙っていることも、できたのに」

「この金は、あの百万の中から引き抜かれたもので、女史の財布から出たものじゃないんです。いくらわたしでも、得意先が払う口止め料の上前をはねるのは、いささか気が引けます」

新井は信じられぬ、というように首を振った。それから、ふと意地の悪い目をして、わたしを見た。

「女史が割りもどしたのは、十万だけかね。反対のポケットに、もう十万はいってるのを、出しそびれてるんじゃないだろうね」

「それでしたら、先月のマージャンの貸しを、ここで清算してもらおうじゃないですか」

新井は急いで封筒を取り上げ、椅子を立った。

「いいから落ち着けよ。きみも、冗談の分からん男だな。ちょっと待っててくれ。常務のところへ行ってくる」

そのまま出て行こうとするので、わたしは呼び止めた。

「中身を数えなくていいんですか」

新井は足を止め、一瞬札を引き出しかけたが、すぐにからかわれたことに気づき、顔を赤くした。

「ばかを言うな。こんなことで、点数を稼いだ気になってもらっちゃ困るぞ」

それから、憤然《ふんぜん》として出て行った。

8

ホセ・ラモス・バルデスは、八月四日月曜日の夕方、エール・フランスのジャンボ機で来日した。

わたしも、河出常務や新井と一緒に、羽田まで出迎えに行った。

その日の午後、日本赤軍がマレーシアの首都クアラルンプルで、アメリカとスウェーデンの大使館を占拠する、という事件が起きた。羽田空港もその余波で、あわただしい雰囲気に包まれていた。

ホセ・ラモスは、孫娘のフローラを連れての来日だった。日野楽器で用意した通訳がついたので、わたしは二人に挨拶した程度で、ほとんど出番がなかった。

次の日の夜、当面の宿泊先になる赤坂のホテル・ジャパンの宴会場で、日野楽器主催のレセプションが開かれた。社長の日野勝馬以下、ほとんどの役員が顔を揃え、ラモスの来日を祝った。

外部の人間で呼ばれたのは、主要楽器販売店の幹部のほか、日野楽器の宣伝広告を一手に引き受ける博通広告のスタッフと、ＰＲを担当するわたしだけだった。

ホセ・ラモスは、腹の突き出た赤ら顔の老人だった。見事な銀髪の持ち主だが、歯は半分抜け落ち、顔には老人特有の染《し》みが浮き出ている。

麻のスラックスにポロシャツという軽装で、会場内を精力的に歩き回った。その年寄りらしくない足取りに、雇われた女性の通訳が汗をふきながら、あとを追いかけるしまつだった。

わたしもラモスを相手に、じっくりとスペイン語を試《ため》す機会に恵まれた。しゃべる方はまずまずだったが、聞き取る方は強いアンダルシア訛《なま》りと、歯の間から空気が抜けるせいもあって、慣れるまでに少し時間がかかった。

フローラは、この十二月で二十歳《はたち》になるという娘で、髪も目も黒く、肌は小麦色に日焼けしている。ゆったりした黄色いシャツドレスを着ていたが、それでも豊かな胸と腰を隠すことはできなかった。

アンダルシア地方に多い東洋的な顔立ちで、後ろから見ると日本人と間違えそうだった。しかも、その日本語の達者なことは唖然《あぜん》とするほどで、通訳はほとんど必要なかった。マドリード大学で日本語を勉強している、というだけにしてはうますぎる。

聞いてみると、大学にはいるまでの四年間、マドリード駐在の日本の商社員夫婦と親しくしていて、そのときに日常会話を覚えたのだという。

言葉だけでなく、日本のこともよく知っており、つい前日起きたばかりの日本赤軍の大使館占拠事件についても、いっぱしの論評をしてみせたのには驚いた。

それやこれやで、その夜のパーティの人気はフローラが独占した、といっても過言ではなかった。

わたしは、マドリードにもカディスにも三度行っているので、大いに話がはずんだ。新井は、最初ひやかし半分にそのやりとりを聞いていたが、しばらくすると面白くなさそうな顔をして、そばからいなくなった。

わたしの、スペイン語の能力を頭から信じていなかったので、あてがはずれたのだった。

その週の土曜日の午後、日野楽器の大会議室に記者ゼミナールの関係者が、全員集結した。

日野楽器から、新井以下の広報室スタッフ、八王子工場のギター部門のスタッフ。制作関係で、村石以下のクリオ・プロのスタッフ、舞台装飾会社のディレクター、フリーのライトマン、音響のディレクターなど。

出演を依頼した、音楽評論家の仲田四郎。ギタリストの井坂潤に、バイラオーラ（踊り子）の鴨下マキ。ゼミナールの司会進行役を務める、タレントの相川晋也《しんや》も顔を出した。総勢三十名を越える陣容だった。

ホセ・ラモスは、通訳代わりにフローラを連れて、やって来た。わたしはラモスのそばにつき、フローラと助け合いながら会議の内容を伝えた。

この日は、出演者の顔合わせも兼ね、ゼミナールの進行の確認をするのが、趣旨だった。リハーサルは、本番の前日に実施される予定だ。

こうした催しは初めての経験らしく、ラモスは活発な会議にだいぶ興奮していた。

記者ゼミナールはＰＲの古典的手法の一つで、従来季節性の強いファッション商品、実用物の新製品などの発表によく用いられた。しかし、最近はＰＲ活動にもけれん味が求められるようになり、この形式はあまりはやらなくなっている。

わたしが、このプロジェクトでゼミナール形式を提案したのは、ギターあるいはフラメンコという、特殊な分野に関する情報を新聞記者にアピールするのに、むしろオーソドックスな形の方が適している、と考えたからだ。

とはいえ、今度のゼミナールの目玉は、なんといってもホセ・ラモスであり、ラモスをいかにマスコミへ売り込むかが、このプロジェクトを成功させる鍵《かぎ》だった。

ラモスは一九〇六年、スペイン南部アンダルシア地方の港町、カディスに生まれた。少年時代の一時期、木工を業とする父親の仕事の都合で、マドリードに住んだことがある。そのとき彼は家計を助けるため、近所のギター工房に働きに出た。そこは開店したばかりの、サントス・エルナンデスの工房だった。

サントス・エルナンデスは、一八七〇年生まれのギター製作家で、史上最高の名工の一人に数えられる。かなりの変わり者で、自分の技術を盗まれるのがいやさに、弟子を生涯取らなかった、といわれている。

ただ雑用係として、常に一人だけ子供を雇い、工房の掃除などをさせた。しかし、成長して技術を盗まれる恐れが出てくると、その子供はお払い箱になり、新しい子供が雇われることになった、という。

ラモスは、そのサントスの下で約二年、雑用係を務めた。生来、木工が好きだった彼は、師匠の楽観をあっさり裏切って、幼い頭にいくつかの工法の秘密を、刻み込んだ。

一家がマドリードからカディスへもどったのち、ラモスは地元の名もない工匠に弟子入りして、ギター作りを基礎から学び直した。

そして一九三四年、結婚すると同時に、自分の工房を開いた。サントスの秘法に自分なりの工夫を加え、月に一本くらいのゆっくりしたペースで、丹念なギター作りに励《はげ》んだ。

その後、一九六五年にマドリードに工房を移し、現在にいたっている。したがって自分は、サントス・エルナンデスのただ一人の直弟子であるというのが、ラモスの主張であり、自慢の種だった。

八月二十二日。

四国上陸を狙う大型の台風六号の影響で、関東地方も明け方から強い風が、吹き始めていた。

この日は、高校野球の決勝戦が習志野《ならしの》高と新居浜《にいはま》商の間で行なわれることになっていたが、台風の影響で順延が決まった。

わたしたち関係スタッフは、朝九時に赤坂のホテル・ジャパンに集合した。

会場の芙蓉《ふよう》の間では、すでに舞台装置の設営が始まっていた。床に、フラメンコを踊るための板が張られ、背景にはコルドバの回教寺院メスキータの内部を模《も》した、赤と白のだんだら模様のアーチが立てられる。

この段階になると、わたしが出る幕はほとんどなく、あとは現場のスタッフに任せるしかない。心配なのは天候だけだった。

前日のうちに、大倉と純子の手を借りて、招待状を発送した記者に確認の電話を入れている。そのときの感触では、そこそこの出席率と思われた。しかしこの荒れ模様では、出足が鈍《にぶ》ることは十分に予想された。台風が、関東へ方向転換しないように、祈るほかない。

昼までに、会場の設営はすべて終わった。わたしは新井を誘って、ティールームへ行った。窓の外で、太い庭木が揺れているのが見える。

「だんだん風が強くなってきたぞ。うまく人が集まるかね」

新井は心配そうに、アイスコーヒーを掻きまぜた。

「運を天に任せるしかありませんね。高校野球と違って、台風のため中止というわけにいかないし」

「高校野球は中止でいい。今日やったら、ゼミの本番とぶつかって見損なうからな」

それから、プロ野球の話になった。

熱烈な巨人ファンの新井は、今シーズンさっぱり気勢が上がらなかった。長島監督就任一年目だというのに、巨人は最下位を低迷していた。

一方、万年Bクラスといわれた広島カープが、やはり一年目の古葉《こば》監督に率いられて、首位争いの一角に食い込んでいる。優勝戦線に異状ありだった。

ホームランレースでは、すでに阪神タイガースの田淵が巨人の王に十本以上の差をつけ、初のタイトルを射程距離内に捉えていた。

そんな話をしているうちに、十二時半を回ってしまった。軽い食事をして、会場へもどる。

やがて、日野社長と河出常務も姿を現し、緊張した表情で会場内を視察した。

開始三十分前の一時を過ぎると、ぽつぽつと記者が顔を見せ始めた。次第に席が埋まっていく。

一時四十分ころには、会場はほぼ満席になり、ゼミナールは十分遅れでスタートした。わたしは会場の右隅の、ドアのそばに席を占めた。

会場が暗くなり、舞台中央に立てられたフラメンコ・ギターに、スポットライトが当てられる。突然、ギターの激しいラスゲアド（掻き鳴らし）が会場を包み、やがてそれが潮のように引くとともに、だんだん室内が明るくなる。まずまずの滑り出しだった。

司会進行役の相川晋也の紹介で、日野社長が挨拶に立つ。日野は金歯を光らせながら、今回のラモスとの契約に対する意気込みを、とうとうとぶち上げた。

続いて、日野楽器の専務で弦楽器部長の榊原克己《さかきばらかつみ》が、壇上に立つ。榊原は長身痩躯《そうく》の、長髪を乱れるだけ乱した、たとえば神経衰弱《しんけいすいじゃく》のバイオリニストのような男だった。ときどき、髪を振り立ててリズムを取りながら、新しい手工ギター生産の狙い、市場性、ホセ・ラモスとの契約のいきさつなどを、簡単に説明する。

次に、ラモスの紹介が行なわれる。ラモスがスペイン語で話し始めると、横のパネルに日本語訳が映し出される仕掛けだった。

ラモスは言う。日本のギターは仕上げがよく、その細工には感心させられた。しかし音質や音量については、まだスペインのギターに一日の長がある。自分の技術を提供することにより、両者の長所を兼ね備《そな》えたすばらしいギターが生まれるきっかけになれば、これに過ぎる幸せはない。

こうしてゼミナールは、シナリオに従って順調に進められた。仲田四郎のスライドを使ったレクチャー、井坂潤のギター試奏、フラメンコの踊りを中心にしたショーアップ効果も、劇的な仕上がりを見せた。

予定のプログラムが終わって、場内が明るくなった。時間は三時で、長くもなく短くもない、ちょうどいい終わり方だった。

司会者が締めの言葉を述べ、このあと質疑応答のための時間が用意されていることを告げた。すぐに、方々で手が上がった。

あまり一般性のないフラメンコ・ギターが、どれだけ売れると考えるのか。

ラモスの技術指導とは、具体的に何を指すのか。

楽器を売るだけでなく、演奏技術の普及も同時に図るべきではないか。

そうした質問に対して榊原専務がうまく応答し、ゼミナールはつつがなく終わるかに見えた。

司会者が閉会を告げようとしたとき、わずかな隙《すき》を突くような感じで、左後ろの隅にすわっていた男が立った。眼鏡をかけ、髪の毛の縮れた三十過ぎの男だった。

男は突っかかるように言った。

「実は最近、日野楽器のギターの駒が、演奏中に弾けて飛ぶという事故が何件かあった、という話を聞いたんですが、ほんとうですか」

会場は一瞬しんとなり、それから波のようにざわめきが起こった。頭がいっせいに、男の方を振り向く。

男の位置は、わたしとちょうど反対側にあった。首を伸ばして見たが、顔に見覚えはない。すぐ横にすわっていた新井が、脇腹をつついた。

「おい、どうなってるんだ、これは」

今にも背広の襟《えり》を摑《つか》んで、揺さぶりかねない口調だった。さすがのわたしも、言葉がなかった。

日野社長が、顔を真っ赤にして立とうとする。榊原専務が素早くそれを制し、きびきびとマイクに向かった。顔つきがやや硬くなっていたが、動揺の色はない。まっすぐに、質問者を見据える。

「わたくしどもの製品に限って申し上げますと、少なくともこの二十年間、そのような事故による苦情は一件たりとも、いただいておりません。今のお話を、どこでお聞きになったのか存じませんが、それはためにする中傷としか考えられません。もしご不審ならば、現物をお示しいただきたいと思います。いつでも、疑いを晴らしてごらんにいれます」

それは、こういう場にふさわしくないほど、非常に強気の回答だった。事実、会場に白けたような空気が流れた。質問した男も、そこまでの反論は予想していなかったらしく、そのまま口をつぐんでしまった。

わたしは会場を抜け出し、受付へ行った。受付係の日野楽器の女子社員には、案内状を持たずに来た記者からはかならず名刺をもらうように、と言ってある。

名刺受けをチェックすると、まったく心当たりのない名刺が、一枚見つかった。

楽器情報社、主筆、西島義一。

前後のドアが割れて、会場から人が溢《あふ》れ出て来た。わたしは壁際に混雑を避《さ》け、目を凝《こ》らした。人込みの中から、ポロシャツ姿のスポーツ刈りの男が、寄って来た。

「漆田さん、面白かったよ。今度うちで、やらせてもらうことにする。電話くれないか」

その男は帝都テレビのショー番組の、安田というディレクターだった。わたしは電話すると約束し、安田をやり過ごした。

人込みに紛《まぎ》れて、反対側の壁際をすり抜けようとする縮れ毛の男を、わたしは見逃さなかった。人波を掻き分けてあとを追い、ロビーの少し手前で後ろから声をかけた。

「西島さん。今日は案内状を、お忘れになったそうですね」

男はくるりと振り向き、わたしを見てたじろいだ。

「どうも。つい出がけに、急いだもんだから、忘れちゃって」

わたしは、とっておきの微笑を浮かべた。

「それは妙ですね。お宅には、案内状を差し上げてないんですよ。今回は、業界紙のみなさんには、ご遠慮願ってるんです」

西島は細い目をしょぼしょぼさせ、今にも逃げ出しそうに後ずさりした。

「いや、実は通りがかりに案内板を見たもんで、面白そうだなと思って」

わたしは、西島を睨みつけた。

「だれの差し金か知らないが、つまらん小細工はよせ。あんたの顔は、よく覚えておくぞ」

西島は、喉が詰まったような声を出し、あたふたと逃げて行った。

わたしは、すれ違いに顔見知りの記者と挨拶を交わしながら、会場へもどった。何人かの記者が受付に残り、日野楽器の広報室のスタッフから、談話を取っている。

空になった会場の隅で、河出、榊原、新井の三人が額を寄せて、ひそひそ話をしていた。

新井はわたしを見ると、目をむいた。低い声でなじる。

「おい、なんだ、あのすっとこどっこいは。どうしてやつは、あの件を知ってるんだ。まさか、全消同の槙村女史が裏切ったんじゃないだろうな」

「それはないと思います。かりに裏切るにしても、あんな露骨《ろこつ》で不細工なやり方は、しないでしょう」

河出が指を立てて言う。

「じゃあ、萬広のＰＲマンのいやがらせかな」

「あるいは太陽楽器の、直接の差し金かもしれません。どちらにしても、榊原専務の強気の対応が、結果的にはよかったと思います。あそこまできっぱりとはねつけられると、質問の方が浮き上がりますからね」

榊原は眉根を寄せた。

「あんな記者にも、案内状を出したのかね」

「いや、飛び込みで来たんです。裏にひもが付いていることは、間違いありません」

河出は腕組みした。

「あの協賛金が、無駄になったとは思いたくないな、漆田君」

第二章　サントスを探せ

1

週が明けた月曜の午後、わたしは新井に呼ばれて日野《ひの》楽器へ行った。

すでにいくつかの新聞に、日野楽器がスペインのギター製作家を呼び、本格的な手工ギターの製作に乗り出すという記事が、掲載《けいさい》されていた。そのうち二紙は、写真まで使っていた。記者ゼミナールの成果としては、まずまずの出だしだった。

当然新井の機嫌もいいはずだが、どこかもう一つ浮かない顔をしている。広報室の隅の小部屋にはいってからも、腕組みしたまま口を開こうとしない。

「あまり記事が大きく出すぎて、ご迷惑でしたかね」

新井は苦笑いして、ようやく口を開いた。

「実は今、河出常務のところへラモス氏が来てるんだ。ちょっとした相談ごとでね。それについて、きみの力を借りなきゃならないかもしれん」

「相談ごとというと」

新井は顎《あご》をなでた。目に、当惑《とうわく》の色が浮かんでいる。

「人を探してほしい、と言うんだよ」

「ラモス氏がですか」

「そうだ」

「だれを」

新井はすわり直し、テーブルに肘《ひじ》をついた。

「じゃ、ざっと説明するか」

新井がラモスから聞かされた話によると、こういうことらしい。

一九五五年（昭和三十年）二月、つまりちょうど二十年前ということになるが、ラモスがまだカディスにいたころのことである。

ある日工房に、一人の日本人が訪ねて来た。

当時スペインでは、日本人自体が珍しい存在だった上に、その男はなんとフラメンコのギタリストだった。

彼は、ラモスのギターがよほど気に入ったらしく、ぜひ売ってほしいと言う。こんな最果《さいは》ての港町まで、ギターを求めてやって来た異国人の熱意に、ラモスは大いに心を動かされた。

ところがあいにく、そのとき店に置いてあった何本かのギターは、すべて予約ずみのものばかりだった。

ラモスは寡作《かさく》で、当時すでに注文を受けてからでき上がるまで、一年以上かかる状況になっていた。したがって、ストックなどという気のきいたものは、何もなかった。

ラモスとしては、予約ずみのギターを回すわけにもいかず、やむなく今売れるギターはない、と断った。

日本人はいかにもあきらめ切れぬ様子で、しばらく店のギターを試奏したりしていたが、やがて残念そうに出て行った。それきり、彼は姿を見せなかった。

ラモスはそのとき、言葉がほとんど通じなかったこともあって、相手を傷つけたに違いないと思い込んだ。それが今でもわだかまっており、長い間心の重荷になっているのだ、という。

「そこでラモスとしては、なんとかそのときの償いをしたい、と言うんだ。つまり、その日本人を探し出して、改めて自分のギターをプレゼントしたいと、まあこういうわけだな。今回来日の契約書にサインしたのも、実はそれが頭にあったかららしい」

新井はそう言って、話を締めくくった。

わたしは、たばこをくわえた。

「まさか、その日本人を探せ、と言うんじゃないでしょうね」

新井は、眉をぴくりとさせた。

「どうしてだ。こんな美しい話に、きみが協力を惜しむことはありえないと、河出常務もおれも固く信じてるんだがね」

「そのギタリストの、名前とか出身地は分かってるんですか」

「本名は分からんが、サントスと名乗ったらしい。それだけしか聞いてない」

サントス。

日本のフラメンキスタの中には、愛称にスペイン人の名前をつける者が、よくいる。ペペ島野とかリカルド浜田とか、わたしも何人か知っているが、サントスというのは聞いた覚えがない。

「年は」

「当時二十五、六に見えた、とラモスは言ってるがね」

それが事実とすれば、今ではもう四十半ばになっているはずだ。四十半ばの、サントスと呼ばれるギタリスト。それだけの手掛かりで、探し当てることができるだろうか。

たばこに火をつけた。

「難しいですね、これは」

新井は、わたしを横目で睨《にら》んだ。

「そんなことは分かってるよ。だから、きみに相談してるんだ」

「まあ、わたしがお手伝いできるとすれば、これを一種の美談として、新聞社に売り込むくらいかな。紙面を利用して、サントスを探してもらうんですがね」

新井の顔が輝いた。テーブルに手をついて立ち上がる。

「そうか、その手は使えるな。ちょっと一緒に来て、常務とラモスに直接話をしてくれないか」

あまり気が進まなかったが、仕方なく新井について広報室を出た。

役員応接室に上がると、河出が通訳の女性を挟《はさ》んで、ラモスと話をしていた。

わたしがラモスと握手している間に、通訳は席を立った。あらかじめ、そのように指示されていたらしい。

通訳が出て行くと、河出は言った。

「新井君から聞いたと思うが、実はラモス氏から、急な相談を受けてしまってね。ぜひ、きみの力を借りたいんだ」

「話は一応うかがいましたが」

言いかけると、新井が咳込《せきこ》むように割ってはいった。

「漆田君の考えでは、サントス探しの一件を新聞社に持ち込んで、紙面で呼び掛けたらどうか、と言うんですがね。これはいわば美談ですから、新聞社も食いついてくるんじゃないでしょうか」

河出はうなずいたが、あまり感心した様子はなかった。

「なるほど、それも一つのアイディアだが、ラモス氏は事をあまりオープンにしたくないようなんだ。そのあたりも含めて、漆田君、きみから直接話を聞いてみてくれないか」

新井は不満そうな顔をしたが、口をつぐんだ。

そこでわたしは、ラモスの方に向き直った。スペイン語で話しかける。

「お話の趣旨はだいたいうかがいましたが、もう少し詳しく聞かせてください。問題のギタリストは、サントスと名乗ったそうですが、本名とか出身地とかを言いませんでしたか」

ラモスは、わたしたちのやりとりが終わるのを、じりじりしながら待っていたのだ。すぐに、一膝《ひとひざ》乗り出してきた。

「残念ながら、言わなかったと思う。昔のことではっきりせんが、日本人で呼び名がサントスだったことだけは、確かです。ご存じありませんかな、サントスを」

わたしは首を振った。

「それだけではね。ペペとか、リカルドとか呼ばれるフラメンキスタなら知っていますが、少なくともサントスという名の、現在中年に差しかかっているギタリストには、心当たりがありません」

ラモスはひどく落胆《らくたん》した様子で、ソファにもたれ込んでしまった。河出が、心配そうにわたしを見る。

質問を続けた。

「ほかに何か、覚えていることはありませんか。背恰好とか、顔立ちとか」

ラモスは、眉の間を指で押さえた。

「そうさな、背はあんたぐらいだろう。痩《や》せた体つきで、きりっとしたなかなかの美男子だった。今でも会えば、すぐ分かると思うんだが」

「サントスはそのとき、ギターを弾いてみせたそうですね」

ラモスは目を輝かせ、また乗り出した。

「それですよ。わしのギターを試奏したんだが、これがめっぽううまい。まさか日本人が、という気持ちがあったからかもしれんが、とにかくあまりうまいんでびっくりしたのを、よく覚えておる。あのとき、予約ずみのギターを一本融通《ゆうずう》してやればよかったと、今でも心残りでしてな」

つくづく残念だというように、両手を広げる。

「新聞か週刊誌を利用して、大々的に呼び掛ければ、当人が名乗り出てくるかもしれませんがね」

そう水を向けると、ラモスは激しく首を振った。

「いや、それはだめです。この件はあまり人に知られなくない。こっそりサントスを探し出して、びっくりさせてやりたいという気もあるし、あまりおおげさにしたくないんでね。これは自慢にならん話さ、長年の借りを返すだけでな」

その口調には奇妙な力がこもっていて、わたしは言葉を返すことができなかった。

河出に、話の内容を伝えた。河出は、溜め息をついた。

「やはりそうか。まあ彼の気持ちも、分からんではないがね」

新井は、残念そうに首をかしげた。

「これはうちにとって、願ってもないパブリシティのネタになる、と思うんですがね え。スペインのギター製作家、二十年来の約束を果たしに来日、なんていう見出しが目に浮かびませんか」

河出は苦笑した。

「確かに、マスコミを利用して探す手はあるが、見つからなかった場合のことを考えると、気が重い。まして、ラモス氏がそれを望んでいないとすれば、やはり内うちで探すしかないだろうね」

新井はわたしを見た。

「どうかね。日西親善のために、ここで一肌脱いでみたら」

「マスコミを使えないとすれば、これはやはり興信所か私立探偵の仕事じゃないか、と思いますがね」

そう言いながら、大倉が同じことを言ったときの、渋い顔を思い浮かべた。

「しかしそういった連中は、きみほどスペインやギタリストのことに詳しくないし、勘が働かないだろう」

「日本人で、サントスというだけの手掛かりでは、だれがやっても同じですよ。探し出すのは、まず無理ですね。個人的に、お手伝いしたい気持ちはありますが」

新井は、薄笑いを浮かべた。

「その個人的な気持ちを、正式の業務として請負う形にしたらどうかね」

わたしは新井を見直し、それから河出を見た。

驚いたことに、河出は新井の言葉に異を唱《とな》えなかった。それどころか、しっかりうなずいたのだ。

「もしきみが受けてくれるなら、うちとしては正式に発注するつもりだが」

わたしは言葉に窮《きゅう》し、唇をなめた。そこまでこの件に力を入れる、河出の真意が分からなかった。

「ラモス氏との契約条項に、このサントス探しの一件もはいっているんですか」

「いや、これは純粋に情の問題さ。彼が高齢にもかかわらず、我が社の招聘《しょうへい》に応じた裏にそういう動機があったとすれば、できるだけ力になってやりたいというのが、人情じゃないかね」

わたしは口をつぐんだ。河出の言うことも理解できるが、二十年も昔に一度会ったきりの、本名も出身地もわからない男を探し出せと言われて、当惑しない者がいるだろうか。

わたしは体を起こした。肚《はら》を決めるしかなかった。

「分かりました。しかし、この仕事は本来の業務とはだいぶ趣が違いますし、経費も相当出ると思います。そのあたりを、認識していただきたいんですが」

河出が、上を向いて笑う。

「きみらしくもないな。そんなに、遠回しに言わなくてもいいよ、金がかかるのは、承知している。通常のフィーとは、別に予算を取ろう」

わたしは、照れ隠しに首筋を掻《か》いた。

「それではまあ、なんとかやってみますか。かならず見つけると、お約束はできませんが」

ラモスを見ると、わたしの表情で話の内容を察したらしい。相好を崩し、手を差し出してきた。

「ありがとう、セニョル。引き受けていただいて、感謝しますぞ」

2

大倉は、椅子を鳴らして飛び上がった。

「またぞろ、探偵の真似をしろですって。そんな馬鹿な」

「真似じゃない。今度は、探偵そのものになりきるんだ」

わたしが真顔で言うと、大倉は頭を抱えた。

「勘弁してほしいなあ。それだったらぼくは、萬広のＰＲマンになった方がよかったですよ。かわいこちゃんもいることだし」

石橋純子が、きっとなって振り向いた。

「あら、悪うございましたわね」

大倉はあわてて口をふさぎ、すわり直した。眼鏡をずり上げ、頭を掻きむしる。ベルトの余りが、ぺろんと前に垂《た》れ下がった。

大倉がぼやく気持ちは、よく分かった。わたし自身、ついさっきまで同じように、頭を抱えていたのだから。

「勝手が違うのは、おれも同じだよ。まあこれも、修業と思ってやるしかないな。お金はちゃんと頂戴するんだから、それほど悲観することはないんだ」

「しかし、ほかの仕事はどうするんですか」

日野楽器のほかにも、得意先はいくつかあるのだ。

「差し障《さわ》りのないように、お互いにカバーするさ」

わたしは、大倉と純子に仕事の手順を指示した。

まずギター関係の雑誌を集め、フラメンコ・ギターの個人教授、踊りの教習所、製作家などの広告を探して、一覧表を作る。次に、都内の電話帳をチェックして、広告を載せたり比較的繁華街に店を出したりしているような、大きな楽器店を選んでリストを作る。

「できたリストをもとに、片っ端から電話で問い合わせるんだ。現在四十半ばで、一九五五年の二月にスペインへ行ったことのある、サントスという呼び名のギタリストに心当たりがないか、とね」

その日、二人がリスト作りにかかっている間に、わたしは別の得意先の仕事を片づけた。

次の日わたしたちは、電話作戦に没頭《ぼっとう》した。

わたしは、知る限りのギタリストや評論家に電話をかけ、サントスを知らないかと尋ねた。その中には、記者ゼミナールで世話になった仲田四郎や、井坂潤も含まれていたが、二人ともサントスという名に心当たりはなかった。

ただ井坂は、一九五五年当時フラメンコをやっていた人間なら、もしかすると関西の出身かもしれない、と指摘した。

「だいたいフラメンコというのは、関西方面から人気が出て来たものですからね。あちらを当たってみたら、いかがですか」

井坂は大阪、神戸に住んでいる知り合いのギタリストを四人あげ、連絡先を教えてくれた。

他の仕事もこなしながら、断続的に夕方まで電話を続けた。井坂が教えてくれた関西のギタリストは、四人のうち二人までつかまえたが、どちらもサントスを知らなかった。あとの二人は不在だった。大倉の方も、成果はなかった。

純子がコーヒーを入れてくれたのをしおに、少し休憩することにした。

大倉はデスクに足を投げ出し、大あくびをした。

「しかし、だめだなあ。サントスなんてギタリスト、ほんとにいたんですかね」

「ラモスが嘘をついたのでなければな」

「もうとっくに廃業しちゃって、どっかでラーメン屋でも開いてるような気がするなあ」

「それとも体を壊《こわ》して、死んじまったということも、考えられるな」

それを聞くと、大倉は警戒するように目を光らせた。

「まさか今度は、お寺のリストを作れと言うんじゃないでしょうね」

大倉の作った一覧表に、関西方面のギタリストがまだ何人か、残っていた。それをチェックして、だめならほかの手を考えることに決めた。

井坂に教えられた残りの二人を、日が暮れてからつかまえることができた。しかし返事は同じだった。サントス。知りませんなあ。もうやめたんとちゃいますか。

こうなると、残された道は足で調べるしかない。フラメンコをやっているレストラン、酒場などを一軒ずつ訪ね、経営者や出演者に聞いて回るのだ。

奥の書斎へはいって、古い住所録を広げた。昔、よく顔を出したフラメンコ関係の店を抜き出し、一覧表を作り始める。

半分も終わらぬうちに、インタホンから大倉の胴間声《どうまごえ》が響いて来た。

「ちょっと来てください。いましたよ、サントスに心当たりがあるって人が」

急いで、事務所へもどる。

大倉の差し出すリストを見た。坂上太郎という名前が、赤い丸で囲んである。

住所は神戸市だった。

大倉は興奮しきっており、ワイシャツの腹のボタンが弾《はじ》けそうだった。口の角に、泡を吹いて言う。

「この人はフラメンコじゃなくて、クラシック・ギターを自宅で教えてるらしいんですがね」

坂上の話によると、昭和三十年の半ばごろ、大阪市内の『アンダルシア』というクラブで、サントスの舞台を見たことがあるというのだ。

坂上は当時大阪に住んでおり、高校のギター同好会のマネージャーだった。同級生に『アンダルシア』の経営者の息子がいて、ある日店に出ているフラメンコを見に来ないか、と誘われた。

普通なら高校生の身で、クラブなどに出入りできるわけがないが、その同級生がギターの勉強のためと口添えしてくれたので、坂上は期間中自由に出入りを許された。

クラブに出演していたのは、ギタリスト二人、踊り子二人、それに歌い手一人という小人数の、『グルーポ・フラメンコ』という一座だった。

当時から、クラシック・ギター一本槍だった坂上の目には、サントスのフラメンコ・ギターのテクニックは、まさに神わざのように見えた。坂上は、頭をハンマーで殴《なぐ》られたようなショックを受け、一座が出演していた一ヵ月の間に、少なくとも十回は舞台を見に行った、という。

「それでサントスの、その後の消息は聞いたか」

わたしが聞くと、大倉は残念そうに鼻を掻いた。

「それが分からないんですよ。坂上さんは、その後神戸へ引っ越しちゃって、その友だちともそれきりになったんだそうです」

「その『アンダルシア』という店は、まだあるのかな」

「何年かして坂上さんが前を通ると、別の名前のキャバレーになっていて、それから今年の春に見たときは『熱帯林』という喫茶店になっていたそうです」

「すると、建物はまだ残ってるんだな」

「らしいですね。大阪四ツ橋の、オリオン・ビルというビルの一階だそうですが、相当汚いビルになっていた、と言ってました」

わたしは質問を変えた。

「坂上氏は、サントス以外のメンバーの名前を、覚えていなかったか」

大倉は指を鳴らし、急いでメモ帳をのぞき込んだ。

「そうでした、そうでした。サントスと一緒にギターを弾いていた男で、アントニオというのがいたそうです。サントスよりいくらか年上だったけど、ギターはあまりうまくなくて、ときどき踊りの方へ回っていたらしいですね。それから、歌をうたっていた四十過ぎの男が、オイワケと呼ばれていたそうです」

「オイワケ。妙な呼び名だな」

「ええ。彼も変な名前だと思った、と言ってました。オイワケって、信濃追分の追分ですかね」

わたしにも分からなかった。

踊り子の名前は坂上もうろ覚えで、カルメンとかなんとかいう、ありふれた呼び名だったらしい。どのメンバーについても本名は知らず、その後の消息も知らなかった。

大倉は、メモ帳を閉じた。

「まあ初日の収穫としては、上出来じゃないですか」

わたしはうなずいた。井坂が指摘したとおり、手がかりはまず関西から上がって来た。

「それはそうだが、追跡は終わったわけじゃない。まだ始まったばかりだ。どちらにしても、この筋はもう少し追う価値がある。そうは思わないか」

大倉は唇を引き締めた。頰を紅潮させ、ボールペンでデスクのへりを叩く。しばらくわたしを見返していたが、やがてボールペンをぽいと放り出した。

「分かりましたよ、こうなったら神戸でも大阪でも、どこへでも行きますよ」

3

翌日大倉は、朝一番で関西へ出張した。

その日の午後遅く、帝都テレビの看板番組『水曜リビング・ショー』出演の打ち合わせで、フローラが事務所へやって来た。

番組の中ほどに『日本人の中の外国人』というコーナーがあり、そこにラモスとフローラを一緒に登場させる話が、本決まりになったのだ。

ラモスは、体調を崩《くず》したとかで欠席し、フローラが一人で来た。番組制作を担当する、外部プロダクションのディレクターを交えて、どんな形で二人をフィーチャーするかを検討し、構成のラフ案を作成した。

終わったあと、フローラを隣のビルにある喫茶店へ連れて行き、コーヒーを飲んだ。

フローラは、木の葉模様の茶のスカートに、襟の高い白のブラウスを着ていた。小麦色の肌に、小さな金のイヤリングがよく似合っている。

頬紅や口紅は、ほとんど目立たぬくらい薄いのに、目はアイシャドウとマスカラで丹念に、手入れがしてある。これがスペインの女性の、典型的な化粧のタイプだ。

わたしがスペイン語でしゃべろうとすると、フローラは日本語を使ってほしい、と言い張った。その方が自分の勉強になる、と言うのだ。

「どう、少しは日本の生活に慣れましたか」

日本語でゆっくり話しかけると、フローラは並びのよい白い歯を見せて、嬉《うれ》しそうに笑った。

「ホテル暮らしですから、まだ、ね」

微妙なアクセントの間違いを除けば、あとはりっぱな日本語になっている。声はややかすれた低音で、美声とは言いがたいが、なかなか魅力的な響きを持っていた。

「いずれ、八王子工場の近くにマンションを用意すると、日野楽器の新井さんがそう言っていた」

「マンション、すばらしいですね。早く住んでみたい」

「マンションといっても、アパルタメントの大きいやつで、スペイン語でいうマンションとは違うから、あまり期待しない方がいい」

フローラは、大きな目をぐるりと回した。

「でも、住んでみたいです」

「きみは、いつスペインへ帰るつもり」

フローラは、ちょっとためらった。

「来月、九月の中ごろか、少し前に」

「それなら、たぶん間に合うだろう」

店は比較的空いていた。少し離れた席のサラリーマン風の男が、物珍しげに新聞の陰からちらちらと、フローラを盗み見している。

しばらくわたしたちは、スペインと日本の生活の違いや国民性の違いについて、意見を交換した。

フローラは、若い娘が興味を持ちそうな、ファッションや音楽の話題に、あまり乗って来ない。そのくせ高度成長、物価対策、あるいは安保条約などという言葉をよく知っていて、こちらがたじたじとなるほどだった。

やがてフローラは、何気なくあたりに目を配り、コーヒーカップの上に体を乗り出した。声を低めて言う。

「日本では学生運動、盛んですね」

急に話題が変わったので、ちょっと面食らった。

「まあね。ゼンガクレンって聞いたことあるかな」

フローラは頬をこわばらせ、無言でうなずいた。

その緊張した表情を見て、すぐにぴんと来た。

「なるほど、スペインではそういう問題を、大声でしゃべるわけにいかないんだね」

フローラはわたしを見つめ、小さくうなずいた。

「ええ。学生の集会はだめです。大学の近くのカフェには、いつもＢＰＳ《ベ・ペ・エセ》のスパイが来ています」

「ＢＰＳ」

「ブリガダ・ポリティコ・ソシアル。秘密警察です」

わたしは苦笑した。

「ここは日本だから、そんなに声をひそめる必要はない」

フローラは体を引き、ほっと微笑を浮かべた。

スペインの独裁者フランシスコ・フランコも、寄る年波には勝てず、治安体制にだいぶ緩《ゆる》みが出てきた、と伝えられている。しかし、フローラのこの様子を見ると、まだまだ取り締まりは厳しいようだ。

「わたしたち、人がたくさんいる場所では、政治の話、できません。去年の春、お隣のポルトガルで、クーデタ成功しました。四十二年間の独裁が終わりました。マドリード大学では、何千人も学生が討論集会に集まりました。そこへ警官隊が来て、学生たくさん逮捕された。フランコは、わたしたち学生の力を、恐れているのです」

フローラの目が、次第に熱を帯び始めた。わたしは正直なところ、少し当惑した。この娘は若い世代らしく、反フランコ主義者なのかもしれないが、それをわたしに話してどうしようというのだろう。

「ポルトガルの事件は、ぼくも新聞で読んだ。でも、あれは確か、無血クーデタだったね。スペインでは、あのようにうまくはいかないような気がするけど」

「むずかしいですね。無血は無理ね。フランコの力は、とても強い。フランコを信じている人も、たくさんいます。でも、フランコの独裁は、もう終わりにするべきです。スペインも、民主国家にならなければいけません」

わたしは、フローラの話の中身もさることながら、その語学力と表現力に驚嘆した。少なくとも、日本で五年くらい生活した外国人に匹敵《ひってき》する力は、十分備えている。

わたしが返事に窮していると、フローラはまた体を乗り出し、ささやいた。

「漆田《うるしだ》さん、教えてください。あなたは、日本列島解放戦線、ご存じですか」

突然そう聞かれて、今度こそ度胆《どぎも》を抜かれた。

先日、クアラルンプルで大使館占拠事件を起こした日本赤軍は、国内では現在ほぼ壊滅状態にあるが、日本列島解放戦線はそれを引き継ぐ形で、急激に台頭してきた極左のテロリスト集団だった。

無差別の爆弾テロ闘争を展開し、その筋の厳しい追及を受けているが、まだほとんどしっぽを摑まれていない。

そう言えば日野楽器のレセプションのとき、フローラがクアラルンプル事件のことを持ち出したのを、思い出す。

赤軍同様、日本列島解放戦線の闘士も何人か海外へ流出しており、パレスチナ・ゲリラに身を投じた者もいる、という。赤軍と共闘しているとすれば、クアラルンプル事件にも関係したかもしれない。

赤軍は大使館を占拠したあと、人質解放の条件として、浅間山荘事件などで拘置《こうち》されている同志の釈放、出国を要求した。

日本政府は結局〈超法規的措置〉を取り、五人のテロリストを出国させたが、少なくともその中には、日本列島解放戦線の闘士は含まれていなかった。

わたしは答えあぐねて、たばこを探った。

「有名なテロリスト集団だから、知ってはいるけどね。それがどうかしたの」

「どこに本部があるか、知りませんか。教えてください」

フローラの目は、真剣そのものだった。

わざとゆっくり、たばこに火をつける。

「ぼくは、彼らの本部がどこにあるか知らないし、知りたくもない。何を考えているのかね」

「どこで調べれば、分かりますか」

「さあ。少し勉強のしすぎじゃないかな、フローラ」

フローラは、しばらくわたしの顔を見つめていたが、やがてふっと肩の力を緩め、体を引いた。

「そうですね。変なこと、聞きました。ごめんなさい」

わたしは黙ってたばこをふかし、それから灰皿でもみ消した。意識して話題を変える。

「どう、近いうちに、夜の東京でも案内しましょうか」

フローラの顔が、ぱっと輝いた。

「ほんとですか。わたし日本来てから、まだ夜、外へ出たことありません。おじいちゃん、とてもうるさいの」

おじいちゃんという言葉が、ほほえましかった。

「じゃ、あしたの夜はどう。六時半に、この店で待ち合わせる、ということで」

「ええ。おじいちゃんに話して、許可もらいます」

「もしだめと言ったら、すぐに電話しなさい。ぼくが説得してあげる」

フローラは嬉しそうに、何度もうなずいた。いくら難しい話をしていても、所詮《しょせん》十九の娘は十九の娘でしかないのかもしれない。

しかしわたしは、日本列島解放戦線の名を口に出したときの、フローラの真剣な眼《まな》差《ざ》しが、妙に気になった。

4

翌朝、事務所へ出たとたん、電話が鳴った。

大倉からだった。

「昨日神戸へ直行して、坂上氏に会いました。それで、多少詳しい情報を手に入れたんですがね」

大倉が坂上から聞き出した話によると、サントスの一座グループ・フラメンコが

『アンダルシア』に出ていたのは、正確には昭和三十年の六月、坂上が高校三年生のときのことだ、という。

『アンダルシア』はその年の初めにできたらしいが、昭和三十年の初めといえば、サントスがまだスペインにいたころだ。するとサントスは、二月にラモスの工房を訪れたあと、帰国してすぐにグルーポ・フラメンコを結成し、ほどなく開店半年の『アンダルシア』に出演した勘定になる。

坂上の同級生だった経営者の息子は、井上達夫という名前だった。大倉は、坂上から井上の当時の住所を聞き、大阪へ後もどりした。

井上の家はすでに、教えられた住所にはなかった。そこで大倉は、二人が卒業した高校へ行き、同窓会の事務局で最新の卒業生名簿を、見せてもらった。井上は現在、大阪市北区に住んでいることが分かった。

大倉がその住所を訪ねて行くと、そこは高い塀の立ち並ぶ高級住宅街だった。

井上達夫は自宅にいた。父親は、一年前に脳溢血《のういっけつ》で死んだそうだが、井上も父親のあとを継いで、クラブを経営していた。

大倉が事情を打ち明けると、井上は出勤前の時間を割《さ》いて、快く話に応じてくれた。

井上は、『アンダルシア』にフラメンコの一座が出演したことや、坂上にそれを見せてやったことを、すぐに思い出した。

しかし、父親がどういう経緯で一座と契約したか、またその後一座がどうなったかというあたりになると、何も知らなかった。一座のメンバーについても、よく覚えていないという。したがって、井上の線からは何も収穫がなかった。

そのあと大倉は、難波《なんば》のクラブへ出勤する井上の車に同乗し、四ツ橋のオリオン・ビルまで送ってもらった。ビルの一階に、坂上が言っていた『熱帯林』という喫茶店があった。

店内は、その名のとおりジャングルになっていて、蔦《つた》や葛の間にテーブルがあった。大倉は店のマネージャーを席に呼び、ユニークな喫茶店を探訪している週刊誌のライターだと名乗って、いろいろと探りを入れた。

その結果『熱帯林』は、ビルの所有者であるオリオン商事からフロアを借り、一年前に開店したことが分かった。

「オリオン商事は、そのビルの六階にありましてね。すぐに行ってみたんですが、時間が遅過ぎて閉まってました。今日もう一度、出直してみるつもりです」

大倉はそう言って、報告を終わった。

「古顔の社員で、昔のことを覚えているやつがいるかもしれない。期待してるよ。それにしても、けっこう探偵業が板についてきたじゃないか」

大倉はぶつぶつ言ったが、まんざらでもないようだった。

「そうそう、坂上氏はラモスの美談に感激しちゃいましてね。来月十日過ぎに東京へ行く用事があるから、何か役に立てることがあったら遠慮なく言ってほしいと、そう言ってくれました」

その日は、別の仕事で一日つぶれた。もう一つの大きな得意先が、新発売の紙おむつのPRキャンペーン企画を、急遽《きゆうきよ》提出してくれと言って来たのだ。


仕事が一段落した夕方、また大倉から連絡がはいった。

「オリオン商事の専務で、石黒という六十がらみのおっさんが、『アンダルシア』のことを覚えてましてね。なんでも当の石黒専務が、二十年前井上氏のおやじさんと契約書を交わして、ビルの一階を貸したんだそうです」

『アンダルシア』は、昭和三十年一月の開店から三十二年八月につぶれるまで、オリオン・ビルにはいっていたという。石黒は、グルーポ・フラメンコが出演していた一カ月の間に、一度だけ見に行ったことがあるのを覚えていた。しかし、メンバーの顔触れやその後の消息については、何も知らなかった。

ただ二年ほど前に石黒は、取引先に連れられて、曾根崎新地《そねざきしんち》の『バルセロナ』というフラメンコ・レストランへ行ったとき、昔『アンダルシア』でボーイ長をしていた花田という男と、偶然再会したことを思い出した。

花田はそのレストランで総支配人をしていたが、『アンダルシア』にいたころよく石黒の姿を見かけたので、すぐに気づいて声をかけてきたらしい。

「今夜その『バルセロナ』へ行って、花田氏に会ってきます。いまだにフラメンコの店にいるくらいだから、何か知ってるんじゃないかと思うんですがね」

「そうだといいがね。しかし、よくそこまで調べたものだ。正直なところ、驚いたよ」

率直に感想を述べると、大倉も気分を良くして応じた。

「やってみると、これでなかなか面白いもんですね、探偵業というのも。なんとか手がかりがつながると、だんだんその気になるから不思議ですよ」

「きみは今、色いろな人間の人生の切れ端をつなぎ合わせて、一人の正体不明の男の歴史を、組み立てようとしているんだ。これはいわば、一つの芸術だな」

「そんなに持ち上げてくださいよ」

大倉は例の口調で言い、大きなくしゃみをした。

約束した六時半に、隣のビルの喫茶店へ行った。

フローラは先に来て、フルーツパフェに挑戦していた。

フローラが夜外出することに、ラモスは最初渋い顔をしたが、相手がわたしと分かると、さすがに強く反対できない様子だったという。

フローラは、襟ぐりを大胆にあけた赤白の横縞のシャツに、アイボリーのパンタロンをはいていた。トレド産らしい、金と黒の細工物の腕輪に、それと対《つい》になった大きな耳飾りを、つけている。

わたしたちはまだ明るい四谷の街へ出たが、フローラがなんの屈託もなく腕を組んできたのには、閉口した。

まず、赤坂のしゃぶしゃぶ屋へ連れて行った。フローラは、こんなにおいしい肉は生まれてこのかた食べたことがない、と断言した。スペインの牛肉と比べれば、それは当然かもしれない。

フローラは、ラモスがわたしにサントス探しを頼んだことを、知らなかった。祖父に、そのようなエピソードがあったことすら、聞いたことがないという。

「とにかくラモス氏は、そのことが長い間気がかりで、今度日本へ来たのもサントスに会うのが、目的の一つだったらしい」

わたしが説明すると、フローラはうなずいた。

「分かるような気がします。おじいちゃん、わたしにも厳しいけれど、自分にもとても厳しい人だから」

それからフローラは話題を変え、わたしの個人的なことを聞いてきた。

わたしは三十五になってまだ独身で、十年勤めたPR会社を二年前にやめ、独立して住居兼用の事務所を開いたこと、両親はすでに亡くなり、係累《けいるい》は遠い親戚が北海道にいるだけであること、学生のころやくざに刺された傷が、脇腹に残っていることなどを話した。

フローラは、赤ん坊のときに両親を事故で失い、ずっと祖父に育てられたこと、大学で日本の説話文学の勉強をしていることなどを、豊かな表情でしゃべりまくった。

フローラが、フラメンコを見ることに賛成したので、新宿へ回って『エル・フラメンコ』へ行った。その店は三光町《さんこうちょう》のビルの六階にある、スペイン料理専門のレストラン・シアターだった。

エレベーターに乗ると、満員のところへなおも後ろから押し込んでくる者がいた。

わたしは、フローラの乳房に胸を押し付ける恰好になった。首をねじって後ろを見ると、紺の背広のサラリーマン風の男が扉にへばりつき、一心に天井を見つめていた。額《ひたい》に汗が浮いているのが見えた。

店はけっこう混み合っており、わたしたちは正面のステージから少し離れた、壁際の席に案内された。店の造りは、マドリードの一流のタブラオ（フラメンコを見せる酒場）にひけを取らず、料理の方も悪くない。

ショーが始まるまで少し間があり、わたしたちはコースの料理を注文して、シェリーで乾杯した。

ショーの直前になって、隣の小さなテーブルに長身の男が案内されて来た。手に、ギターのケースを握り締めていたが、それはボーイに取り上げられた。男は不満そうに、頬をふくらました。おそらく、プロのギタリストだろう。

明るいグレイのスーツを着込み、髪を長く肩先まで伸ばしている。鼻が高く、彫りの深い顔立ちで、混血のようにも見えた。まだ少年の面影《おもかげ》を残した、若い男だった。

気に入らないことに、その男はすわったときからフローラに、無遠慮な視線を送り始めた。それは、ショーが始まるまで続いた。

バイラオーラ（踊り子）もギタリストも一流で、ショーはなかなかの出来だった。

アルティスタは、スペインで働くよりもこの店に呼ばれた方が金になるので、みなここへ来たがっているという話を、聞いたことがある。それだけに、いい顔触れが揃っていた。

カンタオール（歌い手）の一人は、いかにもヒターノ（ジプシー）らしい風貌をしており、しわがれた渋い声の持ち主だった。愛嬌《あいきよう》のある男で、客席の中に目ざとくフローラを見付けると、同国人と分かったのか手を差し延べて、歌いかけた。

「おまえはアレキサンドリアのばらよりも美しい……」

照明係が、気を利かせてスポットを当てたので、店内の視線がいっせいにフローラに集中し、期せずして拍手が湧き起こった。さすがにフローラも頬を紅潮させたが、臆《おく》せず投げキッスを返したのは、立派だった。

スポットが消えてからも、まだフローラの横顔を見つめている者がいた。隣のテーブルの、若い男だった。

男は、見つめていることを隠そうともせず、わたしの存在など眼中にないようだった。

フローラは最初それを無視していたが、やがて咎《とが》めるように男の方を見返した。すると男は目をそらすどころか、不敵にも口元に微笑を浮かべた。しおれたばらの花が、ぴんとしそうな笑いだった。

フローラは驚いたように目を伏せたが、たちまち顔を上気させた。

わたしは、気分を害したというほどではないが、軽い嫉妬《しっと》を覚えたことは事実だった。なんといってもその男は、わたしより若く、ハンサムだったのだ。

ステージで、ギタリストがソロを弾《ひ》き始めた。男は渋しぶ、そちらに目をもどした。しかし何小節か聞くと、小さく首を振り、舌を鳴らして唇に冷笑を浮かべた。その演奏が、気に入らないようだった。

フィナーレになるのを待って、わたしは手洗いに立った。たばこを買って席にもどると、フローラはぼんやりと空になったステージを、眺めていた。隣のテーブルの若い男は、いなくなっていた。

「さて、そろそろ行こうか。きみのアミーゴ（友だち）も帰ったようだし」

わたしが言うと、フローラは意外なほどどぎまぎして、テーブルクロスの端をぎゅっと握り締めた。

「それ、なんのことですか」

取ってつけたようにそう言ったきり、顔を赤くしてうつむいてしまった。

肩口に振りかかった髪が、妙に色っぽかった。

5

翌日の昼に、大倉が大阪からもどって来た。

スーツはよれよれ、髪の毛はぼさぼさ、眼鏡のレンズはまるで曇りガラス、というありさまだった。靴などは、地下足袋《じかたび》に近い。

石橋純子に留守を頼み、大倉を連れて新宿のサウナへ行った。

蒸し風呂と水風呂を往復しながら、大倉が報告した話は次のようなものだった。

大倉は前夜五時過ぎ、店が開く前を狙って『バルセロナ』を訪ねた。オリオン商事の石黒から聞いたとおり、元『アンダルシア』のボーイ長花田は、その店で総支配人をやっていた。

花田は小柄な、白髪をきれいになでつけた、品の良い初老の男だった。

いかにも実直そうな人間に見えたので、大倉は正直に事情を打ち明けて、昔の話を聞かせてくれるように頼んだ。花田は『アンダルシア』時代のことをなつかしがり、喜んで大倉の頼みを聞き入れた。

花田によると、経営者の井上はラテン音楽が大好きで、トロピカルやタンゴのバンドを好んで出演させ、グルーポ・フラメンコもその一つだった、という。

一座のメンバーはサントス、アントニオ、オイワケ、そして踊り子のカルメン、マリアの五人だった。それらは、坂上の記憶とだいたい一致した。

しかし彼らの本名となると、花田もはっきり思い出せなかった。サントスは高木か高山か、とにかく高がついたような気がする。あとの二人については、まるで記憶がない。

花田に言わせると、アントニオのギターはたいしたものではなかったが、サントスの方は素人の耳にもそれと分かる、凄い腕前だったという。

オイワケの歌のことは、よく分からない。初めて聞いたとき、フラメンコの歌というのは追分によく似ているな、と感じたことを思い出すくらいだ。

二人の踊り子については、どちらもかなりの美人だったこと以外は、あまりよく覚えていない。

契約が切れると同時に、花田は一座の消息を聞かなくなった。どさ回りをしているのだろうと思ったが、噂一つ耳にはいらなかった。

しかし三年前花田は、梅田の映画館で十数年ぶりに、ばったりオイワケに出くわした。二人は年が近かったこともあり、お互いすぐに相手を見分けることができた。

こざっぱりした開襟《かいきん》シャツ姿のオイワケは、どことなくそわそわしながら、今法善《ほうぜん》寺《じ》横丁でたこ焼きの店をやっている、と言った。

そのとき二人は、立ち話をしただけで別れた。

それからしばらくたって、法善寺横丁を通りかかったとき、花田はふとオイワケのことを思い出し、店を探してみようと考えた。しかし本名を知らず、店の名前も聞かなかったので、探しようがなかった。

何軒かたこ焼き屋をのぞいたが、見つからずそれきりになってしまった。

結局、大倉が花田から聞き出したことは、それだけだった。

ここまで来ると、大倉としてもオイワケの消息を追って、法善寺横丁へ行く以外に方法がなかった。

ごちゃごちゃした横丁に沿って、あてもなく一軒のたこ焼き屋を探して歩くことを考えると、気が遠くなりそうだった。しかも花田が、一度それを試して失敗しているのだ。望みは薄かった。

とりあえずたこ焼き屋、串焼き屋、一杯飲み屋を見かけると中へ飛び込み、現在六十歳前後で二十年前にフラメンコをやっていた、オイワケと呼ばれる男を知らないかと、片端《かたはし》から聞いて回った。

これには時間がかかった。

中には親切な店主がいて、店員一人ひとりに確かめてくれたりしたが、オイワケと呼ばれる老人を知っている者は、だれもいなかった。飲食店組合の会長を務める料理屋の主人も、まったく覚えがないという。

夜十一時近くまで、法善寺横丁を歩き回ったが、成果はなかった。大倉は、さすがに疲れ果て、とある小さな飲み屋にはいった。軽く一杯やって、ホテルへ引き上げようと思った。

するとそこへ、ひどく太ったホステス風の女がはいって来て、カウンターの大倉の隣にすわった。その女は、あとで分かったことだが、近くのキャバレーのホステスで、いつも途中で仕事を抜け出し、チューハイを引っかけにやって来るのだ、という。

大倉が最後の望みをかけて、店のおかみにオイワケの話を持ち出したとき、女は興味なさそうにかまぼこを頬張《ほおば》っていた。

おかみが知らないと言って首を振ると、女は大倉を見て、フラメンコてなんやねん、と食いついてきた。仕方なく大倉は、持てる限りの知識を動員して、フラメンコの何たるかを説明した。

女は聞き終わると、ジョッキを一気に空けて、ふうと息をついた。

「フラメンコかどうか分からへんけど、変な外国語で民謡歌うじいさんやったら、知ってるわ。ときどき酔っ払うて、追分なんか歌いよるねん」

追分と聞いたとたんに、大倉は女の腕を摑んでいた。

「追分だって」

「そや。外国語いうても、あれは英語やあらへん。英語やったら、うちにも分かるわ、これでも、女子大行っとったんやから」

女の話によると、それは店がはねてから彼女がいつも立ち寄る、屋台のたこ焼き屋のおやじだという。

屋台か。それは確かに盲点だった。花田もオイワケから、たこ焼き屋をやっていると聞かされたとき、まずは普通の店を思い浮かべたことだろう。

オイワケが屋台と言わなかったのは、おそらく精一杯の見栄《みえ》だったに違いない。

女子大出と称するホステス嬢に教えられて、大倉は法善寺横丁のはずれへ行き、オイワケの屋台を発見した。

オイワケは、白髪もまばらな痩せぎすの老人で、最初のうちは自分がオイワケであることを、認めようとしなかった。花田の名前を持ち出しても、まだ渋っていた。

しかし大倉は、ラモス来日以来のいきさつを詳しく話し、持ち前のしぶとさで食い下がった。

その結果、ようやく重い口を開く気になったオイワケは、屋台を閉めて大倉を近くのラーメン屋へ、連れて行った。大倉はそこで、じっくりとオイワケの話を聞いた。


オイワケは大正の生まれで、満洲事変の直後料理屋に奉公して、板前になった。若いころからのどが自慢で、特に追分を歌わせたら右に出る者がいない、といわれた。ただ女癖が悪いのが玉にきずで、戦前から戦後にかけてあちこちの有名な料亭で働いたが、そのためにどの店も長続きがしなかった。

昭和三十年には心斎橋《しんさいばし》の大きな料理屋にいたが、ここでもひいき筋の妾《めかけ》とできてしまったため、主人との間が険悪になった。

居心地が悪くなってくさくさしていたところへ、ある日サントス高井と名乗る若いギター弾きが、訪ねて来た。確か、昭和三十年四月のことだった。

サントスはオイワケに、フラメンコの一座を作るつもりだが、歌手として参加してくれないか、と誘いをかけた。どこかで、オイワケののどを聞いたことがあるらしかった。好きな歌で金が稼げるならと、オイワケは板前の仕事に見切りをつけ、サントスの誘いに乗った。

一座にはほかに、第二ギターのアントニオ、踊り子のカルメン、マリアの三人がいた。表向きは隠していたが、サントスとカルメン、アントニオとマリアはそれぞれ夫婦で、年齢はアントニオが三十がらみのほかは、みな二十代半ばだった。

一座に加わったオイワケは、サントスから片仮名で書いたスペイン語の歌詞と、レコードを渡された。それから一ヵ月間、徹底的にカンテ（フラメンコの歌）の練習をさせられた。

こぶしの使い方など、得意の民謡からすぐにコツを摑むことができたので、それほど苦痛ではなかった。オイワケ自身、サントスの目のつけどころに感心したくらいだった。

まもなくオイワケは、意味も分からぬままギターや踊りに合わせて、歌えるようになった。『アンダルシア』に出演したのは、その直後のことである。

『アンダルシア』を皮切りに、グルーポ・フラメンコは主として西日本を中心に、クラブやキャバレーのどさ回りを続けた。

アントニオは、ギターの腕がもう一つということもあり、しばしば慣れない踊りの方へ回された。年は上だが、結局はサントスの引き立て役だった。それやこれやで不満が重なり、次第にサントスとそりが合わなくなった。酒びたりになり、舞台に穴をあけるようなことも起きた。

結局一年ほどして、アントニオは妻のマリアとともに、一座を脱退した。それも挨拶するどころか、夜逃げ同然に出て行ったので、サントスがひどく怒ったのを、オイワケはよく覚えていた。

やがてアントニオの後釜《あとがま》として、マノロ清水というはたちそこそこの、背の高いギタリストが、一座に加わった。

それから一年後、期待したほどに金にならない生活に嫌気がさして、オイワケも一座をやめてしまった。たこ焼きの屋台を引くようになったのは、その後まもなくのことだという。

やめて三年ほどたった昭和三十五年の秋ごろ、千日前で商売をしていると、偶然マノロ清水が屋台の暖簾《のれん》をくぐった。そのときマノロは、少し前にグルーポは解散し、自分はこれから上京して仕事を探すつもりだ、と言った。

それきりオイワケは、グルーポ・フラメンコのメンバーと、二度と顔を合わせることがなかった。

オイワケの長い話は、そこで終わった。

大倉は、オイワケ自身の本名と住所を確認しようとしたが、オイワケは口をつぐんで一切明かそうとしなかった。

わたしたちはサウナから上がり、レストルームでビールを傾けていた。

大倉の精力的な取材によって、多くの事実が明らかになった。その中のいくつかは、大倉が考えている以上にわたしを興奮させた。

まず、サントスの本名が高井某であること。そしてサントスは、一座の踊り子カルメンと、夫婦だったこと。同じく、アントニオとマリアも、夫婦だったこと。こうした事実は、人探しの背景として、非常に重要なデータになる。

サントスがオイワケに目をつけたのは、当時としては正しい選択だった。あのころの日本には、カンテ・フラメンコを歌えるプロなどいなかった。だれかにそれを教え込むとすれば、民謡のうまい人間こそ一番の適格者、といえるだろう。カンテと日本の民謡の間に、ある種の共通点、類似点が存在することは、専門家筋でも認められているのだ。

大倉は三杯めのビールを飲み干し、満足そうにげっぷをした。

「それにしても、残った手がかりは十五年前に上京した、マノロ清水とかいうギタリストだけになったわけですね。ますますむずかしくなってきたなあ」

わたしは、たばこをくわえた。それこそ大倉が摑んだ、決定的な情報だった。

「いや、そうでもない。実はそのマノロ清水に、いささか心当たりがあるんだ」

大倉は目をむき、デッキチェアの上で体を半分起こした。

「ほんとですか」

「ほんとうだ。今、どこにいるかは分からないが、二年ほど前、新宿の厚生年金ホールでやった、フラメンコ・フェスティバルというのを見に行ったとき、出ていたのを覚えてるんだ。当時三十代後半の、背の高い男だった」

「じゃあ間違いなしだ。年も背格好も、オイワケの話とぴったり符合しますよ」

大倉は興奮して、ジョッキを床に落とした。

6

夜の六本木は、相変わらずの人出だった。

防衛庁の前で車を下りて、通りを反対側へ渡った。

古ぼけた板に、白いペンキで『エル・プエルト』と書いてある。フランス窓に、タイタンの耳輪のようなノッカーの付いた木の扉。それをあけると、今度はガラスのドアだ。

こぢんまりした、レストラン・バーだった。両側はテーブル席で、奥の一段高い所にカウンターがある。スペイン語の店名に似ず、中はスイスの山荘風の造りになっている。雰囲気も静かで、フラメンコのイメージとはほど遠い。

髪の長い、トンボ眼鏡の娘が数人、隅の方でひそひそ密談していた。

ポロシャツを着て、尻のポケットにノートを突っ込んだ、テレビ局のディレクター風の男が二人、カウンターでビールを飲んでいる。

手前のテーブルでは、かなり酔った中年の男が、金ラメのロングドレスを着た厚化粧の女を相手に、くどくどとベルヌイユの定理を解説していた。

奥のカウンターの端にすわると、トンボ眼鏡の娘たちがぽかんと口をあけて、わたしを見た。黄色いカラスを見るような目だった。

バーテンが差し出したおしぼりを使いながら、わたしは言った。

「スコッチ。炭酸割りで。ここに、マノロ清水というギタリストが、いるかね」

「ええ。もうすぐやりますよ。お友だちですか」

「友だちになりたいんだ」

バーテンは、リーゼントの髪にちょっと手をやり、酒を作りにかかった。

十分ほどして奥のカーテンが割れ、ギターを持った長身の男が出て来た。四十歳かそこらで、眉が太く、目が鷹《たか》のように鋭い。

マノロ清水は、カウンターの脇の低いストゥールに腰を下ろし、上体を猫背気味にかがめて、いきなり弦を掻き鳴らし始めた。大きな手がギターの上でひるがえり、ルンバのリズムを刻む。やがてそれは『コーヒー・ルンバ』のメロディになった。

清水の演奏はやや大味で、テクニックも古いタイプのものだった。タンゴやラテンの曲をフラメンコ風にアレンジして、何曲か立て続けに弾きまくった。ベルヌイユの定理の中年男が、やたらに調子はずれの掛け声を入れたが、清水はまったく気に留めない様子だった。人に聞かせるのではなく、自分のために弾いているように見えた。

弾き終わると、清水はまばらな拍手に馬鹿丁寧なおじぎで報《むく》い、カーテンの後ろに引き下がった。

一分ほどしてまた姿を現し、わたしの隣にすわった。バーテンが、スコッチをショットグラスに注ぎ、前に置く。それは一口で、清水の胃の中に消えた。

わたしは清水を見た。

「フラメンコは弾かないんですか」

清水は、初めて気がついたというように、わたしを見返した。少しの間、言葉の意味を考えている。もしかすると、グラスを投げつけられるのではないかと思ったが、何も起こらなかった。

やがて清水は軽く肩をすくめ、抑揚《よくよう》のない無感動な声で言った。

「この店でフラメンコを弾くのは、寄席で選挙演説をやるようなもんですよ」

わたしは名刺を出し、グラスの横に置いた。

「ちょっと、話を聞かせてもらえませんか」

清水は、無表情に名刺を見下ろした。それは、古いトランプほどにも、清水の興味を引かなかったようだ。

「どんな話ですか」

「たとえば、サントスの話などをね」

清水の表情は、動かなかった。ちらりとわたしを見る。

「サントスって」

「あなたと一緒に、フラメンコをやっていた男ですよ、二十年ほど前に。あなたのことは、オイワケに聞いたんです」

清水は、ゆっくりとわたしの方に向き直った。目に、驚きの色が浮かんでいる。

「サントス。オイワケだって」

「ええ。覚えてるでしょう、オイワケのことは」

清水はグラスに口をつけようとして、それが空なのに気づいた。

わたしは、バーテンに合図した。

「おごらせてください」

清水は、新しい酒が注がれるのを待って、また一口で飲み干した。

「あんた、オイワケに会ったんですか」

「正確に言うと、わたしの部下がね。大阪の法善寺横丁で、たこ焼きの屋台を引いているオイワケに会って、話を聞いて来た」

清水は、あらためてわたしの名刺を取り上げ、しげしげと眺めた。

わたしは言った。

「PRというのは、まあ広告の親戚みたいな仕事でしてね」

「どうして、フラメンコなんかに興味を持つんですか」

わたしはバーテンに、もう一杯酒を作らせた。清水のグラスにも、注がせる。

「それには、少々事情がある。聞いてもらえますか」

「ぜひ聞かせてほしいね」

そこでわたしは、ラモス来日以来のいきさつを簡単に話し、ラモスの頼みでサントスを探していることを、打ち明けた。

清水はその話に興味を示し、熱心に耳を傾《かたむ》けた。グルーポ・フラメンコの名が出て来ると、なつかしそうに何度もうなずいた。

「そうか、オイワケはまだたこ焼き屋をやってたのか。あたしが最後に会ったのは、もう十何年も前だったがねえ」

「昭和三十五年の秋でしょう」

「そうだ、あれはグルーポが解散して、すぐあとのことだった」

清水は、遠くを眺めるような目で、グラスを見つめた。

「オイワケが、あなたの名前を教えてくれたので、どうにかここまでたどって来ることができた。わたしは二年くらい前、あなたの舞台を見たことがある。フラメンコが好きでね」

「じゃあ、フラメンコ・フェスティバルのときだね」

わたしはうなずいた。

「それでさっき新宿の『ナナ』に寄って、ぺぺ島野からあなたがここで弾いていることを、聞いて来たわけです」

『ナナ』というのは、フラメンコの好きな連中がたむろするバーで、ペペ島野はそこの常連のギタリストだった。ペペは仲間の消息については、だれにも負けぬ情報網を持っているのだ。

わたしはたばこに火をつけ、深く吸った。

「結論を急ぐようだけど、どうですか。サントスが今どこにいるか、心当たりはありませんか」

清水は、あっさり首を振った。

「残念だが、あたしも知らないんだ。なにしろ解散して以来、一度も会ってないんだから。まあ、あたしのとこまでよく追いかけて来られたと、それだけは感心しますけどね」

ふくらみかけた風船がしぼみ、わたしは肩を落とした。胃の底に、何か突き刺さるような痛みを感じた。

清水は、乾いた口調で続けた。

「確かにあたしは、最後までサントスと一緒にやってたけど、それは食うためとテクニックを盗むためとで、そうしただけさ。サントスは、抜群《ばつぐん》の腕をしてたからね。しかしあたしは別に、サントスの人柄に惚《ほ》れてたわけじゃない。一座が解散したときだって、名残惜《なごりお》しさに泣いたわけでもない。だから、今サントスがどこで何をしていようと、あたしには関係ないんだ。知ってりゃ、もちろん教えますがね」

　わたしは首筋をこすった。

「しかし、サントスが評判どおりの名人だったとすれば、そのまま消息が分からなくなる、というのはおかしい。少なくとも仲間うちで、噂くらい流れてもいいんじゃないだろうか。それなのに、だれに聞いても知らないと言う。妙だとは思いませんか」

　清水は、黙って肩をすくめた。

　わたしは話の継《つ》ぎ穂《ほ》を失い、たばこを揉み消した。無力感が、体に浸透し始める。

　突然、清水が天井を見上げて言った。

「あの息子は、どうしたかなあ」

　驚いて、顔を見る。

「息子というと」

　清水は片方の眉を上げ、わたしを見返した。

「サントスの息子さ」

　生唾《なまつば》を飲む。

「サントスに、息子がいたんですか」

「そうさ。オイワケから、聞かなかったの」

「そういう話は、出なかったと思う」

もし出ていれば、大倉はそれを報告したはずだ。サントスに息子がいたとは、予想もしないことだった。これはまた一つ、新しい手がかりを摑んだことになる。

清水は腕を組んだ。

「かわいそうな坊主だった。サントスは、ひどい男でね。あれは、ギターのことになると、正気でなくなるんだ」

「ひどい、と言うと」

「まだ、三つか四つになったばかりの子供に、指の皮が破れて血が出るまで、ギターの練習をさせるのさ。それも毎日毎日、朝から晩までぶっ続けにね。正気じゃなかったとしか思えないな、あれは」

「それはちょっと、常軌《じょうき》を逸《いっ》してるな。母親は、何も言わなかったんですか」

「カルメンは、サントスの言いなりだった。気持ちの優しい人だったけどね」

わたしは、もう一杯ずつ酒を頼んだ。

「サントスは息子を、ギタリストに育てるつもりだったのかな」

「そうさ。現に、舞台で弾かせたりしたくらいだからね」

「そんな子供にですか」

「もちろん、座興だけどね。特にオイワケが抜けてからは、ちょくちょくソロでやったもんだ。グループが解散するころには、あれでなかなかいい腕になってましたよ。当時まだ六つかそこらだったけど、あの調子で、ずっとサントスに鍛《きた》えられたとしたら、今ごろ大変なギタリストになってるはずだ」

清水は目を輝かせ、無意識のように何度もうなずいた。

「サントスの名字は、高井といったそうですね」

「そう、高井だ。高井修三だったと思う。修身の修に、数字の三ね」

「息子の名前は覚えてませんか」

清水はうつむいた。

「さてねえ。舞台じゃパコって呼んでたがね。聞いたかもしれないけど、覚えてないな。当時はそんなもんですよ」

「パコか。今の若手で、パコと呼ばれるフラメンコ・ギタリストは、いるだろうか」

清水は上を向いた。

「いや、聞かないね。たぶん、やめちまったんじゃないかな。もし続けていれば、絶対あたしらの耳にはいるはずだ。当時で、あれだけの腕をしてたんだからね」

「呼び名を変えたかもしれない。だれか、心当たりのある腕達者はいませんか、若い連中の中に」

しばらく考え、首を振る。

「いないね。あたしが知ってるうちで、一番の弾き手はペペ島野だが、もしパコがあのまま成長してるとしたら、ぺぺどころじゃすまんだろう。いや、心当たりはないね」

わたしは溜め息をついた。

「となると、サントスもパコも死んだとしか考えられないな」

「そうだね」

清水は、無造作に肯定した。わたしは、本気で言ったのではなかったが、清水の反応を見ていやな予感がした。

一息に酒を飲み干す。

「正直に言うけど、今となってはあなただけが頼りなんですよ。どんなことでもいいから、サントスについて思い出すことはありませんか。出身地とか、親兄弟とか」

清水は考えるふりをしたが、すぐに手を広げた。

「お役に立てなくて悪いね。もし何か思い出したら、電話しますよ」

わたしは、もう一杯酒をおごった。清水は、軽くグラスを掲げた。

「あんたもフラメンコが好き、とは嬉しいね。ギターを弾くんですか」

「引っ掻く程度ですがね。スペインにも、何度か行きましたよ」

清水は、体を起こした。

「そうですか。あたしもこの年になって、初めて行く気になってね。資金を貯めて、今パスポートの手続きをしてるとこですよ」

「うらやましいな。いつ行くんですか」

「九月にはいって、そう、半ば過ぎかな」

しばらく、スペインの話をしているうちに、また演奏時間になった。席を立つ前に、名刺をもらった。それによると、本名は清水宏紀というらしかった。

店を出るとき、トンボ眼鏡の娘たちはまたわたしを、ぽかんと見つめた。

酔った中年の男は、金ラメのドレスの女があくびをしているのにもかまわず、ボイル・シャルルの法則を解説していた。

その夜、ホテル・ジャパンのホセ・ラモスに、電話した。

ラモスは、先夜わたしがフローラを誘ったことで礼を言ったが、本音はあまりちょっかいを出すな、と言いたいようだった。

サントス探しの途中経過を、簡単に報告する。一週間足らずの仕事としてはまずまずの成果で、ラモスもそれは認めた。しかしわたしとしては、現時点であまり過大な期待を抱かれても困る。

サントスに、パコと称する息子がいたことは、目下一番有力な手がかりになりそうだったが、ラモスには言わないでおいた。

7

月曜日というと、ろくなことがない。

しかも、その日は二百十日の、九月一日だった。中央新聞の家庭面に、面白くない記事が載っていた。

『マスプロ教育のギター教室にご用心』

そんな飾り罫《けい》の見出しに続いて、リードの部分にある少年の投書が、紹介されていた。

その少年は、高い月謝を払ってある楽器店のギター教室に通っていたが、一クラスに生徒が二十人近くも詰め込まれ、三十分のレッスンの間に実際に先生に見てもらえるのは、ほんの五分かそこらだった、と不満を訴えている。

記事はそれを受けて、大手の楽器メーカーがギターを売るために、楽器店に強引にギター教室を開かせていること、一方楽器店は収益を上げるために生徒を限度以上に詰め込み、おざなりなマスプロ指導で量をこなしていることなどを、指摘していた。

この段階ですでに、かなり偏《かたよ》った意図で書かれた記事という感じがしたが、後段になるとさらに不自然な論法が、顔を出してきた。

〈ギターを習得するには、このようなギター教室に頼らなくとも、もっと手軽で効率的な方法が、いくらでもある。中でも、カセットテープを使ったギターの通信教育講座は、極めて独習効果が高い〉

記事は、大胆にもそのように断定して、通信講座なるもののシステムを、詳しく説明している。

その記事は一応署名原稿で、最後に〖家庭部・関原慎一郎〗と名前がはいっていた。

わたしは新聞を大倉に渡し、コーヒーを飲んだ。

大倉は眼鏡に手を添え、その記事を走り読みした。たちまち口をとがらせる。

「なんですか、この記事は。ギター教室を、まるで養鶏場《ようけいじょう》扱いじゃないですか。ひどいもんだ」

「それも、メーカー名こそ出てないが、これは日野楽器に対するいやがらせ記事以外の、何物でもない」

楽器店に援助をして、ギター教室を開かせているメーカーはいくつかあるが、シェアから言えば日野楽器が、圧倒的に多い。したがって、ギター教室に対する批判は、そのまま日野楽器に対する批判、といってよかった。

太陽楽器も、かつてはギター教室の開設合戦に加わっていた。しかし、楽器店のオルグで日野楽器に敗《やぶ》れ、撤退を余儀なくされてしまったのだ。

大倉は、手の平を拳《こぶし》で叩いた。

「そんなことってありますか」

「それだけじゃない。この記事の後段で、持ち上げられているカセットによる通信教育というのは、これも名前は出ていないが、日本ギター通信の専売特許みたいなものだ」

「日本ギター通信」

「そうだ。楽器店のオルグで日野に負けた太陽は、ギターの通信講座という新しい方式を考え出して、そのための子会社を設立したんだ。それが日本ギター通信、というわけさ」

大倉は、眼鏡を指で押し上げた。

「太陽楽器の子会社か。するとこれは、筋書きがはっきりしてるじゃないですか」

「どんな風に」

「この記事は、完全に太陽楽器のやらせですよ。ここのとこ、ラモスの絡みで日野の記事がばんばん出るもんだから、太陽も焦《あせ》って巻き返しに出たというわけです」

「まあ、そんなところかもしれんな」

大倉は首をかしげた。

「もしかするとこれは、例の萬広のＰＲウーマンの仕事じゃないですかね」

「だとしたら彼女、なかなかいい腕してるよ。少々露骨《ろこつ》すぎて、水際立ってるとは言いにくいがね」

大倉は腕組みして、考え込んだ。

「どうも釈然としないなあ」

「この関原という記者を、知らないか。いずれは、音楽記者クラブのメンバーじゃないかと思うんだが」

「いや、知らないですね。中央新聞の記者ってのは、付き合いづらいのが多くて」

二人とも口をつぐんだところへ、電話のベルが鳴った。石橋純子が、受話器に手を伸ばした。

わたしは反射的に、それを押しとどめた。

「新井先生だ。そちらへ向かった、と言ってくれ」

あらためて、純子が受話器を取る。

「はい、漆田事務所でございます」

それからわたしを見て、大きくうなずいた。

新井の声は、受話器の外まで響いて来た。純子が顔をしかめて、言われたとおりに答える。

電話が切れると、わたしたちは申し合わせたように、溜め息をついた。

「あまり、先生を待たせるとまずい。取りあえずきみたちに、金曜日のことを話しておこう」

わたしは二人に、マノロ清水と会って話を聞いたことと、その中で摑んだいくつかの新しい情報を、まとめて報告した。

それに絡んで、もう一度別の角度から電話作戦を試みるように指示したあと、急いで日野楽器へ向かった。

日野楽器の広報室はしんと静まり返り、まるで手術中のランプでもついているような雰囲気だった。

室員は一心に仕事をするか、するふりをしていた。

新井はわたしを見ると、黙って先に打ち合わせ室にはいった。手に握り締めているのは、中央新聞に違いない。

「遅かったじゃないか。だいぶ前に出たという話だったのに」

すわると同時に、矢が飛んで来る。

「いや、車が込みましてね。それより、今朝の中央新聞をごらんになりましたか」

機先《きせん》を制すると、新井は露骨にいやな顔をした。新聞を、テーブルに叩きつけるように置く。

「見たよ。この記事についてひとつ、PRの専門家としてのご意見を、聞かせてもらえないかね」

馬鹿丁寧な口調に、内心のいらだちが込められていた。こめかみにほれぼれするような青筋まで、立てている。

できるだけ、渋い顔をこしらえた。

「まったく、お粗末な記事ですね、これは。全国紙ともあろうものが、こんな偏った記事を書くなんて、常識を疑いますよ」

「常識外の外《そと》だよ、きみ。これは明らかに、うちを標的にした中傷記事だぞ。うちへ取材にも来ないで、後ろからばっさりだなんて、仁義を知らないにもほどがある。この関原という記者に、一言文句を言わなきゃ気がおさまらんよ。きみ、面識ぐらいあるんだろうな」

テーブルの下で、手の汗をふく。

「それがあいにく、中央新聞の音楽記者とは、コンタクトがないんです。政治部には、友人がいるんですが」

「これは政治問題じゃないんだ」

新井は嚙《か》みつくように言った。

「おっしゃるとおりです。中央新聞の記者というのは、非常に付き合いのむずかしい連中でして、ＰＲマンはみんな往生してるんですよ」

新井は例の扇子《せんす》を出し、乱暴に風を起こした。

「そりゃそうだろうとも。しかし新聞記者が全員、百科事典のセールスマンみたいに愛想のいい連中ばかりだったら、うちは何もＰＲマンのお力を拝借する必要などないんだ。そうは思いませんかね」

わたしは、背筋を伸ばした。びんたを待つ、二等兵のような気分だった。

「いや、まったく。一言もありません」

新井は、しばらくぶつぶつ言っていたが、やがて溜め息をついて椅子の背にもたれた。

「それにしても、よくこんなこと書くよなあ。これじゃまるで、日本ギター通信のちょうちん記事だよ。どういうつもりなんだろう、この記者は」

「裏に、太陽楽器の力が働いていることは、間違いありませんね」

新井は目を光らせた。

「力って、どんな」

「たとえば、日本ギター通信を持ち上げてもらう代わりに、太陽からどさっと中央新聞に広告出稿するとか」

「中央新聞への出稿量なら、うちだって負けてない。博通広告に聞けば、分かるはずだ」

わたしは、こめかみの汗をふいた。気が進まなかったが、仕方なく言った。

「あるいはこの一件には、萬広のＰＲマンが絡んでいるかもしれません」

新井は、扇子の手をぴたりと止めた。

「それはどういう意味だ」

「例の欠陥ギター事件の裏に、萬広が絡んでいるらしいことは、お話ししたとおりです。槙村女史に百万払ったおかげで、どうやらあれはかたがついたわけですが、萬広にすればそれが面白くない。せっかくネタを流したのに、いっこうにマスコミに出ない。そこで、新たな方面から攻撃を仕掛けてきたと、こんな風に考えることもできるわけです」

「するとこの関原という記者は、萬広のＰＲマンにそそのかされてこれを書いたと、そういうわけかね」

「ただのヤマ勘ですが」

新井は、意地の悪い笑いを浮かべた。

「確かさっき、中央新聞の記者はＰＲマンに愛想が悪いとか、そんなようなことを言わなかったかね」

「言いましたが、これにはわけがあるんです」

「どんな」

「お話ししなかったかもしれませんが、萬広のＰＲマンというのは、女なんです」

新井は口をあけた。

「女だと」

「そうです。それも、すこぶるつきのかわいこちゃんだという、もっぱらの噂で」

「すこぶるつきの」

言いかけて、新井は途中でやめた。目をぱちぱちさせていたが、やがて怒ったように言う。

「女だから、どうだと言うんだ」

「新聞記者も、女のＰＲマンにはいくらか、甘いんです」

新井は口元をぴくぴくさせていたが、しまいにこらえ切れなくなって笑い出した。

「冗談も休みやすみにしろよ、きみ」

「冗談ではなく、うちの事務所も来年は、美人の女子社員を採用しようか、と思ってるくらいです」

「そんな奇特な女子大生が、いるものかね」

新井は、ふんぞり返って決めつけた。

不思議なことに、それで新井の機嫌が直った。

わたしはすかさず、善後策についていくつか提案した。たとえば、ギター教室の現状や育った生徒の体験談をまとめて、音楽記者にニュースレターを流すことなど。

「それですぐ、記事になるというものではないですが、何も言わないでいると、この記事を認めることになりますからね」

その件が一段落したあと、わたしはサントス探しについて、中間報告をした。

新井は、河出常務が先週末、アメリカにいる日野社長から、電話を受けた話をした。ラモスに、サントス探しを頼まれたいきさつを伝えると、社長はひどく感激して、全面的に力を貸すようにと、河出にはっぱをかけたという。

帰りがけに、新井は真顔で言った。

「さっきの女のＰＲマンの話だがね。ほんとにすこぶるつきのかわいこちゃんなのかね」

「とまあ、言われているようですがね。なぜですか」

新井はにやっと笑った。

「いや、そういう美人のＰＲマンと仕事をするのも、悪くないなと思っただけさ」

8

事務所へもどると、耳寄りな報告があった。

石橋純子が、最初に作った関係者のリストをもとに、パコと称する凄腕の若いギタリストの消息を、あちこち問い合わせたところ、有力な情報に行き当たったのだ。

情報を提供したのは、竹本進という中堅のフラメンコ・ギタリストだった。

竹本は一ヵ月ほど前、東大久保の『ラス・ヒターナス』というフラメンコ酒場で、ルシアと呼ばれる若手の踊り子に、パコという名のギタリストを知っているか、と聞かれた。

ルシアがそのとき言うには、最近ある所で（竹本はその場所を思い出せなかった）パコという無名のギタリストのフラメンコ・ギターを初めて聞いたが、その物凄《ものすご》い演奏に、頭をフライパンでどやされたようなショックを受けた。ルシアは、発表会のために一緒に組むギタリストを探しており、もし竹本がパコを知っているなら紹介してもらおうと思った、と言うのだ。

竹本はパコを知らなかったので、そのときはそう答えたが、二度も人に聞かれるほど凄いギタリストなら、ぜひ会ってみたいものだ、と純子に言ったという。

パコ、と呼ばれる無名の、凄腕のギタリスト。わたしはその情報に、胸を躍《おど》らせたとは言わぬまでも、手応えのようなものを感じた。

夕方『ラス・ヒターナス』に、電話してみた。

マスターの返事によると、ルシアは今地方へどさ回りに出ていて、今度店へ来るのは明後日、水曜日の夜だということだった。

その夜は大倉と二人で、サントスとパコの消息を尋ねるという口実のもとに、新宿のフラメンコの店を軒並み飲み歩いた。

成果はなく、付けと二日酔いだけが残った。

翌日、夕刊の早版に目を通していると、槙村真紀子から電話がかかって来た。

七月末に、協賛金を渡したとき以来だから、もう一ヵ月以上になる。

「すっかりご無沙汰しちゃって。ご機嫌いかが」

相変わらず、若わかしい声で言う。

「ご無沙汰は、お互いさまです。ご機嫌の方は、あまりよくありません」

「それはおあいにくさま。ところで今夜あたり、ご都合はいかが。あなたのせりふじゃないけれど、ちょっとお目にかけたいものがあるので」

「わたしの場合は、間違っても先約があるなどとは言いませんよ」

「あら、あれはほんとでしたのよ」

それは、わたしも知っている。

「場所を指定してください。どこへでも行きますよ、ボーイスカウトのいない所なら」

真紀子は笑い、表参道に近い『アンバサダー』という、サパークラブを指定した。

「それじゃ七時半に。ご機嫌を直していらしてね」

電話を切ると、大倉と純子が同時にわたしを見て、示し合わせたようにおおげさに肩をすくめた。

仕方なくわたしも、同じしぐさで応じた。

サパークラブ『アンバサダー』は、ロンドンの社交クラブのバーをモデルに設計された、といわれている。ゆったりした座席の配置に、その一端が現れているようだった。

それぞれのテーブルの上に、小さなシャンデリアが取りつけられ、全体の照明の暗さを個別に補っている。フロアは広びろとしていて、落ち着きがあった。

店名にふさわしく、メンバーには各国の大使クラスが、名を連ねているという。一応、それだけの格式はあるようだ。少なくとも、駆け出しの芸能人や、タレントを締め出すだけの見識《けんしき》は、備わっているように見えた。

槙村真紀子は、紺と白のだんだら染めの薄いシャツドレスを着て、やや放恣《ほうし》な姿勢でシートにもたれていた。胸元に、例のサングラスを垂らしている。

「いつもお早いですね。まだ七時六分前ですよ」

「あなたと会うときは、下地を利かせておいた方がいい、と思って」

「それはお世辞ですか」

真紀子は、髪を揺すって笑った。金色のイヤリングが、きらりと光る。

タキシードをきっちりと着込んだボーイが、ダイナマイトを作るノーベル博士のような手つきで、濃い水割りを作ってくれた。

ボーイがいなくなるのを待って、乾杯する。

「ここは一目で、いい店だと分かりますね」

真紀子はたばこに火をつけ、眉を上げた。

「どうして」

「ボーイが、客よりいい服を着ている」

また真紀子は笑った。シャンデリアが落ちそうな、自由奔放な笑いだった。

一段高くなったステージで、バンドが静かに演奏を始めた。クィンテットだった。

「ところで、ずいぶんご活躍のようね。日野楽器が、スペインからギター製作家を呼んで、本格的に手工ギターの製作に乗り出すという記事、あちこちで拝見したわ。あれは全部、あなたのお仕事でしょ」

「まあそうです」

「たいしたものだわ。優秀なPRマンなのね」

「素材に恵まれたからですよ」

「PRというのは、謙虚な仕事なんです」

「あら、謙虚なこと」

真紀子は含み笑いをして、ちらりとステージを見た。

「あなた、ダンスは」

「得意中の得意です。特にタンゴを踊らせたら、フレッド・アステアも真っ青ですよ」

真紀子は、わたしを横目で睨んだ。それから酒を一口飲み、唐突に話題を切り替えた。

「よく分かったわ、日野楽器が気前よく、ぽんとお金を出したわけが」

「なるほど」

「何がなるほどよ。あのプロジェクトの発表前に、欠陥ギターの一件がマスコミに流れたりしたら、一巻の終わりだったでしょう。違うかしら」

わたしも酒を一口飲んだ。

「協賛金が安すぎた、とでも言うんですか」

「そうは言わないけれど、あなたの手際《てぎわ》の良さにしてやられた、というのが正直な感想ね」

「それは違いますね。わたしは、協賛金を出すことに反対したんだから」

真紀子は、軽く首をかしげた。

「どっちでも同じよ。とにかく、うまくやられたわ」

自嘲めいた口調だったが、それほど悔しそうな様子ではない。

「それならこちらも言いますが、例の記者ゼミナールの席上で、とんでもない質問をした男がいるんです。最近日野楽器のギターに、欠陥商品が出たという噂を聞いたがほんとうか、とぶち上げてくれた」

真紀子は息を吸い、せわしく瞬《まばた》きした。

「なんですって」

「マスコミの連中が、あれだけ雁首《がんくび》を揃えている中でね。そのときの、わたしの顔を見せたかったですよ」

真紀子は、乱暴な手つきでたばこをもみ消した。

「わたしがやらせた、と思ってるんじゃないでしょうね」

声に怒りがこもっていた。

「まさか。あなたがやる気だったら、あんな中途半端なやり方はしないはずです」

「その質問をした男、どこのだれなの」

「楽器情報、とかいう業界紙の記者です」

「どこでその情報を手に入れたのかしら」

「あなたと同じところかもしれませんね」

真紀子は目を伏せ、新しいたばこをくわえた。天井に向かって盛大に煙を吐き、黙って考え込む。

やがてグラスを取り、かすかに体を震わせて言った。

「あの欠陥ギターの一件は、萬広のＰＲマンが持ち込んで来たものなの」

「なるほど」

真紀子は酒を飲むのをやめ、グラスをもどした。

「面白くない人ね。どうしてもっと驚かないの」

「わたしも素人ではない。見当はつきますよ」

「消費者団体に、トラブルを売り込むのは、謙虚なＰＲマンの手口として、それほど珍しくもない、というわけ」

皮肉な口調だった。

「いや、そうは言いません。ただこの一件は、萬広独自の考えで仕掛けられたものではない。日野のライバルの、太陽楽器が裏で糸を引いている、と信じるに足る根拠があります」

「太陽楽器がやらせた、というの」

「たぶん。あなたにも、ある程度察しがついていたんじゃありませんか」

真紀子は目を伏せた。

「ちらっとそんな気もしたけれど、萬広が言いなりになるとは思えないわ」

「萬広としては、広告の扱いがバックに控えているから、頼まれればいやとは言えないはずです。そこで、あなたにアプローチしたのでしょうが、いっこうにマスコミ方面に、火の手が上がらない。仕方なく業界紙の記者を使って、いやがらせに出たというところじゃないかな」

真紀子は、グラスを一息で空けた。いらだちを隠さない飲み方だった。

「それじゃ、昨日の中央新聞の記事も、その伝かしら」

わたしもグラスを空けた。

「よく目にとまりましたね。確かにあれも、萬広のＰＲマンの仕事だと思う。なかなか鮮《あざ》やかな手口でした」

真紀子は突然、くすくすと笑い出した。

「変わった人ねえ、ライバルの仕事をほめるなんて」

「あなたを利用しそこなって、あちらさんも必死だったんでしょう。いじらしいじゃないですか」

「その口振りでは、萬広のＰＲマンが女性だということも、ご存じのようね」

読みの早さに、また驚かされた。

「知っています。会ったことはありませんがね。彼女は、確かにいい腕をしていますが、今度の一件では一つだけ大きなミスを、犯してしまった」

「どんな」

「あなたを甘く見たことです」

真紀子は、あまり嬉しそうでない笑いを浮かべた。

「ちょうどわたしが、あなたを甘く見すぎたようにね」

「感激的なお言葉ですが、わたしは正札どおりの男でしてね。それ以上でも、それ以下でもありません」

少しの間わたしを見つめ、手提げ袋を引き寄せた。

「見せたいものがあるって言ったけど、この分じゃあまり用がなさそうね」

「あなたの水着の写真なら、大歓迎ですが」

真紀子は珍しく耳たぶを赤くし、急いで手提げを探った。カセットテープのケースを三つと、薄いテキストを一冊取り出し、テーブルに置く。

テキストには、『日本ギター通信／入門・初級コース』とあった。例の、ギターの通信教育講座の、教材のようだった。

「これが何か」

「あくまで偶然だけれど、日本ギター通信が太陽楽器の子会社だっていうこと、知ってらっしゃるでしょうね」

「ええ」

「これは、ある消費者から持ち込まれた、欠陥教材なの」

「欠陥教材。どういうことですか」

「申し込み金を払って、送られて来たカセットを再生してみたら、音がまるではいってなかったんですって」

わたしは意識して、首を振った。

「嘘みたいな話ですね」

「日本ギター通信の担当者も、電話の応対でそう言ったそうよ。うちの製品に限って、そんなことはありえない。何か恨みでもあるのかと、悪口雑言を言われたんですって。それで頭に来て、ぜひ全消同で叩いてほしいというわけ」

わたしは、カセットを見下ろした。

「これをどうしろ、とおっしゃるんですか」

「あなたに差し上げるわ。どう使ってもけっこうよ」

「なぜ」

「この間の協賛金に対する、心ばかりのお返しと考えてくだされればいいわ。このカセットで、太陽楽器に一泡ふかせられるんじゃなくて」

「偶然かどうかはさておいて、こんなものが今の今出て来るとは、まさにグッド・タイミングですね。信じられないくらいだ。しかし残念ながら、これが欠陥商品だという決め手は、ありませんよ」

「どうして」

「このカセットは、誤消去防止のためにつめを折ってあるけれども、穴を粘着テープか何かでふさげば、簡単に音を消すことができる。瞬間消磁器を使えば、裏表十秒とはかかりません」

真紀子はたばこをぐいとねじりつぶした。

「これもでっちあげだと言うの」

「その可能性があるというだけのことです」

言い終わらぬうちに、真紀子はテキストとカセットを乱暴に、手提げ袋に投げ込んだ。

「あまのじゃくな人ね。あきれたわ」

真紀子に、手提げでぶちのめされる前に、運よくボーイがやって来て、新しい酒を作ってくれた。

「とにかく、ご好意にはお礼を言います。これが、あなた流の仁義の通し方なのかもしれませんが、わたしはこういう形であなたと、馴《な》れ合いたくない。それだけです」

皮肉に唇を歪《ゆが》める。

「キャッシュ以外は、受け取らない主義なのね」

わたしは酒をなめた。

「あの金は、日野楽器の新井氏に返しました。聞いていただいてもいい」

真紀子は、また一息に酒を飲み干し、短く笑った。

「あなたには負けたわ。ＰＲマンは、もっとリアリストだと思っていたのに」

それから、思い出したようにボーイを呼び、料理を注文した。真紀子は、シャンペン漬けの舌びらめを、わたしは仔牛のチーズ衣揚げを頼んだ。

料理は最高だった。

食事のあと、クィンテットがスローな曲を演奏し始めると、真紀子はわたしに合図して、立ち上がった。少しふらついている。

腕を貸して、フロアへ出た。

踊り出してみると、真紀子は酒がはいっているとは思えないほど、軽やかな足さばきを見せた。

わたしは二、三度真紀子の膝を蹴飛ばした。

「タンゴは上手かもしれないけれど、ブルースはまるでだめな人ね、あなたって」

真紀子が耳元でささやく。もう少しで、腰が抜けてしまいそうなささやき方だった。

　軽く引き寄せると、まるで力ずくで抱きすくめられたとでもいうように、全身でもたれかかってきた。

　年齢の割りには大柄だが、中年の重さはさほど感じられない。太股にも、十分な張りがある。

「あなた、独身でしょ」

「ええ。分かりますか」

「においでね。ううん、悪いにおいじゃないのよ」

　冷や汗が出た。

「あなたも独身だ、と言いませんでしたか」

「そうよ。息子が一人いるけれど。西ドイツに留学しているの」

「おいくつですか。息子さんですが」

「二十三。わたし十九で結婚して、二十一で子供を生んだの。足し算してごらんなさい」

「四十四」

「年には見えない、なんて言わないでね」

「年には見えませんね」

真紀子は一度体を離し、わたしを見上げて睨むようなしぐさをした。それからいっそうすり寄って来ると、かすかに震える声で言った。

「それ、お世辞」

「いや」

真紀子は、わたしの左手をぎゅっと握った。

「じゃ、これはお世辞でしょ」

「これって」

「わたしの太股に、当たっているものよ」

9

次の日の午後、ホテル・ジャパンへラモスとフローラを迎えに行き、六本木の帝都テレビへ回った。

控え室で待機していると、『水曜リビング・ショー』の担当ディレクターの安田が、スリッパをぱたぱたさせながらはいって来た。安田は、先日の記者ゼミナールに出席して、ラモスを自分のショー番組に引っ張り出すことに、決めたのだ。

安田はラモスとフローラに挨拶し、台本を示しながら簡単に進行の確認をした。わたしが通訳すると、ラモスは心配そうに安田を見た。

「だいじょうぶですよ、セニョル。万事司会の男が心得てますから、心配することはありませんて」

安田はそう言いながら、ラモスの肩に腕を回してやさしく叩いた。言葉が通じないことなど、てんから気にしていない。しかしその口調としぐさで、ラモスもだいぶ気持ちが落ち着いたようだ。

三時に本番が始まった。ラモスたちの出番は、三時四十二分からの約十分間だった。

司会者の戸沢啓二は、元二枚目の俳優だが、今は司会を本業にしていた。戸沢はラモスを、ある楽器メーカーの招きでスペインから来日した、有名なギター製作家と紹介した。

もっとも戸沢の関心は、ラモスよりもフローラの方に集中した。しきりに日本語の達者なことをほめ、手を取らんばかりににじり寄るのには、はらはらさせられた。

フローラは、ラモスの言葉を通訳する中で、日野楽器の名前をしつこく二度も、口に出した。戸沢は、聞こえなかったふりをして、台本をぱらぱらとめくった。

新井が社でテレビを見ながら、にやにやしている姿が目に浮かんだ。他社の提供番組の中で、自分の会社を宣伝してもらうわけだから、笑わずにはいられないはずだ。

番組が終わったあと、安田はわたしに喫茶室で待つように言い、スタッフと一緒に部屋へ上がってしまった。わたしは、ラモスとフローラを連れて、一階へ下りた。

喫茶室には、出番待ちの俳優やタレントがたくさんいたが、フローラがはいって行くと、一瞬ざわめきがやんだ。喫茶室の雰囲気が、がらりと一変した。

フローラは、紺と赤のチェックのフレアスカートに、フリルのついた白いブラウスという簡素ないでたちだったが、そこにいたすべての芸能人を、圧倒してしまった。

近くのテーブルで、駆け出しの女優とお茶を飲んでいたディレクター風の男は、相手をそっちのけにして、フローラを盗み見した。

隣にすわった、若手の三人組のボーカル・グループは、声高《こわだか》な雑談をやめ、通夜の客が若い未亡人でも見るような目で、フローラを眺めた。

少し離れたところでジュースを飲んでいた、グレイの背広のサラリーマン風の男も、新聞の陰からちらちらと視線を送って来た。

三十分たっても、安田は下りて来なかった。

ラモスとフローラは、買い物の予定があると言うので、先に帰ってもらうことにした。

ラモスたちが出て行くとき、喫茶室は水を打ったように静まり返り、視線がフローラに集中した。少し遅れて、グレイの背広のサラリーマン風の男も席を立ったが、だれも注意を払わなかった。

さらに十分ほどして、ようやく安田が下りて来た。フローラが先に帰ったことを知ると、残念そうな顔をした。

「あのセニョリータが、日野楽器日野楽器と二度も叫ぶもんだから、スポンサー屋さんから電話がはいっちまってね、それで遅くなったんだ」

「洗剤と食品だから、楽器は関係ないでしょうが」

「そうは言っても、自分とこの番組でひとさまの宣伝をされたんじゃ、こりゃかなわんさ」

わたしが事前に因果を含めて、フローラに日野の社名を絶叫させたと知ったら、安田はわたしを許さなかっただろう。

注文したジュースが来ると、安田はそれをストローで一息に飲み干した。ストローがずずず、と音をたてる。

「しかし彼女は、相当のタレントだね。目の光が違うもの。戸沢先生、しきりに色目を使ってたじゃないか。どう、あんたマネージしてみたら」

「いや、あれは堅い娘だから、うんと言いませんよ」

「どこの国でも、女は同じさ。ちやほやされて、金が稼げる。それがいやだって女がいたら、お目にかかりたいね」

安田は、ほかに深夜のお色気番組も持っていて、新人のタレントを何がなんでも脱がせてしまう、驚嘆すべき才能の持ち主だった。

わたしたちは、テレビが大衆を啓蒙《けいもう》するか堕落《だらく》させるかについて、しばらく議論した。

安田は、大衆は常に潜在意識の中で堕落したがっており、テレビはそれを画面で代行することによって、大衆が実際に堕落するのを防いでいるのだ、と主張した。

わたしは、堕落したがっているのは実はテレビ局の人間で、番組作りは自分を実際に堕落させないための代償行為にすぎない、と反論した。

安田は三秒ほど考え、わたしの説を全面的に認めた。

わたしが、二杯めのアイスコーヒーに口をつけたとき、安田は急に手を上げた。

「おう、ナッちゃんじゃないの。こっち、こっち」

振り向くと、少し離れたテーブルにつこうとした女が、中腰のまま顔を上げた。華やかに笑って、挨拶を返す。

二十代の半ばか、ベージュのサマースーツに同色系統のハンドバックを持ち、襟元に鮮やかな色の七宝のブローチをつけている。

やや癖のある髪を、肩のあたりで緩やかにカールさせ、薄く口紅を差しただけの顔は、今の季節を考えればはっとするほど、色白だった。少し細すぎるくらいの形のいい脚に、思わず目を引きつけられる。

安田が手招きすると、女はわたしを見てちょっとためらったが、結局そばへやって来た。

安田は、わたしに向かって、にやっと笑った。

「紹介しよう。このお嬢さんは、萬広PR局の、那智理沙代《なちりさよ》女史」

腰を上げようとしたわたしは、急いでテーブルの縁につかまった。頭の上に、グランド・ピアノが落ちて来たとしても、これほどは驚かなかっただろう。

安田は、わたしの脇腹をつついた。

「おいおい、美人を見てうろたえるようじゃ、あんたもやきが回ったな」

それから、女の方に向き直る。

「この色男は、漆田亮《うるしだりよう》氏。ＰＲ事務所の所長でね、ＰＲカウンセラーなどとかっこいい肩書きをつけてるけど、早い話ナッちゃんと同じＰＲマンというわけさ」

ＰＲマンと聞くと、那智理沙代の目に警戒の色が浮かんだ。

わたしたちはぎこちなく名刺を交換し、すわり直した。安田がウェートレスを呼んで、理沙代の注文を取らせた。

その間に名刺を確かめると、萬広営業本部ＰＲ局パブリシティ部のキャップ、となっている。大倉が調べたとおりだった。

大倉の言葉が、また耳によみがえる。

『すこぶるつきの……』

安田が不思議そうに言った。

「どうしたの、二人とも。お見合いじゃあるまいし、そんな怖い顔することないじゃないの。それともＰＲマンてのは、先に笑った方が負けかね」

わたしは、生ぬるくなったアイスコーヒーを飲んだ。

「失礼。安田さんがマネージしている、女優さんかと思ったので」

安田は苦笑した。

「くそ、さっきのかたきを取ったな」

それから安田は、理沙代を相手にその日のリビング・ショーの、『日本人の中の外国人』で起きた、ハプニングの話を始めた。わたしは、できれば安田の口に靴を突っ込んでやりたい、と思った。

安田はいっこう無頓着に、番組の中でフローラが日野楽器の名前を二度も言ったこと、そのためにスポンサーからクレームがついて、頭を抱えたことなどを話した。

日野楽器の名前を聞いたとたんに、理沙代はぎくりとして頬をこわばらせた。その反応で、理沙代がわたしと日野楽器の関係を悟ったことが、すぐに読み取れた。

「そう言えば、ナッちゃんは確か太陽楽器の担当だったなあ。するとお二人は、文字どおりのライバル、というわけだ。こりゃあ、ちょっとした見ものだね」

事情を知らない安田は、一人で面白がっていた。

理沙代は口元をハンカチで押さえ、上品に咳払いした。

「安田さんも、あまりPRマンとばかり付き合っていると、評判が落ちますよ」

透きとおるような、細い声だった。

どちらにしても、わたしが今日新井を連れて来なかったのは、運が良かったというべきだろう。もし新井が理沙代を見たら、日野楽器のPRのアカウントはわたしの事務所から、たちどころに萬広へ移動したに違いない。

安田は理沙代に言った。

「ところで、今日はどうしたの」

「ニュース・ワイドの浅利さんのところへ、ちょっと用があって」

「また、パブリシティの素材でも、持ち込んだんだろう」

理沙代は、ちらりとわたしを見た。

「ええ。太陽楽器じゃありませんけど」

それは、言わずもがなのせりふだった。

安田はおおげさに溜め息をついた。

「あんたたちの商売も、妙な商売だね。何かあると、かならずその裏でＰＲマンが、糸を引いてるんだから。まったく、油断も隙《すき》もありゃしないよ」

それから腕時計を見て、口をとがらせた。

「おっと、これからディレクター会議だ。悪いけど、お先に失礼するよ」

伝票を摑んで立ち上がる。

「それじゃ、わたしも」

理沙代が急いで腰を上げようとすると、安田はその肩を押さえた。

「ま、いいじゃないの。二人とも独身なんだし、世間話でもしてったら。だいたいナッちゃんのジュース、まだ来てないじゃない」

そう言い捨てると、スリッパをぱたぱたさせながら、喫茶室を出て行ってしまった。

ちょうどそこへジュースが来たので、理沙代は席を立つきっかけを失った。

気まずい雰囲気と書いた紙が、目の前にぶら下がっているような気分だった。

わたしはたばこに火をつけ、理沙代は申し訳のように、ジュースを一口飲んだ。冷房はきいていたが、脇の下が汗で冷たく濡《ぬ》れてきた。

理沙代は目を伏せたまま、ジュースを飲み続けた。一刻も早く飲み干したい、という飲み方だった。

さっきの安田の話で、わたしが日野楽器担当のＰＲマンであることは、とっくに察しがついているはずだ。もしわたしが理沙代だったら、ジュースなど飲み残して、すぐに逃げ出しただろう。

理沙代は、ずいぶんがんばった。しかし、緊張と警戒の色は、増すばかりだった。逆にわたしは、少しずつ落ち着きを取りもどした。

とうとうジュースを飲み干した理沙代は、軽く目礼して立とうとした。

すかさず、わたしは言った。

「少し早いですが、夕食でもご一緒しませんか」

理沙代は驚いて、目を上げた。初めて、じっくりと視線を合わせる。追い詰められた兎《うさぎ》のような、おびえた目だった。

追い討ちをかける。

「ぼくたちの共通の友だちについて、お話しできればと思うんですがね」

「共通の。そんなお友だち、いましたかしら」

「ぼくの勘違いでなければね。槙村真紀子女史は、ご存じだと思いますが」

10

店中に、紋章が溢れていた。

扉から壁、天井にいたるまで、大小さまざまな紋章が所狭しと、打ちつけてあるのだ。床は一面色鮮やかな絵タイル張りで、漆喰《しっくい》の白壁は間接照明を受け、オレンジ色に染まっている。

狸穴《まみあな》の『ブラソン』は、味の方も折り紙つきのスペイン料理店だった。

わたしたちは、六つしかない厚い木のテーブル席の一つに、すわっていた。まだ開店早々で、客はほかに二組いるだけだった。わずかに聞こえる程度に、低くギターのレコードが流れている。

いかの輪切りフライと、スパニッシュ・ハムを食べながら、サングリアを飲む。理沙代の顔は、白壁と同じオレンジ色に染まっていた。

最初の当たり障りのない会話で、わたしは理沙代が萬広に入社して六年めであること、その間ずっとPR局に籍を置いていること、太陽楽器が主要な担当得意先の一つであることなどを知った。理沙代はそれを気負いもなく、また悪びれもせずに語った。

わたしも理沙代の問いに答えて、大学卒業後大手のPR会社へはいったこと、当時は広告に比べてPRなど刺身のつまのような存在だったこと、二年前に日野楽器の扱いを持って独立したことなどを、かいつまんで話した。

わたしたちは、まるで業界のパーティで雑談を楽しむように、会話を続けた。ここまで来て、ライバル意識をむき出しにするほど、二人とも駆け出しではない。それにほかの仕事と違って、PRマンにはプロとしての一種の連帯感がある。

理沙代は、髪を掻き上げた。

「でも、その若さで独立されるなんて、凄いですね」

「その若さといわれると、何か皮肉のように聞こえますね。もう三十五なんだから」

理沙代は、急いで付け加えた。

「もちろん、わたしのようなひよこに比べれば、漆田さんはＰＲの大ベテランですけど」

「ベテランという言葉は、ぼくたちのような世界ではあまり自慢にならない。経験だけで仕事をするには、世の中の動きが速すぎますからね。年を取れば取るほど、情況判断が甘くなってくる」

理沙代は、視線を宙に浮かせた。

「情況判断と言えば、ブーアスティンが『幻影の時代』の中で、ナポレオンの話を書いていましたね」

突然話がむずかしくなったので、わたしは身構えた。

「その本は読んだ記憶があるけど、ナポレオンのことは覚えてませんね」

理沙代は無意識のように、背筋を伸ばした。

「一人の将軍が、ある作戦を行なうのに、情況が不利だから見合わせたほうがよいと進言したのに対して、ナポレオンはこう言ったそうです。情況はわたしが作り出すのだ、と」

注文したガスパチョ（冷たい野菜スープ）と、パエリャ（スペイン風炊き込みごはん）が来た。どちらも、理沙代の気に入ったようだった。

「ところで、槙村女史に欠陥ギターの一件を持ち込んだのも、ナポレオンの教えですか」

頃合いを計って、そう切り出す。

理沙代は、顔を伏せたままスプーンの動きをとめた。それからゆっくりと、パエリャにはいっている貝の殻を、取りのけた。

スプーンを置き、顔を上げる。

「あの一件は最初、日本ギター通信という会社が写真と一緒に、太陽楽器に持ち込んできたものなんです」

「日本ギター通信は、太陽楽器の子会社でしたね」

理沙代は瞬きした。

「ええ、よくご存じですね。太陽楽器は萬広の担当営業部に、それをしかるべき消費者団体に持ち込むように、指示してきました。萬広には年間七億近い、太陽楽器の広告扱いがあります。それがどんな意味を持つか、お分かりですね」

わたしはうなずき、ガスパチョを飲んだ。

理沙代が、これほどあっさり口を割るとは、予想していなかった。その率直さに、少しばかりたじろいだ。

「あの欠陥ギターには、持ち主がいるんですか」

理沙代は目を伏せた。

「知りません。おっしゃる意味は分かります。でっちあげではないかと、疑ってらっしゃるんでしょう」

「当然です。欠陥か作為か、あれを厳密に証明することはむずかしい。またあなたたちには、それを証明する必要もない。記事になりさえすれば、いいわけだから」

「弁解はしません」

わたしは黙っていた。

理沙代も黙っていた。

やがて、理沙代は顔を上げた。

「汚い手を使う、と思われたでしょうね」

驚いたことに、理沙代の目には涙が溜まっていた。

「広告会社の立場はよく分かります。ぼくも、同じような境遇にいましたからね」

「それがいやで、独立されたんじゃないんですか」

「かならずしも、そうとは言えません」

わたしはハンカチを出して、理沙代の前に置いた。

そんなことをするべきではなかった。なんの意味もないことだった。

理沙代は案の定それに見向きもせず、何度か瞬きしてとうとう涙を飲み込んでしまった。

わたしはハンカチをしまった。汗臭いハンカチだったので、理沙代がそれを使わなかったのは、賢明だった。

「全消同を指定したのも、太陽楽器ですか」

わたしが尋ねると、理沙代は自分のハンカチを出して、軽く鼻を押さえた。

「そうですけど、わたしも同じ意見でした。一番好戦的な団体だ、と聞いたので。でも、槙村書記長と漆田さんとお知り合いだったなんて、やはり悪いことはできませんね」

「しかし彼女は、ぼくに頼まれてあの一件を握りつぶしたわけじゃない。それほど親しい仲でもないんです」

理沙代は何も言わなかった。わたしの言葉を、疑っているようだった。

「結局、素材の問題だと思う。あの写真は、きみが考えたほど説得力を持っていなかった、ということです」

理沙代は反射的に、わたしを見返した。その意味に気がつき、わたしは耳の後ろを掻いた。

「きみ、と呼んではいけないかな」

理沙代は、急いで首を振った。

「いえ、構いません。確かに槙村書記長は、これだけでは欠陥商品と断定するだけの力がない、直射日光に当てるだけで駒がはがれることもある。日野楽器ともコンタクトをしたが、とても突き崩せる感じではないと、そんなことを言いました。わたしもいろいろと反論したんですが、説得することができませんでした。おっしゃるとおり、素材に問題があったんでしょうね」

わたしは理沙代の潔《いさぎよ》さに、内心敬服した。

しかしわたし自身は、実は金でかたをつけたと白状するほど、潔くなかった。

ただ大倉の報告によれば、『ドレスデン』で二人を目撃したとき、理沙代はしきりに真紀子を口説いていた、という。

そのときのやりとりが、今理沙代の言った内容だったとすれば、真紀子は日野楽器が百万円を支払う前に、理沙代に引導《いんどう》を渡していたことになる。その場合、金は直接の引き金にならなかった、ということができる。

しかし、後ろめたいことに変わりはなかった。

わたしは、別の角度から攻撃を再開することで、その後ろめたさを追いやった。

「ところで、ホセ・ラモス氏の記者ゼミのときに、欠陥ギターの件を持ち出して、質問した男がいましたよ」

理沙代は眉をひそめた。

「ほんとですか」

「ええ。楽器情報とかいう業界紙の記者で、名前は西島とか言っていた」

「その人なら知っています。太陽楽器の宣伝部に、よく出入りしている記者です。でも、彼が記者ゼミに出席したことは、知りませんでした」

「日野楽器は、もちろん西島に案内状を出していない。たぶん太陽楽器が、直接送り込んで来た手先に違いない」

理沙代は、自嘲めいた笑いを浮かべた。

「わたしが失敗したからですね、きっと」

「プロのPRマンは、あんな姑息《こそく》な手は使わない。もっとスマートにやるはずだ。たとえばおととい の、中央新聞の記事みたいに」

理沙代は、唇をぴくりとさせた。

「あれもちょっと、書きすぎだったかもしれませんね」

「やはり、きみの仕事か」

「ええ」

「あの記事を書いた記者は、きっときみに首ったけだったんだろうね」

理沙代は、きっとなってわたしを見据えた。

「わたしは、女の魅力でPRの仕事をしたことは、一度もありません」

「女の魅力があることは、認めるんですね」

理沙代は赤くなり、唇を噛んだ。ハンカチを、くしゃくしゃにもみしだく。

「ぼくも新聞記者が、女の魅力に惑《まど》わされて筆を曲げることがあるとは、夢にも思わなかった。つまり、きみを見るまでは」

理沙代はわたしの言葉の意味に、気がつかなかったふりをした。

「彼は筆を曲げてなんかいません。我田引水《がでんいんすい》的なところがあることは、認めますが」

「楽器店のギター教室の中には、確かに問題があるものもある。あの記事は、間違いなくそこに一石を投じた、といえるでしょう。その証拠に、日野楽器はかんかんになって怒っている」

理沙代が、満足そうな微笑を浮かべるのを見て、わたしは続けた。

「とにかく、ＰＲマンの仕事としては、見事なものだった。しかし、あれを書いた記者はほめられないな」

「なぜですか」

「楽器店の取材をしてないからですよ。少年の投書と、きみか日本ギター通信が提供した資料だけで記事を構成して、肝心の裏を取っていない。これは、新聞記者としては落第だ。女の魅力に幻惑された、とぼくが考えたのは、そのためです」

理沙代は目を伏せ、飲み残しのサングリアにちょっと口をつけた。切り口上で言う。

「わたしが、記事の書き方を指図したわけじゃありませんし、そんなことができるはずもありません」

わたしは、鉄鍋にこびりついたパエリャを、そぎ落とした。焦げ目のついた米が、抜群にうまいのだ。

「また話は変わるけど、ぼくのところへ妙な情報が持ち込まれましてね。日本ギター通信の教材のカセットに、全然音がはいってなかった、という訴えなんだけど」

理沙代は、鋭くわたしを見た。

「今度は欠陥カセットですか」

「それは分からない。ギターの場合と同じでね。ただその教材を受け取った人が、日本ギター通信に電話で苦情を言ったところ、甚《はなは》だ誠意のない応対をされたという。それで、話を公にしようという気になったらしい」

「そのお話は、槙村女史から回って来たものですか」

「それについては、なんとも言えない。仁義がありますからね」

理沙代はわたしと同じように、パエリャを鍋からそぎ落とした。

「どうなさるおつもりですか」

「別に。こんなものをマスコミに持ち込んでも、相手にされない。カセットの音を消すぐらい、だれにでもできますからね。ただ日本ギター通信には、顧客の応対に十分注意するよう、アドバイスしてやった方がいい。いくら小さな会社でも、PRマインドを持たなければならない」

「ご親切に、と申し上げたら皮肉に聞こえますかしら」

「いや。もっとも、皮肉は大好きだけど」

時間を確かめると、七時過ぎだった。

理沙代に断って席を立った。電話室へ行って、『ラス・ヒターナス』の番号を調べる。

ルシアはすでに、店に出ていた。わたしは名乗り、ルシアのことを教えてくれたギタリストの、竹本の名前を出した。事情があって、パコというギタリストを探していることを話し、協力を求める。

ルシアはかすれ声の、舌足らずなしゃべり方をする女だった。

「あたしがパコを見たのはさ、青山通りの『コルドバ』っていう、レストラン・バーなのよ。知り合いの人に連れてってもらったんだけど、そこで彼が弾いてたわけ」

「そんなにうまかったの」

「うまいなんてもんじゃないわよ。あたし、あんなギター聞いたの初めてだわ」

「パコの噂を、前に聞いたことは」

「それがないのよねえ、あれだけの弾き手なのに。発表会で、伴奏してもらおうと思ったんだけど、仲に立つ人がなくてね。だれも知らないなんて、信じられなかった」

それは確かに、不思議なことだった。この世界は極端に狭く、だれがだれよりうまいといった話は、すぐに伝わるはずなのだ。

「まだその店で弾いてるかな」

「さあねえ。マネージャーに聞いたら、来たり来なかったりだって言ってたから」

店のだいたいの場所を聞き、電話を切った。

席にもどると、理沙代が物問いたげに顔を上げた。わたしは、めったに出さない猫なで声で言った。

「まだ時間も早いようだし、もう一軒付き合ってもらえませんか」

理沙代は、それとなく腕時計を見た。

「もう失礼します。安田さんの言葉を借りれば、わたしたちは商売敵《がたき》でしょう。一緒にいるところをだれかに見られたら、お互いに情況が不利になりますもの」

わたしは、とっておきの微笑を浮かべた。

「きみらしくもないね。情況は、自分で作るんじゃないんですか」

11

わたしは車の中で、理沙代にホセ・ラモスのサントス探しの話をした。

あとで考えると、なぜそのときそんな話をしたのか、よく分からない。ライバルのＰＲマンに手の内をさらけ出すなど、通常では考えられないことだ。

いや、そもそも理沙代を誘ったこと自体、どう説明すればよいのだろう。それは、理沙代が黙ってついて来たことと考え合わせて、極めて不可解な、運命的なものを感じさせる出来事だった。

理沙代は、まっすぐに前を見つめたまま、熱心に話を聞いていた。わたしが話し終わると、感動したように何度もうなずいた。

「いいお話ですね。もしサントスが見つかったら、これ以上すばらしいパブリシティの素材はないわ」

「素材にするつもりならね」

「わたしも、そういう素材に恵まれたいな」

「しかし、黙っていてもニュースになるような素材は、素材じゃなくてニュースだからね。ＰＲマンの仕事としては、あまり自慢にならない」

青山学院大学の近くで、車を捨てた。

通りを左に折れたすぐ左側に、スター・ビルという五階建てのビルがある。『コルドバ』は、その一階にあった。

寄せ木細工のフロアに、ガラスのテーブル。椅子は革製ですわり心地がいい。ボックスの上に、カジノ風の照明ランプがぶら下がっている。

壁は赤と緑の布張りで、ボックスとボックスの間に鉢植えの木が、たくさん置いてある。それは店を狭く感じさせたが、隣が気にならないという点では、役に立っていた。

網タイツのバニー・ガールが、わたしにボトルを一本売りつけた。ドラキュラの花嫁のような美人だった。

わたしたちは、フルーツと称する果物の切れ端をつまみながら、水割りを飲んだ。バンドはジャズのコンボがはいっていて、やたらにドラムのソロを押しつけてくる。当節はやりのこの手の音楽は、わたしの好みではなかった。

しばらく、音楽の話をした。

わたしは、フラメンコのすばらしさをとうとうと述べたてた。理沙代は、黙ってそれを聞いていたが、やがて自分の番が回って来ると、バッハ以外の音楽には興味がない、と大胆な意見を吐いた。

そこでわたしは、ガルシア・ロルカの受け売りだが、フラメンコの持つドゥエンデ（魔力）について語った。

あるヒターノの年老いた踊り子が、バッハを初めて聞いたとき、「この音楽にはドゥエンデがあるよ！」と叫んだというのだ。

理沙代はテーブルに肘をつき、手の甲に顎を載せた。馴れなれしさよりも、親しみを感じさせるしぐさだった。わたしが、そう感じたかったせいかもしれない。

「漆田さんは今のお仕事の場合、趣味と実益を兼ねているわけですね。うらやましいわ」

そのときわたしは、理沙代が少し酔っていることに気づいた。目の縁が、少し赤かった。

しばらくして、理沙代はトイレに立った。足元がわずかに乱れていた。

わたしはバニー・ガールを呼び止め、マネージャーに取り次いでくれるように頼んだ。

すぐ近くにいたらしく、口髭を生やした丸顔の男が、入れ違いにやって来た。

「この店に、パコという凄いギタリストが、出ているそうだね。それを当てにして来たんだが」

マネージャーは、不器用な愛想笑いをした。

「ありがとうございます。申し訳ありませんが、今夜はあいにく休んでおりまして」

『セビリャの理髪師』の、オルガン弾きの役がつとまりそうな、すばらしいバリトンの持ち主だった。

「いつ来るのかね」

マネージャーは、困ったように目をぱちぱちさせた。

「それが、来たいときに来るという契約になっているものですから、いつ来るか分からないんです」

「妙な契約だね」

「それが、当人の希望でございまして。店へ出て来ても、気が乗らないと弾かないという、変わったギタリストなんです。うまいことはうまいんですが」

マネージャーは、申し訳なさそうに首をすくめた。

「ギャラはどうしてるの」

「何日店に来たかで、月末に精算しています」

「名前はパコ、なんというのかね」

「パコ津川、といいます」

「どこに住んでいるか、教えてもらえないかな」

マネージャーは、さすがに妙な顔をした。かすかに警戒の色を見せる。

「それは当人に聞いていただきませんと。わたくしの口からはお教えできかねます」

わたしは名刺を抜き、五千円札と一緒にマネージャーに差し出した。

「どうしても、パコの演奏が聞きたいんだ。今度店に姿を見せたら、かならず電話をしてほしい。迷惑をかけるつもりはない。ギターを聞きたいだけなんだ」

「こんなことをされては」

言いかけたところへ、理沙代がもどって来た。一瞬にして、札と名刺はマネージャーの手の中に消えた。

「かしこまりました。どうぞごゆっくり」

マネージャーがいなくなると、理沙代は不思議そうにわたしを見た。

「どうしたんですか」

「なんでもない。あまりドラムがうるさいので、ばちを取り上げるように言っただけですよ」

理沙代は華やかに笑った。

「漆田さんの特技は、いついかなるときでも、冗談が出て来ることですね」

「まあね。きみの特技は」

理沙代は、天井を睨んで真剣に考えた。

「ダイヤモンドの鑑定かしら。前に、ダイヤのPRをしたことがあるんです。そのとき、だいぶ目を養ったの」

「ぼくら貧乏人には、関係ない特技だね」

それからさらに、一時間ほど飲んだ。

腰を上げたときは、十一時を回っていた。理沙代は、ひそかに期待したほどには、酔っていなかった。

理沙代は中野区野方の、アビタシオン・ノガタというマンションに住んでいる、と言った。

車で送って行った。

マンションに着く直前、理沙代は運転手に気兼ねするように、小さな声で言った。

「今日のこと、お礼をいいます。とても勉強になりました」

「勉強するつもりなら、教えることはまだたくさんある。また会えるかな」

車が停まり、ドアが開いた。

理沙代はわたしの質問に答えず、車を下りた。すぐに振り向き、ためらいがちに言う。

「それからもう一つ、お礼を言います。ハンカチのことですけど」

返事をする前に、ドアがしまった。

タクシーは容赦なく急発進し、わたしをシートに横倒しにした。

第三章　青春と老残

1

二日後の九月五日、金曜日の朝のことだ。

わたしは石橋純子が入れてくれたコーヒーを飲みながら、外注しているモニター会社から届いた新聞の切り抜きを、チェックしていた。

例の記者ゼミナールから二週間たち、ラモス関係の記事はほぼ出揃っている。地方紙も含めて、すでに十三紙の掲載が上がり、それに週刊誌やテレビの成果を加えれば、まず文句なしの首尾といえた。

あまり意味のないことだが、かりにそれを広告費に換算《かんさん》すれば莫大な金額になり、ゼミナールの経費を差し引いても、十分お釣りがくる。これなら日野楽器も、こちらの提出する請求書に、文句をつけられないはずだ。

そこへ大倉幸祐《こうすけ》が、七分遅刻して出社して来た。

わたしが口を開く前に、大倉は手にした新聞をデスクに広げた。

「これ、所長の仕事ですか」

その真面目な口調につられて、新聞を見た。日報ジャーナル。ギャンブルとスキャンダルを売り物にする、低級な娯楽新聞だ。

大きな見出しが、目に飛び込んで来る。


『ひどい！　音なしカセット教材』


急いで新聞を取り上げ、記事を読む。

それによると、台東区に住むAという男が、日本ギター通信の通信講座に申し込みをしたところ、音のはいっていない不良品のカセットが送られて来た、という。

電話で苦情を言うと、日本ギター通信の対応はまったく誠意がなく、言を左右にして責任を認めようとしない。さんざん談判したあと、ようやく新しいカセットと交換する、という返事を引き出したが、それでも反省の態度が見られなかった。

Ａの訴えに基づき、日報ジャーナルの記者も日本ギター通信に、電話で問い合わせをしてみたが、担当者が不在の一点張りで、なんら回答を得られなかったという。

記事はそれを引き継いで、このような誠意のない会社なら、欠陥カセットを平気で売りつけても不思議はない、やはりギターは「日野楽器ギター教室のような」、ちゃんとしたギター教室で習うのが一番だ、と結論していた。

新聞が手に重くなった。

「いや、これはおれの仕事じゃない」

大倉は残念そうに、あるいはほっとしたように、肩の力を抜いた。

「そうか、違うんですか。しかし偶然にしては、タイミングが良すぎますね。こんなところで、中央新聞のお返しができるとは、これ書いた記者にお礼を言わなくちゃ。媒体価値が落ちるのが、ちょっと残念だけど」

わたしは新聞をデスクに投げた。

「どっちにしても、これできみの遅刻の罪が消えたわけじゃない」

大倉が首をすくめるのを横目で見て、わたしは住居との仕切りのドアへ向かった。

書斎へはいり、電話を取り上げる。

槙村《まきむら》真紀子は、すでに事務所に出ていた。

相手がわたしと分かると、そっけない口調で言った。

「こんなに朝早く、なんのご用」

「日報ジャーナルをご存じですか」

「日報ジャーナル。どこかの赤新聞でしょ」

「そうです。その日報ジャーナルの今朝の版に、日本ギター通信の欠陥カセットの記事が、出ていましたよ。ヌード写真と、エロ小説の間ですがね」

真紀子は黙っていた。

「新聞ダネにしてほしい、とお願いした覚えはありませんよ。口でも態度でも」

真紀子はさらに数秒黙っていたが、やがて溜め息をつき、低い声で言った。

「あのカセットは、日野楽器の新井広報室長に渡したわ」

わたしは受話器を持ち直した。

「いつですか。なぜですか」

真紀子は、ふっと含み笑いをした。

「最初の答えは、あなたと飲んだ次の日。二番目の答えは、それがわたしのやり方だからよ」

わたしは、声の調子が変わらないように、努力した。

「そうですか。それじゃ一つ、新井室長に聞いてみることにしましょう」

「怒ってらっしゃるの。新井さんを問い詰めたところで、どうなるものでもないでしょう」

「最初の答えはイエス。二番目の答えは、それがわたしのやり方だからです」

受話器を置く。

無礼な切り方であることは百も承知だが、こちらの姿勢は示しておかなければならない。

ダイヤル・インの番号を回すと、若い広報室員が出て来て、しばらく待つようにと言った。

新井が出て来るまでに、たっぷり一分はかかった。結局、居留守を使う度胸《どきょう》はなかったらしい。

「なんだね、朝っぱらから」

「おはようございます。今朝の日報ジャーナルを、ごらんになりましたか」

「日報ジャーナル。ええと、見たような気がするな」

新井は自信なさそうに答えた。

「あんな赤新聞を読んでおられるとは、ついぞ知りませんでした」

「赤新聞といってもきみ、あれはれっきとした日刊紙だぞ」

「なるほど、それでぜひ読者と一緒に考えるべき問題だと思って、あのカセットを持ち込んだわけですね」

新井は咳払いをした。観念したように言う。

「あれはその、おとといの午前中に、全消同の槇村女史が持って来たものでね。たま、消費者から持ち込まれたものだが、適当に役立ててくれと、そう言うんだ。これは、あの協賛金に対する返礼に違いないと、おれはそう解釈した」

「凄い推理力ですね」

「何かね、きみはおれのやり方に、文句でもあるのかね」

新井は食ってかかったが、声の調子はせりふほど威勢よくなかった。

「あのカセットは、最初わたしのところへ持ち込まれたものなんです。そのことを、彼女は言いませんでしたか」

「もちろん言ったさ。ぶしつけにも、きみがそれをいらないと断ったこともね」

「ではその理由も、お聞きになったでしょうね」

「聞いたとも。ずいぶん消極的な判断じゃないか、きみにしては。中央新聞のしっぺ返しができる、絶好のチャンスだというのに」

「音の出ないカセットなんて、子供にでもできる細工ですよ。新聞ダネになるような話じゃない」

「しかし現に、ちゃんと記事になってるじゃないか」

「媒体価値を考えてくださいよ。あんな赤新聞に、室長のお知り合いがいらっしゃるなんて、わたしは信じたくないですね」

新井は、わざとらしく咳込んだ。

「大学時代の悪友なんだ。マージャンの貸しが、十万を越えててね。何かで埋め合わせをさせてくれと、前から言われてたもんだから」

「そんな自由の利く媒体をお持ちでしたら、わたしのような口うるさいＰＲマンは、必要ないですね」

新井は唸《うな》った。

「分かった、分かった。お説教はもうたくさんだ。この件じゃ、今も河出常務にたしなめられたばかりなんだ。おれが鼻高だかでいる、とでも思ってるのか。いい加減にしてくれよ」

わたしは、少し間をおいて言った。

「では、これくらいにしておきますか。こういうお説教サービスも、月づき頂戴しているフィーの中に、含まれているんですがね」

電話を切ったあと、その場でたばこを一本吸った。そして吸い終わるまで、たばこを吸ったことに気がつかなかった。


その夜、書斎でアンドレス・セゴビアのギターを聞いているとき、電話が鳴った。出てみると、『コルドバ』のマネージャーだった。

「たった今、パコ津川が店に出てまいったんですが。早めにお越しいただいた方がいい、と思いまして」

「ありがとう、すぐ行く」

ズボンだけはき替えて、ポロシャツのままマンションを飛び出した。

店に着いたのは、九時前だった。

中へはいると同時に、華麗な弦《げん》の響きが体一杯に迫り、思わず圧倒された。これは、並のギタリストではない。そう直感した。心臓が苦しくなるほどの迫力だった。

マネージャーが、鉢植えの陰から現れた。

「お待ちしておりました。どうぞこちらへ」

「凄《すご》いな、このギターは。噂以上だ」

正直に言うと、マネージャーは頭を下げた。

「お気に入っていただいて、安心しました」

先に立ってフロアを案内する。中ほどのブースの前で振り向くと、さも嬉しそうに言った。

「こちらです。お連れさまも見えておられます」

わたしが聞き返すより早く、マネージャーはたちまち姿を消してしまった。

那智理沙代《なちりさよ》が、わたしの顔を見上げていた。

わたしは、ほんの一瞬躊躇《ちゅうちょ》した。躊躇したのは間違いだった。そのまま後ろを向いて、一目散に逃げ出すべきだったのだ。

「この間はどうも、ごちそうさまでした」

理沙代は、妙にゆっくりした口調で、そう言った。わたしは、何か口をもぐもぐさせながら、棺桶《かんおけ》へ足を突っ込むような気分で、ブースへはいった。

向かい合って腰を下ろし、首筋の汗を拭《ぬぐ》う。汗は、暑さのためだけではなかった。

バニー・ガールが、おしぼりを持って来た。先夜買った、キー・カードを出そうとすると、理沙代はそれを押しとどめて、テーブルのボトルに向かってうなずいた。

「今夜は、わたしがごちそうさせていただきます」

わたしはキー・カードをしまった。反対意見を述べる気力が出て来ない。

「いずれここで、またお目にかかれると思っていましたのよ。こんなに早く、とは予想していませんでしたけど」

わたしは時間稼ぎのために、おしぼりを丹念に使った。その間に、理沙代は水割りを作ってくれた。特に冷たい表情ではなかったが、もちろん子守歌を歌いそうな顔でもない。

グラスを合わせる。飛び切り苦い酒だった。

やっと、耳にギターの音がもどって来る。そのとき店に流れていたのは、不協和音を縦横に駆使する、タランタスという曲だった。

しゅろの葉を片側に寄せて、ステージを見た。

男が黒い椅子に腰かけ、顔を斜めに伏せてギターを弾《ひ》いている。両足を組まずに床につけ、ギターの胴を太股に載せて弾く、昔風の演奏スタイルだ。

両手は、ほとんど動いていないように見えたが、あたりに響く弦の音は信じられないほど、多彩なものだった。

目をみはるようなスピードで、半音階の下降スケールを弾き飛ばし、曲を締めくくると、男は顔を上げた。混血風の高い鼻に、きりりとした唇。長い髪に若わかしい目。

わたしはその若者を、新宿の『エル・フラメンコ』で一週間ほど前に、見たことを思い出した。

「今朝の日報ジャーナルを、ごらんになりましたかしら」

なにげなく理沙代が言う。

わたしは向き直った。夢幻《むげん》の世界から、現実の世界に引きもどされる。

「見たような気がしますね」

そのせりふは、朝方新井が使ったものだ。

今わたしは、新井の心境が分かった。

「ご感想はいかがですか」

透《す》きとおるような細い声に、かすかなとげが感じられた。

わたしは、理沙代を見返した。

胸元にボウのついた長袖の白いブラウスに、濃紺の長めのスカート。耳には、大きな白のイヤリング。テーブルの横からのぞいたところでは、やはり白のエナメルのハイヒールをはいている。

「それで気がすむのなら、そのボトルでぼくの頭をかち割ればいい」

理沙代は目を伏せ、グラスを回して氷の音をさせた。

「あの欠陥テープを、日報ジャーナルへ持ち込んだこと、お認めになるんですか」

「弁解はしない。きみが怒る気持ちは、よく分かる」

理沙代はわたしを見た。胸が痛くなるような視線だった。

「漆田《うるしだ》さんが欠陥テープを、日報ジャーナルに持ち込んだから、怒っているわけじゃありません。ＰＲマンなら、当然そうするはずですから」

「なるほど」

「でもわたしなら、わざわざ事前にマスコミには持ち込まないなどと、相手を油断させるような嘘は、つかなかったわ」

「まだ、修業が足りないね」

理沙代は赤くなり、唇を嚙《か》み締めた。グラスを握る指の関節が、危険なほど白くなる。

わたしは水割りを飲んだ。奇跡的に、こぼさずに飲むことができた。

やがて理沙代は、平生の顔色にもどった。自制心の強い女だ。

「いい勉強をさせていただいたわ。わたしたちの仕事に、仁義を求めるのは愚《おろ》かだということが、よく分かりました」

わたしはそれについて、特に感想を発表しなかった。少なくとも今は、その意見を否定できる立場にない。

理沙代は口調を変えた。

「でも、太陽楽器はあなたが考えたほど、ダメージを受けていませんよ」

たばこに火をつける。理沙代が、わたしのことをあなたと呼んだのは、それが初めてだった。

親しみを込めたつもりか、それとも対抗意識がそう呼ばせたのか。どうも後者のようだ。

「それを聞いて、少しは気持ちが楽になった」

わたしが言うと、理沙代は唇を引き締めた。

「今朝、恐るおそるあの記事を届けたんです。そうしたら、太陽楽器の宣伝部長は何も言わずに、その場ですぐに日本ギター通信に電話しました。責任者を呼び出して、外部からの対応姿勢について、細かく指示するんです。こんな赤新聞ですんでよかった、これを機会に苦情窓口を整備するように、と」

「それは適切な指示だった、といえる」

理沙代は、呆《あき》れたように首を振った。

「まるで、ひとごとみたいですね。ご自分のまいた種だというのに」

たばこをもみ消し、ステージに目をやる。

パコ津川は顔を心持ち上へ向け、伏し目になって陶然とギターを弾いていた。弾くというよりも、指がひとりでに動いて音楽がつむぎ出されて来る、そんな感じだった。とにかく、恐るべき腕前の持ち主だった。

理沙代に目をもどす。

「それだけ、適切な指示を与えられる宣伝部長が、一方ではライバル会社の記者ゼミナールで、子飼いの記者に爆弾質問をさせるような、あざとい手を使う。PRの仕事というのは、むずかしいものだと思いませんか」

理沙代は、指先でテーブルに線を引いた。それから顔を上げ、なにげない口調で言った。

「ところで、どうなんですか。欠陥テープというのは、ほんとに存在したんですか」

「それは欠陥ギターと同じで、確証はない」

理沙代は、乾いた笑い声をたてた。

「漆田さんは、油断のならない人ですね」

わたしは水割りを飲み干し、タンブラーをかざした。

「こんなときになんだけど、もう一杯ごちそうしてもらえませんか。それとも、自分のボトルを取り寄せた方がいいかな」

理沙代は小さくうなずき、どうぞ、と言った。しかし今度は、作ってくれようとしなかった。

わたしは、自分で水割りを作りにかかった。

そのとき、店内に大きな拍手が湧いた。しゅろの葉陰から見ると、ステージが終わってパコが立ち上がったところだった。

この種の店では、異例といってよいほどの盛大な拍手に、わたしは少なからず驚いた。パコの演奏が、素人の耳にも感動を呼ぶほどすばらしいものだったことに、改めて気がつく。

パコはギターをケースにしまい、フロアを横切って、わたしたちの一つ隣のブースへ行った。

そこには、黄色いドレスを着た女が待っていて、パコを拍手で迎えた。しゅろの葉の間から、女の横顔が見えた。

店内はかならずしも明るくなかったが、見間違えるはずはない。

その女は、フローラ・ラモスだった。

2

「あのギタリストが、気になるみたいですね」

理沙代が小さな声で言った。

わたしは向き直り、酒を半分ほど一気に空けた。

「ちょっと失礼して、彼と話をして来てもいいかな」

「いいですけど、お連れがいらっしゃるみたいよ」

「ぼくはわりと、無粋《ぶすい》な男なんです。すぐにもどる」

一度通路へ出る。ステージでは、ジャズのコンボが演奏を始めていた。

隣のブースに顔を出すと、ちょうどこっちを向いてすわっていたフローラと、まともに目が合った。

フローラは驚き、腰を浮かした。手にしたグラスから、紫色のカクテルが少しこぼれた。たちまち顔が赤くなる。

「やあ、フローラ。すわっていいかな」

フローラはどぎまぎして、パコをちらりと見た。

「え。ええ、どうぞ」

わたしはフローラの横に、パコと向かい合ってすわった。

パコは『エル・フラメンコ』のときと同じ、明るいグレイのスーツを着ていた。壁のしみでも見るような目で、無表情にわたしを見る。覚えていないらしい。あのときパコは、フローラしか見ていなかったのだ。

「突然お邪魔して申しわけないが、ぼくはフローラのお目付役でしてね。名前は漆田。漆田亮」

パコはいやいや口を開いた。

「津川です」

「下の方も教えてほしいな」

「津川陽。ぼくたちに、なんの用ですか」

細身の体に似ず、太い声をしていた。近くで見ると、はたちを出たばかりにしか見えないが、妙に落ち着いておとなびた態度の若者だった。

「ぼくたち、ね。『エル・フラメンコ』で知り合ったんだろう、きみたち」

「ええ。よくご存じですね」

「これは恐れ入ったね。あのときぼくは、フローラと一緒だったんだ。トイレに行った数分の間に口説くなんて、カサノバそこのけじゃないか」

　フローラが、横からスペイン語で言った。

「誤解しないで。ただ、名前と連絡先を聞かれただけよ」

「ケ・オンブレ・デスカラド（ずうずうしいやつだ）」

　わたしもスペイン語で応じた。

　フローラは肩をすくめた。

「でも、悪い人には見えなかったし、すごく真剣だったんですもの」

「カサノバも悪い男には見えなかったし、口説くときは真剣だったそうだ」

　フローラは、黒目がちの目を一杯に見開いて、わたしを睨んだ。

「わたしが日本でお友だちを作るのに、あなたの許可がいるとは思わなかったわ」

「ぼくは構わないが、ラモス氏が心配するんじゃないかと思ってね」

　フローラは、急に平静さを失った。

「お願い、このことはおじいちゃんには、黙っていてください。また、心臓が悪くなるといけないわ」

　わたしは、フローラの顔を見直した。

「心臓。ラモス氏は、心臓が悪いのかね」

フローラは、はっとして口を閉じた。目を伏せ、膝の上で手を握り合わせる。

「ごめんなさい。隠すつもりはなかったの。でもおじいちゃんから、黙っているように言われたんです。契約に、差し障《さわ》りが出るといけないからって」

ラモスの赤ら顔が、目に浮かんでくる。

「かなり悪いの」

「いいえ、一度発作を起こしたことがあるだけです。過度に、興奮さえしなければだいじょうぶだと、お医者さんに言われました。だから、こんなことで心配させたくないの」

ラモスが、心臓を悪くしているというのは初耳だが、今はそれを問題にしているときではない。

「そう言えばラモス氏は、きみが夜外出することに、反対だったんじゃないのかね。特に男性とは」

「ええ。でも今夜おじいちゃんは、八王子工場へ行って泊まりの予定なの」

「だから、黙って夜遊びに出たわけか」

フローラが何か言う前に、パコがグラスをがたりと置いて、口を開いた。

「いいかげんにしてくださいよ、二人だけでスペイン語で話すのは」

フローラは、あわてて日本語にもどった。

「ごめんなさい、パコ。漆田さんは日野楽器の、ＰＲの仕事をしている人です。ちょっと、打ち合わせをしたの」

パコは、スペイン語が分からないらしいが、明らかにフローラの言葉を信じていなかった。

わたしを見て言う。

「デスカラドって、どういう意味ですか。さっき、そう言ったでしょう」

「いい腕をしている、という意味さ。ギターも、ガールハントの方もね」

フローラは、取ってつけたように腕時計を見た。

「もうホテルにもどらないと。おじいちゃんから電話あるかもしれない。遅くならないうちに、帰りたい」

わたしはすかさず言った。

「それはいい考えだ。一人で帰れるかな」

フローラはうなずき、立ち上がった。

パコは唇を引き締めたが、止めようとはしなかった。

わたしも席を立ち、フローラを押し出した。

「外出したことがばれたら、ぼくと一緒だったと言えばいい。ぼくなら怒らないでしょう、ラモス氏も」

フローラはもう一度うなずき、パコを見た。

「悪いけど、先に帰ります」

パコはすわったまま、軽く手を上げた。

「また電話するよ」

フローラが出て行くと、わたしはすわり直した。

パコは、露骨にいやな顔をした。

「まだ用があるんですか」

「今日で何度めかな、デートは」

「三度めだけど、大きなお世話ですよ」

パコの落ち着いた、自信たっぷりの態度が、どうも気に入らなかった。若い男は、もう少し軽薄であっていい。

名刺を出し、パコに渡した。パコは、それにちらりと目をくれただけで、ポケットにしまった。

「フローラから聞いたかもしれないけど、彼女の祖父は日野楽器の招きで、八月初めに来日した。ぼくは、そのＰＲの仕事をしてるんだが、それとは別に彼に頼まれて、あるギタリストを探している。サントス、という中年のギタリストだけど、心当たりはないかな」

サントスの名を聞いたとき、パコの視線がかすかに揺れたような気がした。しかしそれは、思い過ごしかもしれない。

パコは表情を崩さず、まともにわたしを見返した。

「ラモスさんは、どうしてそのギタリストを、探しているんですか」

わたしは、ありのままを話して聞かせた。

パコは黙って聞いていたが、聞き終わると興味なさそうに言った。

「話は分かりましたけど、どうしてぼくがそのギタリストを知ってる、と思うんですか」

「これまであちこち調べたところでは、サントスには息子がいて、小さいときからその子にかなり厳しく、ギターを仕込んだ形跡がある。その子は今消息不明なんだが、当時はパコと呼ばれていて、もし生きていればきみぐらいの年に、なっているはずだ」

パコは、口元にばかにしたような笑いを浮かべた。

「するとぼくが、そのサントスの息子ってわけですか」

「それを確かめたい、と思っている」

突然、くすくすと笑い出す。

「ぼくのことを、だれから聞いたか知らないけど、ナンセンスもいいとこですよ。パコなんて呼び名は、この世界ではいくらもあるし、ぼくぐらいの年のギタリストも、はいて捨てるほどいますからね」

「しかし、きみほどの腕のギタリストは、そうはいない」

パコは目を伏せた。

「そんなことないですよ」

口では否定したが、本心でないことは明らかだった。

「ぼくはフラメンコのことを、よく知っているつもりだ。ギタリストの知り合いも多い。ところが、だれに聞いてもサントスのことを知らない。サントスのキャリアからすれば、日本のフラメンコの草分け的存在として、当然知られているはずなんだがね」

「それとぼくと、どういう関係があるんですか」

「きみ自身も、これほどの腕を持ちながら、同業の間でまったく知られていない。この世界の連中と、付き合いを拒んでいる」

「偶然ですよ。ぼくは、人付き合いが苦手なんです。とくに、フラメンコの世界の人間とはね。こういうところで、気ままに弾いてる方が、性に合ってるんです」

わたしはパコを見つめた。

「つまりきみは、サントスの息子でもないし、サントスというギタリストにも心当たりがない、というわけだね」

パコは昂然《こうぜん》と、肩をそびやかした。

「そうです」

一呼吸おく。

「ギターは、だれに習ったの」

突然切り込むと、パコは戸惑い、初めて呼吸を乱した。フローラが、飲み残したカクテルに手を伸ばそうとして、途中でやめる。

「独習ですよ」

「しかし最初は、だれかに手ほどきしてもらったはずだ。そうでなければ、これほどの腕にはなれない。そしてたぶん、指から血が出るくらい練習しなければね」

パコは反射的に、左手を握り締めた。頬に血が上る。

「独習だといったら、独習なんです」

「マノロのおじさんを、覚えてないかね。マノロ清水。サントスと一緒に、グルーポ・フラメンコでギターを弾いていた男だが」

パコはゆっくりと立ち上がった。

「もうたくさんです。そんな質問に答える義務はない。時間だから、失礼しますよ」

わたしも立った。

「気に障ったらあやまる。でも誤解しないでほしい。これは別に、サントスにもきみにも、迷惑のかかる話じゃないんだ。気が変わったら、電話してくれないか」

パコはそれに答えず、ギターのケースを取り上げて、わたしに背を向けた。

その背に呼びかける。

「いろいろありがとう、高井君」

パコの肩がこわばったように見えたが、確信はなかった。

もう少し、パコに食い下がることもできたが、やめておいた。わたしの対応は、間違っていたかもしれない。しかしパコの態度には、そう仕向ける何かがあったのだ。

隣のブースへもどった。理沙代は所在なげに、グラスの氷をマドラーでつついていた。

「悪かった。待ってもらわなくてもよかったのに」

理沙代は手を膝へもどし、わたしを睨んだ。

「でも、すぐもどるっておっしゃったから」

「本音を言うと、待っていてくれて嬉しかった」

理沙代は、わたしの気のせいでなければ、赤くなった。急いで、水割りを作り始める。

ジャズのコンボはすでに引っ込み、またパコのギターが始まろうとしていた。パコは入念に調弦して、ソレアを弾き始めた。

「あちらの席にいらした女性、外国のかたでしょ」

理沙代の差し出すグラスを受け取る。

「ええ。彼女がこの前話した、ホセ・ラモスの孫娘ですよ。フローラ・ラモス」

理沙代は、ある程度予測がついていたというように、二、三度うなずいた。

「きれいなかたね。待ち合わせだったんじゃないんですか、漆田さんと」

「まさか。あのギタリストが、連れて来たんです」

「二人で、彼女を取り合ったんじゃないでしょうね」

「どうして。取り合っちゃいけないかな」

理沙代は目で笑った。

「取り合ったら、漆田さんが負けるわ」

わたしは苦笑した。

「貴重なアドバイスをありがとう。乾杯」

わたしたちは、グラスを合わせた。しかし、理沙代は形ばかり口をつけただけで、すぐにグラスを置いた。今夜はほとんど飲んでいない。

パコは、古いソレアを斬新《ざんしん》なスタイルで弾いたが、いくつかミス・タッチをした。なぜか演奏に、いらだちのようなものがこもっていた。

「ところでさっき、いずれここでぼくと会えると思ったと、そう言いましたね。どうしてかな」

理沙代は、テーブルの表面に指を走らせた。

「実はおととい、マネージャーとお話ししてらっしゃるのを、聞いてしまったの。もちろんわざとじゃなくて、お手洗いからもどったとき、つい耳にはいってしまったんです。ここに出ているギタリストを聞きたいとか、そんなこと言ってらしたでしょう」

「なるほど。それで今朝の日報ジャーナルを見て、さっそく来てみることにしたわけだね」

理沙代は曖昧《あいまい》に笑った。

「まあ、そんなところですね」

腕時計を見る。パコのステージが、いつ終わるか分からないが、まもなくだろうと思った。

理沙代も時間を確かめ、なんとなく言った。

「そろそろ、失礼しようかしら」

わたしは、それを真に受けるふりをした。

「そうですか。ぼくはもう少し、彼のギターを聞いていくことにする。送れなくて悪いけど」

わたしが引きとめなかったので、理沙代は仕方なくといった様子で、立ち上がった。

「いいんです、どうぞごゆっくり」

「今夜会えてよかった。勘定はぼくが持ちます」

伝票の上に手を載せた。

「今夜は、わたしに払わせてください」

伝票を取ろうとする。わたしが手をどけなかったので、理沙代の指先が甲に触れた。

「ごめんなさい」

理沙代は、熱いものにでも触れたように、急いで手を引っ込めた。

理沙代が帰ってから十五分ほどして、パコの演奏が終わった。わたしは先に店を出て、青山通りの暗がりでパコを待った。すでに十時半を回っている。

五分とたたぬうちに、パコが出て来た。ギターのケースを長い腕で抱え、車道に下りる。

思わず舌打ちした。手が汗ばむ。

タクシーか。なぜか、パコは地下鉄を利用するものと、勝手に決め込んでいた。うかつだった。パコが何を利用しようと、尾行する側としては当然タクシーを停めて、待機するべきだったのだ。

わたしの位置からは、パコより先に車を拾うことはできなかった。この時間帯の青山通りは、ほとんど空車が走っていない。うまい具合に、二台続けて来てくれなければ、パコを尾行することは不可能だった。

気づかれないようにパコの上手へ出て、先に車を拾うことを考えた。しかし、それを実行するより早く、空車が一台来た。パコが手を上げる。

背伸びして見たが、ほかに空車の姿はない。

パコはギターを押し込み、車に乗った。ドアがしまり、走り出す。わたしはそれをやり過ごし、未練がましく空車を探したが、やはり赤い標示は見つからなかった。

パコの乗ったタクシーは、すぐに左折した。引きずられるようにあとを追うと、車は『コルドバ』の前を抜けて、走り去るところだった。

あたりには、蹴飛《けと》ばすポリバケツ一つなかった。わたしは、遠ざかるテール・ランプを呆然と、見送った。

そのとき車のエンジン音が響き、ヘッドライトがぐるりと回って、わたしを照らし出した。急いで体を引くと、青山通りから曲がり込んで来た車が、目の前でタイヤを鳴らして停車した。

助手席のドアが開いた。緊張した声がかかる。

「早く乗って」

のぞき込むと、運転席に理沙代の姿があった。

ドアを閉めるより早く、理沙代はギアを入れ直して、車を発進させた。

すばらしい出足だった。十秒と走らないうちに、理沙代は前のタクシーのテール・ランプを、視野に捉《とら》えた。

「あまり近づきすぎないように」

短く注意すると、理沙代は何も言わずに、少し速度を落とした。理沙代のハンドルさばきは鋭く、熟練した男のドライバーを思わせた。

二人とも、しばらく口をきかなかった。

車は裏通りを西麻布へ抜け、高速道路の下を六本木方面に向かった。

たばこをくわえ、窓を下げる。

「特技は、ダイヤモンドの鑑定だけか、と思った」

「これは特技じゃなくて、趣味なんです。でもおかげで分かったわ、わたしを店から、急いで追い出したわけが」

「そんな。ただ引き止めなかっただけさ」

「そうかしら。送らないからさっさと帰れと、そう顔に書いてあったわ」

窓の外に煙を吐き出す。

「きみはきっと、送られることに慣れているので、そう思ったんだ」

わたしはすんでのところで、フロント・グラスに頭を突っ込みそうになった。次の瞬間、後ろへのけぞる。

理沙代が突然、短く急ブレーキを踏んだのだった。

「失礼。道路に穴があいていたんです」

にこりともせずに言う。

わたしは、床からたばこを拾い上げ、灰皿に捨てた。脇の下に、汗が噴き出す。

「穴なんか、あいてなかった」

やっと言ったが、理沙代は答えなかった。

六本木から、溜池《ためいけ》へ向かう。車の流れは順調だった。

「一つ、説明してもらえないかな、こうなったわけを」

理沙代は、ちろりと舌を唇に走らせた。

「金曜日は、よく車で出社するんです。土日がお休みなので、遅くまで乗り回せるし、遠出もできるでしょう」

「そしてときどき道端で、ぼくみたいなおっちょこちょいを、拾い上げるわけだね」

理沙代は唇を結び、何も言わなかった。

信号待ちで車が停まる。タクシーは、斜め前にいた。

唐突に口を開く。

「あなたのそぶりがおかしかったので、何が起こるか見届けようと思ったの」

わたしを、あなたと呼んだのは、二度めだった。今度は、親しみを込めた呼び方に思えた。

「どんなそぶり」

「どことなく。ただ、あのギタリストと話が残っているだけなら、そうおっしゃるはずですもの。わたしを追い出そうとするからには、何かあると思ったわ」

「何かって」

理沙代は、くすりと笑った。

「たとえば、ほんとにあのギタリストと、フローラを取り合っているのかもしれない。待ち伏せして、殴り合いでもするつもりじゃないかと」

車が動き出す。

「だとしたら、どうするつもりだった」

「もちろん、あなたを病院へ運ぶつもりでした」

言うべき言葉がない。しばらく沈黙が続いた。

溜池を右折する。

「こんなことに、きみを巻き込みたくなかった」

「わたしに秘密を握られたり、邪魔されたりするのがいやだったんでしょう」

「それもなかったとは言わない。しかしきみは今、自分のライバルの仕事を、ガソリン代を使って手伝っている。そのことは、承知しているんだろうね」

理沙代はパコのタクシーに近づきすぎ、速度を落として間に黒塗りの車を、割り込ませた。

「ええ。考えると、確かに不思議ですね」

「どうしてこんな風に、手を貸してくれるのかね」

「じゃ、どうしてこの車に乗ったんですか」

「質問に質問で答えるのは、やめたまえ」

言い返したが、理沙代は続けた。

「あのギタリストを、尾行するためでしょう。まさか、ドライブを楽しむために乗った、とは言わせませんよ」

「どうして。きみが車のドアをあければ、ぼくでなくても飛び乗りたくなるさ」

「それじゃ尾行をやめて、どこか横町に曲がってしまっても、いいんですか」

「暗い道ならね」

一瞬ハンドルを取られたのか、車が軽く横揺れした。

内幸町《うちさいわいちょう》を左折しながら、理沙代は怒ったように言った。

「今わたしは、ライバルの仕事のお手伝いをしているつもりは、ありません」

「すると、ぼくの男っぷりに惚れた、とでも言うのかね。おっと、急ブレーキも二度めはきかないよ」

わたしは床に足を踏ん張り、笑って見せた。

本心は、屋根を突き破るくらい、うろたえていた。

たばこに火をつける。

「もう見当はついていると思うけど、これもサントス探しのうちでね。前の車の若者は津川というんだが、通称パコと呼ばれている。ぼくの勘では、パコはサントスに関する情報を持っている、と信ずべき理由がある」

「無理に話していただかなくてもいいんです」

硬い声で言う。

そこで、わたしは話を変えた。

「もし、ぼくがサントスを見つければ、ラモスにからんで必然的に、日野楽器の記事があちこちに出る。かなりのパブリシティ効果が、見込まれるはずだ」

理沙代は黙っていた。

「しかし、ライバルの太陽楽器にとっては、それはあまり面白くない話だ。そこで、もしきみがぼくのサントス探しを阻止すれば、太陽楽器の宣伝部長はごほうびとして、萬広の広告の扱いをどんとふやしてくれるだろう」

理沙代の横顔がきつくなり、頰の線に陰が現れた。

「そうしてほしい、とおっしゃるんですか」

「きみに、ＰＲマンの心得を教えてあげたのさ」

理沙代は、しばらくして言った。

「実は今日、あなたのことを大野部長に報告しました」

「大野部長」

「ごめんなさい、太陽楽器の宣伝部長のことです。正確には取締役宣伝部長で、大野顕介《けんすけ》といいます」

「どんなことを報告したの」

「わたしたちが、帝都テレビで偶然知り合ったことや、あなたが日野楽器のお仕事のからみで、サントスを探してらっしゃるいきさつなどを」

わたしは黙っていた。

理沙代は溜め息をつき、続けた。

「ほんとうは、報告するつもりはなかったんです。今朝、日報ジャーナルを見るまでは」

「どうして」

「あなたが、サントスの話をわたしにしたのは、ＰＲマン同士の仁義を前提にしたものだ、と解釈したからです。それを裏切るのは、仁義にそむくと思いました」

「なるほど。しかし日報ジャーナルを見て、この業界には仁義など薬にしたくもないことに、気づいたわけだね」

理沙代は、顎を心持ち突き出した。

「早く言えば、そうです」

わたしは目をそらした。

「するときみは、ますますサントス探しを阻止しなければならない立場に、追い込まれたわけだ。それを阻止するどころか、こんな風に手を貸したことがばれたら、きみの首が飛ぶだけじゃすまないだろうね」

理沙代はそれに答えず、タクシーを追って神田小川町の交差点を、右へ曲がった。

たばこを消す。

「まあいい。どちらか相手が信じられなくなるまで、しばらく続けてみようじゃないか」

理沙代は話題をそらした。

「パコとフローラは、恋人同士なんですか」

「分からない。まだ来日して、一ヵ月ちょっとだからね」

「でも今の若い人って、わりと意気投合しやすいから」

「その中に、きみもはいるのかな」

理沙代は、自分の側の窓を少しあけた。風が吹き込み、髪と胸元のボウを後ろになびかせる。

「わたし、もう二十八なんです。若いとはいえないわ」

結局パコのタクシーは、上野まで行った。交通が渋滞し始めると、パコは松坂屋の向かい側で、車を下りた。

理沙代はそれを見て、銀行の前から抜け出たハイヤーのあとへ、強引に車を割り込ませた。後ろにいた、別のタクシーが乱暴にクラクションを鳴らしたが、平気でそれを無視した。

ドアをあけ、片足を出す。

「どうもありがとう。いずれ挨拶しますよ」

「このあたりで、待っています」

「いや、もういい。もうもどって来ないと思うし、時間も分からないから」

「十二時まで、ここにいるわ」

それに答えている余裕はなかった。わたしは車を下り、パコのあとを追った。

そろそろ、キャバレーやクラブの閉店時間が、迫っている。ますます、車の混雑が激しくなりそうだ。

パコはすぐに、裏通りにはいった。わたしは、このあたりの地理に不案内で、たちまち方向感覚を失った。

裏通りから、さらに細い路地へはいる。とば口からのぞくと、パコは左右に突き出た電飾看板の下を、ギターのケースをしっかり抱えて、奥へ向かっていた。

路地の中ほどで、紫色のワンピースを着た女とぶつかりそうになり、何か言葉を交わす。それから女を押しのけ、左側の『キャリオカ』と看板の出たバーへ、はいって行った。

路地にはいると、例の女がふらふらと寄って来た。

「ちょいとにいさん、あたしを診察してみない」

しわがれ声で言い、わたしのポロシャツの袖を死んでも離すまいというように、しっかりと摑んだ。

「悪いけど、聴診器を忘れたんだ」

女は体をそらして、下品に笑った。かすかな光が、女の顔を照らした。

「今日は特売日なんだよ。新鮮な赤貝が、たったの三千円さね。どうだい」

思わず唾を飲む。安かったからではなく、吐き気をこらえるためだ。

「なまものは、やらないんでね」

女の手を振り放し、札入れから二千円抜き出した。

「今そこのバーに、若い男がはいったろう」

「それがどうしたのさ」

女は札を見ていた。息が荒くなる。よだれが垂れるのではないか、と思ったほどだ。

「あの男が中で何をしてるか、見てきてくれないか」

目がどぎつく光る。

「やばい仕事はお断りだよ。どうして、自分で見ないのさ」

「妹の亭主なんだ。狭い店だと、気づかれちまうからね。この金で一杯やりながら、見てきてくれればいいんだ。あとで、もう二枚出すから」

言い終わらないうちに、女は札をひったくってふらふらと、『キャリオカ』の方へ歩き出した。

わたしは路地の入り口へもどり、いつでも身を隠せるようにして待った。

女はなかなか出て来なかった。裏口から逃げ出す可能性も考えたが、そもそも裏口があるような店ではない。それに、女が残りの二千円をむざむざと、あきらめるとは思えなかった。

女は、十五分後に出て来た。ほとんど、へべれけだった。急いでそばへ行くと、ずるずるともたれかかってきた。

それを押しもどし、用意の札を目の前に突きつける。

「さあ、聞かせてくれ」

「中に、目の悪い、じいさんが、いるんだよ」

ろれつが怪しい。

「目の悪いじいさん、だって」

「このあたりで、流しをやってるギター弾きさ。みんなスペインって呼んでるけどね」

「スペイン」

何かが弾けた。しがみつく女を押し離す。

「そのじいさんと、さっきの若いのが話をしてたのか」

「まあね。あの色男がじいさんに、何かしつこく言い寄ってたよ。うるさくて、聞こえなかったけどね」

「じいさんは、あの店が根城なのか」

「いつもあそこで、仕上げをするんだ。とんだ飲んだくれさ。じゃらじゃらやるばっかしで、ろくに弾けやしないんだ。もういいだろ」

酔っているとは思えぬ素早さで札をさらうと、女はふらふらと奥の方へもどって行った。

わたしは額の汗をふき、路地を出た。少し離れた所から見張る。

十二時五分前に、二人連れの酔っ払いのあとから、スペインと呼ばれているらしい男が、姿を現した。

黒い服、黒い眼鏡に黒い帽子。しわの浮いた顔に、白い無精髭。右手に白い杖、左手に古ぼけたギターのケースを、持っている。悪魔でも背負ったように肩の歪《ゆが》んだ、みすぼらしい老人だった。

そのあとから、パコが通りに出て来た。ふらふら、と歩き始めた老人の後ろ姿を、険《けわ》しい目で見送る。それから乱暴に体を回すと、反対の方向に歩き出した。

わたしはたばこに火をつける間、ちょっと考えた。

老人の方へ顔を向けたとき、男が一人わたしの前を通り過ぎた。グレイの背広を着たサラリーマン風の男で、わたしから顔をそむけるようにして、パコの歩き去った方に向かう。

わたしはそれを見送ってから、老人のあとを追った。この老人が、スペインと呼ばれるからには、それなりの理由があるに違いない。

スペインは表通りへ出て、タクシー乗り場の行列に並んだ。行列は長く、空車は少ない。

銀行の前へもどると、理沙代が歩道に立って、手を上げるのが見えた。背が低くなっている。よく見ると、ハイヒールをかかとの低いパンプスに、はき替えていた。

車はメタリック・ブルーの、スカイライン二〇〇〇GTハードトップだった。女が一人で乗る車ではない。

それが顔に出たらしく、乗るとすぐ理沙代は言った。

「このタイプの車が、好きなんです」

「好みがはっきりしているのは、いいことだ。もう待っていない、と思った」

「十二時まで待つって言ったでしょ」

「シンデレラに出て来る、魔法使いのばあさんみたいな口調だね」

理沙代は呆れたように、わたしを見た。

「ほんとに口が悪いのね」

「小さいときから、かわいい子を見るといじめたくなる癖があるんだ」

理沙代は首を振り、目をフロント・グラスにもどした。

「どうしますか。パコを追うのはやめたの」

「うん。その代わりに、あそこに行列している黒い服のじいさん、あのじいさんをつけることにした」

理沙代は、背筋を伸ばして、前をのぞいた。胸が、どきんとするほど、ふくらんでいた。

「あの、白い杖を持った人」

「そう」

「あの人がサントスなの」

わたしは、くわえたままでいたたばこを、灰皿でもみ消した。理沙代の、あっけらかんとした発想に、ほとんど驚嘆した。

「大胆な発想だね、それは」

「男の人って、自分が思いつく以外のことは全部、大胆な発想の一言で片づけるのね」

一本取られたので、黙っていた。

十五分ほどして、スペインの順番が回って来た。個人タクシーだった。理沙代は、駐車したときと同じ強引さで、車の流れに割り込んだ。

「サントスにしては、ちょっと年を取りすぎているような気がする。そう簡単に、見つかるもんじゃない」

しばらくしてそう言ったが、独り言に聞こえたらしく、理沙代は何も言わなかった。

上野駅周辺を抜けると、渋滞が解けた。

スペインを乗せたタクシーは昭和通りを走り、三ノ輪《みわ》の少し手前で左折した。常磐《じょうばん》線の、ガードにぶつかる直前を、また左へ曲がる。

ごみごみした裏通りで、スペインは車を下りた。理沙代は、後方の暗がりにライトを消して、停車した。

タクシーが走り去ると、スペインはギター・ケースを引きずるようにして、よたよたと路地へはいって行った。わたしも車を下り、あとを追った。

スペインは、戸がなくなって門柱だけが残っている、古いアパートの敷地へはいった。建物の外側についた階段を、二階へ上って行く。途中で二度休み、上りきるまでにひどく時間がかかった。

それは木造の汚いアパートで、家屋の歪んでいるのが夜目にもよく分かった。今どき、木造のアパートが残っているのはまれで、耐用年数を過ぎていることは間違いない。門柱の表札には、かすれた字で『あけぼの荘』と書いてある。

塀越しに下から見ていると、スペインは二階の廊下をぎしぎし鳴らしながら、四つ並んだドアのいちばん奥に、たどり着いた。自室に姿を消すのを見届け、敷地にはいる。街灯の光が、スペインの部屋のドアを照らしていた。しかし、どこにも表札らしいものは、かかっていない。

車へもどる。そばの電柱の地番標示によれば、この一帯は荒川区の東日暮里《ひがしにっぽり》一丁目、となっていた。

来た道を、ゆっくり引き返すように、理沙代に頼んだ。道順を、しっかり頭に入れる。

昭和通りまでもどったとき、理沙代が尋ねた。

「身元、分かりましたか」

「いや。お化け屋敷みたいなアパートでね。『あけぼの荘』というんだが、どちらかというと『たそがれ荘』だな、あれは」

しばらくして、また理沙代が言った。

「お住まいはどちらですか。お送りします」

「事務所と同じ所だけど、悪いね、おんぶにだっこで」

「事務所は四谷でしたね。どうせ帰り道だわ」

やがて、昭和通りから靖国通りにはいる。

理沙代は、あまり気の進まぬ口調で、切り出した。

「お手伝いしたから、というわけじゃないんですけど、お願いがあるんです」

「どうぞ」

理沙代を見る。思いつめたような顔をしていた。

髪を一揺すりして言う。

「太陽楽器の大野宣伝部長に、会っていただきたいんです」

わたしは最後のたばこに火をつけ、空き箱を丸めてポケットにしまった。

「もう少し、夢のある願いごとかと思った」

「部長から、ぜひ紹介してほしい、と頼まれたんです」

「どんな理由で」

「分かりません。子供の使いみたいで、恥ずかしいけど。直接お話しするつもりらしいわ」

「何か、ぼくに興味を持ちそうなことを部長に話したのかね」

「あなたのことは、ラモスさんのプロジェクトとサントス探しのことしか、話していないわ」

「欠陥ギターや、欠陥テープのことは」

「話していません。全消同の槙村書記長と、あなたが親しいことなんか、むしろ知られたくないし。それは、黙っていてくださいね、もし聞かれても」

「どうして」

「うちは、消費者団体とのコミュニケーション・ルートがないのが、弱点なんです。

あなたの事務所に、仕事を取られてしまうわ」

「ちょうどいい。日野楽器の広報室長は、美人のＰＲウーマンと仕事をしたがっていた」

理沙代は髪を揺すった。

「まぜ返さないで。真面目なんですから」

たばこを消す。

「それできみの顔が立つのなら、会ってもいいよ」

「無理を言ってすみません。あしたはお休みですか」

「いや、週休二日を導入する余裕は、まだないんでね」

「あした、お電話してもいいですか」

わたしはいいと答え、市谷八幡《いちがやはちまん》から四谷見附《よつやみつけ》へ向かう道筋を、教えた。

理沙代はわたしの指示に従って、ビラ・コンチネンタルの前に、車を停めた。

「ちょっと寄って行きませんか。無理に、とは言わないけど」

わたしが誘うと、理沙代はもじもじして、ぎこちなく応じた。

「甘くて、とても強いお酒が、あるんでしょう」

「探せばあるかもしれない」

理沙代は、まるでプールから上がったばかりのように、体で息をついた。

「今夜は帰ります。無理に、とおっしゃらないなら」

「その方がいいかもしれない。ぼくもまだ、紳士としての評判を、落としたくないからね」

4

「そりゃ、ひどいじゃないですか。ぼくだって、たまには美人と酒でも飲みたいですよ」

大倉幸祐は、真っ赤になって抗議した。

石橋純子は、郵便局へ使いに出ていた。そのすきにわたしは、那智理沙代との間に展開された攻防戦のいきさつを、まとめて聞かせてやったのだった。

「別に、おれの方から仕組んだわけじゃないんだ。なりゆきで、そうなってしまった」

さらにパコ津川とフローラの話、スペインという老人を尾行した話もする。ここしばらく、大倉は別の仕事で飛び回っており、ゆっくり報告する時間がなかったのだ。

聞き終わると、大倉は真面目な顔で言った。

「しかし、所長もあまり鼻の下を伸ばしてると、足元をすくわれますよ。猫なで声を出して、すり寄って来る女には、気をつけた方がいいと思うなあ。特に彼女は、なかなかのやり手らしいし」

わたしはその忠告に礼を言い、大倉に新たな仕事を命じた。まず『コルドバ』の場所を教え、パコを見張るように指示する。

「今話したように、パコは否定しているけど、彼がサントスの息子である可能性は、消えたわけじゃない。パコがどこに住んでいるか、どんな人間と付き合ってるのか、そういったことを調べれば、何か出てくるはずだ。二、三日張りつけば、ある程度のことは分かるだろう」

「でも、店にはいつ来るか分からないんでしょう」

「そうだ。とにかく、今夜から行ってくれ。おれのボトルがあるから、時間外手当分くらいは、飲んでいい」

パコが夜十時半過ぎに店を出ること、その時間帯はタクシーが拾いにくいことなども、教えた。

純子がもどって来た。

土曜は昼までで、まだ二十分ほど時間があったが、仕事はお開きにすることにした。二人に映画でも見るように言って、ポケットマネーを渡す。

二人が出て行こうとしたとき、電話のベルが鳴った。純子がもどろうとするのを止め、自分で受話器を取る。

「漆田ＰＲ事務所です」

「那智と申しますが、漆田さんはいらっしゃいますでしょうか」

「ちょっと待ってください」

わたしは受話器を手でおおい、戸口で目を光らせている大倉に言った。

「ゴルフの会員券の売り込みだよ。早く行け」

大倉は純子にせかされ、渋しぶ出て行った。

「失礼。ゆうべはどうもありがとう」

「いいえ、こちらこそ。今お取り込み中ですか」

「だいじょうぶ。保険の勧誘員を、追い返したところでね」

「あの、ゆうべお願いした件ですけど、今夜のご都合はいかがですか」

「時間と場所を、決めてください」

七時に東銀座の『オークス』に、太陽楽器の大野取締役の名前で席を取ってある、という。その店は有名なステーキ・ハウスで、わたしも何度か利用したことがある。

「分かった。ところで、条件が一つある。きみが同席することだ。それを部長に、伝えてほしい」

「わたしの口からは言えないわ」

「きみが同席しないなら、行かない」

「でも、変に思われないかしら」

「変に思わせておけばいい」

結局理沙代は、部長を説得すると約束した。

昼食をすませてもどったとき、事務所の電話が鳴っていた。

出ると、相手はホセ・ラモスだった。

「実はな、セニョル。ゆうべホテルへもどると、フローラがおりませんでした。わしが帰ってから一時間もして、やっともどって来るような始末でな。フローラはあんたと一緒だったと言うんだが」

昨夜、フローラと交わした約束を、思い出した。

「そのとおりですよ、ゆうべはわたしと一緒だったんです。あなたが、八王子工場に泊まりだというので、退屈しのぎのお相手をしたようなわけで」

ほっと溜め息をつくのが分かる。

「やはり、ほんとでしたか。いや、それならいいんですよ。あんたなら、わしも安心だ。八王子に泊まるつもりだったが、やはりフローラのことが心配でな、早めにもどったような次第ですわ」

ラモスに細かいことを聞かれないうちに、サントス探しの方へ話を持って行った。もっとも、報告するほどの成果は、ほとんどない。パコやスペインのことも、今はまだ話す段階ではなかった。

今度は、ラモスが話を変えた。

「ところでセニョル、あんたに見てもらいたいものがあるんだが、あとでホテルの方へ来てもらえんだろうか」

「それはいいですが、いったい何ですか」

「日本の新聞の、切り抜きなんだがね。フローラが切り抜いて、テレビの上に置き忘れて行ったんですよ」

「フローラはどうしたんですか」

「ゆうべのことで意見したら、今朝早く飛び出して行きよりました。映画でも、見とるんでしょう。夕方まで、もどらんと思います」

三時に行くと約束して、電話を切った。

ノックに答えて出て来たラモスは、茶のスラックスに黄色いポロシャツという、くつろいだ服装だった。なるほど、フローラの姿はない。

わたしたちは、奥に二部屋のベッドルームを控えた、小さなサロンの、ソファにすわった。

ラモスは挨拶もそこそこに、新聞記事の切り抜きをテーブルの上に並べた。

「これですがの」

切り抜きは全部で四点あり、そのうち三点は外電だった。

一枚めはかなり大きな扱いの、八月十四日付の記事。


『スペイン、過激路線走るゲリラ《ETA》——静養中の総統狙う』

ETAというのは、バスク語の《バスク祖国と自由》の頭文字を取ったもので、スペイン北部バスク地方の独立を唱える、過激派の民族組織だ。二年ほど前ETAが、フランコ総統の片腕といわれたカレロ・ブランコ首相を暗殺し、スペイン全土を震撼《しんかん》させた事件は、まだ記憶に新しい。

記事は、静養中のフランコ総統を襲《おそ》おうと、準備を進めていたETAのテロリストが、隠れがを発見されて一網打尽になったことを、伝えていた。

二枚めはずっと小さく、日付は八月三十日。


『バスク派二人は死刑、スペイン軍事法廷が判決——反フランコ運動再燃か』


これは、治安警備隊員殺害の容疑者であるETAの闘士二人に、軍事法廷が死刑判決を下した、というものだ。またその記事によると、フランコは八月二十七日、過激派一掃を狙って厳しい《テロリスト取締法》を制定した、とある。

三枚めはさらに小さいベタ記事で、先のETA闘士の死刑判決に対して、各地で抗議のデモやストが広がりつつあることを、伝えていた。日付は九月二日。

残りの一枚は国内の事件で、つい一昨日の夕刊の切り抜きだった。


『横須賀、未明にアパート大爆発——過激派の爆弾製造ミスか』

この事件はその後の報道で、過激派が消火器爆弾を製造中に誤爆させたもの、と判明している。作業中の、過激派が三人ばらばらになったほか、アパートの住民も二人巻き添えを食って命を落とし、多くの負傷者を出した。かなりの威力を持った爆弾だったらしい。

「どうですかな」

ラモスが、もどかしげに膝を乗り出す。

わたしは切り抜きの内容を、一枚ずつ正確かつ正直に、説明した。

聞き終わると、ラモスは赤ら顔をみるみる曇らせ、ソファの背にもたれ込んでしまった。

「そうか、やはり国のことが、気になっておったんだな」

「やはり、とおっしゃると」

ラモスは目を伏せた。壁に耳ありとでもいうように、声をひそめる。

「フローラは大学で、学生運動に首を突っ込んでおります。もっと言えば、フランコ体制に反対する連中と、付き合っておるらしいんですわ」

「今の学生は、みんなそうでしょう」

「そうは言っても、いたるところに秘密警察の目が光っておってな、臭いやつは片端から引っ張られる。フローラにも、ほどほどにせいと言うてあるんだが」

「あなた自身は、どうなんですか」

ラモスは、反射的に室内のあちこちに、目を走らせた。一大決心をしたように言う。

「わたしも、フランコ体制には反対です」

声がかすかに震えた。おそらくスペインでは、一度も口にしたことのない言葉だったろう。

ラモスは、切り抜きを取り上げた。

「それにしても、この爆弾事件の記事は、どういう意味かな。同じ過激派ということで、共感を覚えたとでも言うんだろうか」

十日ほど前、日本列島解放戦線のことをわたしに聞いたときの、フローラの真剣な目が思い浮かんだ。

同時に、ラモスの心臓が過度の興奮に耐えられないという、フローラの言葉もよみがえってくる。

「あまり心配しない方がいいですよ。フローラはしっかりした娘さんだし、どうせもうすぐ帰国するんでしょう。大目に見てあげたらいかがですか」

ラモスは、しばらく深刻そうに考え込んでいたが、やがて肩の力を抜き、照れ臭そうに鼻をこすった。

「そうかもしれんな。あれも、もう子供じゃないんだし、放っておく方がいいかもしれん。両親がおらんので、つい口うるさくしてしまうんです」

そのあと、十月以降のラモスの仕事の話になった。ラモスは、十日後の九月半ばには、日野楽器の工場がある八王子市内のマンションに、移ることになるらしい。

帰りがけに、ロビーでフローラと出くわした。ちょうど、回転ドアからはいって来たのだ。白いパンタロンに黄色いTシャツを着て、小脇に大きな紙包みを抱えていた。

フローラはわたしを見て、空いた方の手を上げた。

「オーラ」

「オーラ。買い物かね」

「ええ。映画を見て、デパート行きました。おじいちゃんに会いに来たんですか」

「そう。電話で呼ばれてね。ゆうべはぼくと一緒だった、と言っておいた」

フローラはほっとして、白い歯を見せた。

わたしたちは、ロビーのソファにすわった。

「でもほんとの用事は、きみがテレビの上に置き忘れた、新聞の切り抜きのことなんだ」

フローラは、はっと身を固くした。

「何を考えているのか知らないが、あまりラモス氏を心配させちゃいけないね」

フローラは目を伏せ、膝の上の紙包みをぎゅっと摑んだ。勝ち気そうな唇を、ぐいと引き締める。

わたしは、わざとスペイン語に切り替えた。

「急にあたりを見回さないように。尾行されているのを知ってるかね」

フローラは驚いて顔を上げ、わたしを睨んだ。必死に、視線を揺らすまいとする。

「この間から、サラリーマン風の男が、きみのあとをつけている。紺や、グレイの背広を着分けているけど、同じ男だ。きみの行くところには、かならずついて行くようだし、だれと会うかにも気を配っているようにみえる」

「ほんとですか」

フローラもスペイン語で言う。

「現にその男が、今きみと一緒にロビーへはいって来て、あそこのソファで新聞を読んでいる」

フローラは、金縛りにあったように、上体をこわばらせた。

「スペイン人ですか」

「日本人だ。ぼくの事務所の近くでも見たし、『エル・フラメンコ』や帝都テレビでも、見かけた」

前夜その男が、パコをつけていたことは黙っていた。

「どうして、もっと早く教えてくださらなかったの」

「おかしいと思うまでに、時間がかかった。きみのような、短期滞在の外国人を尾行する人間がいる、とは思わなかったから」

フローラは、そっと唇をなめた。

「いったい、だれですか」

「それは、ぼくが聞きたいくらいだ。今のところ、危害を加える様子はないが、気をつけた方がいい。早くスペインへ帰ることだね」

フローラは唇を噛み、しばらく考えていた。それからきつい目であたりを見回し、さっとソファを立った。

「ご忠告ありがとう。考えてみるわ。アディオス」

そのままきびすを返して、エレベーターホールの方へ歩き去る。

棒を飲んだような、ぎこちない歩き方だった。

5

店は歌舞伎座の裏手にあった。

仲居に名を告げると、奥の個室へ案内された。『オークス』は、店の作りこそ洋風だが、和風のステーキと焼き肉を売り物にしている。調理場から流れて来る香ばしい匂いに、急に空腹を覚えた。

数珠玉《じゅずだま》の暖簾《のれん》をかき分けると、こぢんまりした部屋に厚い板のテーブルが据えてあり、そこに那智理沙代と中年の男が向かい合わせに、すわっていた。

その男を見て、わたしは手に汗が浮くのを感じた。

理沙代が急いで立ち、わたしを男に引き合わせる。男はテーブルから抜け出し、丁寧に頭を下げた。

「わざわざ、ご足労をかけまして」

名刺を交換する。

太陽楽器取締役宣伝部長、大野顕介。がっしりした体格の男で、太い黒縁の眼鏡をかけ、日焼けした顔に手入れの行き届いた口髭を、生やしている。

もちろん初対面だが、わたしは大野を前に見たことがあった。そのとき大野は、銀座の『ドレスデン』というドイツ料理店で、槙村真紀子と向かい合っていたのだ。

「お忙しいところ、ご無理を言ってすみませんでした。今日は一つ、気楽にやってください」

大野は丸みのある声で言い、改めてすわり直した。その隣に、理沙代がすわる。わたしも、向かい合って腰を下ろした。理沙代は、白のブラウスとベージュのパンタロンに身を包み、緊張した面持ちで控えていた。

「意外なお声がかりで、面食らっています」

「そう取られては、わたしの方がかえって恐縮します。那智君の同席が条件だ、とおっしゃったそうですが、わたしも最初からそのつもりでした。いわば彼女は、結びの神ですからね」

結びの神とは、どういう意味だろうと考えている間に、大野は仲居を呼んで酒を注文した。

かなり薄くなった髪を、うまくポマードでなでつけているが、ワイシャツのボタンが弾けそうな腹と突き合わせてみれば、四十半ばか五十に近い年齢だ。仕立てのいい茶の背広は、流行に合わせて十分襟が大きく、幅広のプリントのネクタイと、よくマッチしている。
とりあえず、ビールで乾杯する。
「意外にお若いので、ちょっとびっくりしました。独立して、ＰＲ事務所を開かれた
というので、少なくともわたしと同年輩か、と思いました」
大野の年輩で役員というのも、若い方だ。しかし、それは口に出さなかった。
「情報産業では、四十歳が定年だと言われています。その意味ではわたしも、決して
若いとはいえません」
大野は短く笑った。
「それくらいの気概《きがい》がないと、ＰＲマンは務まらないのでしょうね」
しばらく雑談する。大野は気さくな男で、最初は構えていたわたしも、すぐにくつ
ろいだ気分になった。大野が意識して、理沙代を会話に引き込んだせいかもしれな
い。
ビールから水割りに切り替えたとき、大野はなんの前触れもなく、楽器メーカーの
広告とＰＲについて考えを述べ、意見を求めてきた。
わたしは楽器メーカーに限らず、企業は総じて広告活動とＰＲ活動をはっきり区別

し、部門を分けて行なうべきことを指摘した。

大野は眼鏡を押し上げて反論した。

「しかし、宣伝部なら宣伝部の中で一括して管理する方が、効率的じゃないでしょうか。キャンペーンで、両者を連動させるケースも多いし」

「管理の効率から言えば、おっしゃるとおりです。しかし、それはあくまで、企業側の論理でしてね。消費者の立場からみると、広告とPRが同居している状態は、どこか胡散臭《うさんくさ》さがつきまとうんです」

大野は、もっともらしくうなずいた。

「それはちょうど、日野さんとうちとの違いですかね」

理沙代の顔が、緊張するのが分かった。

「さあ、どうでしょうか。広告が営業支援であり、広報が経営支援であるとすれば、両者の働きは普通考えられている以上に、性格が違います。それをどう捉えるか、の差でしょう」

わたしは、ある意味では詭弁《きべん》を弄《ろう》していた。それはわたしが、太陽楽器からフィーをもらっていないせいでもある。

大野は上着を脱ぎ、ネクタイを緩めた。

「そのせいかどうか、この二週間ばかり、だいぶ日野さんのパブリシティ成果が、上がってますね」

「まずまずです」

短く答える。

日野楽器の、記者ゼミナールにおける爆弾質問の件など、太陽楽器のいろいろな裏工作について、わたしが承知していることを、大野は知らないはずだ。少なくとも、理沙代はそのことを大野に報告した、とは言わなかった。視野の隅に映る理沙代の目も、それを裏づけていた。

「スペインから製作家を招いて、ギターの製作指導をさせるという企画は、確か日野さんが初めてじゃありませんね」

大野が、さりげなく言う。

「おっしゃるとおりです。悪く言えば、二番煎《せん》じです」

「それを、これだけのパブリシティに仕上げるのだから、たいしたものだ。漆田さんの腕に、敬意を表しますよ」

「フリーランスのＰＲマンには、広告扱いのバックアップも何もありませんから、必死なんですよ」

「しかし那智君も、よくやってくれています。先日の中央新聞は、ごらんになったでしょう」

理沙代は、ぎこちなく髪に手をやった。

「もちろんです。悔しくて、新聞を引き破りました」

大野は笑い、グラスの氷をからからと鳴らした。

「しかし、日野さんも負けてはいない。昨日の、日報ジャーナルのことですが」

理沙代が、下を向くのが見える。

「あれでは勝負になりませんね」

わたしが率直に負けを認めると、大野は戸惑ったように瞬《まばた》きした。じっとわたしを見つめる。

「あれは、漆田さんの仕事じゃないでしょう」

わたしは間をおくために、自分で水割りを作った。

「なぜ、そう思われるんですか」

大野も少し間をおき、思い切ったように言った。

「実はあの欠陥テープの一件は、ある消費者団体の幹部から、わたしのところへ持ち込まれたものなんですよ。もう一ヵ月以上も、前のことですがね」

理沙代が、驚いたように大野の顔を見る。驚いたのは、わたしも同様だった。

大野は続けた。

「協賛金を出してほしい、と言うんです。お願いというよりも、強要ですな。わたしは断りました。欠陥テープ、という証拠はどこにもないんですから。そうしたら相手は、これをライバルの日野楽器へ持ち込んでもいいのか、と威《おど》しをかけてきました」

大野がグラスに手を伸ばしたすきに、理沙代がおずおずと口を開いた。

「それで、どうされたんですか」

「好きなようにしてくれ、と言った。あんなものが新聞ダネになるとは、夢にも思わなかったからね」

理沙代は、わたしをちらりと見て、口をつぐんだ。

大野はグラスを空けた。

「あのテープは、したがって日野楽器に持ち込まれ、それから日報ジャーナルの手に渡ったに違いない。現に日報ジャーナルには、日野楽器の広報室長の友人がいるらしいんです。さる筋からの情報ですがね。漆田さんの仕事でないと思ったのは、そういういきさつがあったからですよ」

それについては、何も言わずにすました。

わたしは大野を、少し甘く見すぎていたかもしれない。この調子なら大野は、日野楽器が槙村真紀子に協賛金を出して、欠陥ギターの一件をもみ消したことも、嗅《か》ぎつけている可能性がある。

それにしても、もし大野の言うとおりだとすれば、真紀子は考えた以上にしたたかな女だ。大野は、一ヵ月前に持ち込まれたと言ったが、『ドレスデン』で二人が向き合っているのを見たのも、確かそのころだったと記憶している。あれがそうだったのだろうか。

大野は破顔《はがん》一笑した。

「なんだか、深刻な話になってしまったな。この件はもう終わりにして、そろそろ食事にしますか」

手を叩いて、仲居を呼ぶ。

この店のステーキは、醬油を主体にした味つけの、いわば牛肉の照り焼きだった。独占的特許というわけではないが、ほかの店より格段にうまいことは、客の胃袋がよく知っている。

食事中、大野は上機嫌で、とめどもなくしゃべった。話題が豊富なことは驚くほどで、ベストセラーの評判や芸能界のゴシップに始まって、シュライエルマッヘルの宗教諭にいたるまで、わたしはただ口をぽかんとあけて、拝聴するしかなかった。

　食事が終わり、デザートに移る。

　大野は、器用にメロンの果肉をそぎながら、言った。

「グラハム・カーを知ってますか。テレビの『世界の料理ショー』に出て来る、料理研究家ですがね」

「ときどき見ますよ。いつも、椅子を飛び越しながら、出て来る男でしょう」

「そう。あの男は、料理研究家というより、実に傑出したＰＲマンですな。ああいう男を、一度使ってみたいと思いますよ」

「タレントとしてはすばらしいが、ＰＲマンには向かないでしょう。所詮、黒子《くろこ》にはなりきれない男ですから」

　大野はメロンを食べ終わり、皿を脇へどけた。ナプキンで口を拭く。

　わたしもメロンの皿を押しのけた。大野が、新しい話題を持ち出す前に、口を開く。

「そろそろ、本題にはいっていただきましょうか。グラハム・カーの噂をするために、わたしを呼び出されたわけじゃないでしょう」

　理沙代が一瞬、スプーンを止める。

大野は眼鏡を光らせ、椅子の背にもたれた。軽く指先を口髭に触れる。かすかに、頬が緊張した。

「どうも、そのようですね。それでは申し上げるが、突拍子もない話なので、驚かないでくださいよ」

「どうぞ。めったなことでは、驚きませんから」

「那智君の話によると、あなたはサントスというギタリストを、探しておられるそうですね」

「ええ」

大野は、静かに息をついた。

「わたしは昔、サントスを知っていました。もしかすると、探すお手伝いができるかもしれない」

突然雑音が消え、あたりが静寂に包まれたような気がした。しかし実際には、表の方からかすかに、人声や食器の触れ合う音が響いてくる。それが、ひどく現実とは遠いもののように、聞こえた。

理沙代が目を丸くして、大野の横顔を見つめる。

わたしは、たばこを消した。

「正直言って、驚きました。あなたがサントスをご存じとは、いったいどういうことでしょうか」

大野は、満足そうな薄笑いを浮かべた。

「わたしが知っているサントスは、二十年ほど前に大阪の『アンダルシア』という店に出演していた、グループポ・フラメンコ一座の座長なんですがね。ラモス氏が探しているサントスと、違うだろうか」

テーブルの下で、ズボンに手の汗をこすりつけた。わたしはそこまで詳しく、理沙代に話していない。どうやら、大野の言葉はほんとうのようだ。

「いや、間違いありません。そのサントスこそ、ラモス氏が探している男だと思います」

大野は溜め息をついた。

「不思議な因縁《いんねん》ですな。ライバル会社に関わる尋ね人に、まさかわたし自身の持っている情報が、役立つことになろうとはね」

大野の目を見つめる。

「それで大野さんは、その情報をわたしに提供しよう、とおっしゃるんですか」

「そうです」

わたしは耳たぶを引いた。

「くどいようですが、わたしのサントス探しの手助けをしたいと、本気で思ってらっしゃるんですか」

「いけませんか」

「ライバル会社の、パブリシティの手助けをする宣伝部長がいると信じるほど、わたしは経験が浅くないつもりですよ。邪魔をするならともかく、協力するなどばかげたことです。からかうのは、やめてください」

大野は、眼鏡の奥で目を細めた。これまでとは、口調を変えて言う。

「あなたが警戒するのは、もっともだ。しかしこれは、あくまで取引と考えていただきたい。わたしの情報が、実際に役に立つかどうか分かりませんが、それと交換条件であなたに、頼みたいことがあるんです」

わたしは、たばこに火をつけて、時間を稼いだ。

「取引ということなら、話は分かります。ただし、ご依頼に答えられるかどうかは、聞いてみなければなんとも言えません。それでよければ、どうぞ」

仲居が茶を運んで来た。

テーブルの上が片づくと、大野は話を始めた。

「まず、わたしのキャリアから、話さなければならんでしょう。わたしは昭和三十年当時、大阪の心斎橋筋にあった『ポニー楽器』という太陽楽器の系列店で、店員として働いていました。そのころわたしは大野ではなく、川上という姓を名乗っていました。姓が変わったわけは、あとでお話しします。ある日、店へたまたまギターの楽譜を買いに来た、三十前後のギタリストがいましてね。それがグルーポ・フラメンコで、サントスの相棒をつとめていた、アントニオという男でした。アントニオのことは、ご存じですか」

「知っています。呼び名だけですが」

大野は肩を動かし、口元を緩めた。

「わたしもあとで知ったんですが、本名は佐伯といいます。佐伯浩太郎」

わたしは字を教えてもらい、手帳に書き込んだ。

先を続ける。

「わたしも少しギターをやっていたので、アントニオとはすぐに親しくなりました。『アンダルシア』も彼に招待されて、初めて行ったんです。一座が出演中に、何度かショーを見せてもらいましてね。アントニオとはなぜか気が合って、いっしょによく酒を飲んだものでした」

「それは、一座が『アンダルシア』に出なくなったあとも、ですか」

「ええ。そのあと一座は、大阪や神戸あたりのクラブやキャバレーに、何度か出演しました。そのたびに、アントニオに声をかけられて、見に行った覚えがあります。しかし翌年の春だったかに、彼は一座をやめましてね、店へ挨拶に来ました。実はそれきり、彼とは会ってないんです」

言葉を切って、茶をすする。

そのすきに、わたしは質問を挟んだ。

「サントスとの付き合いは、なかったんですか」

大野は、ちょっと言いよどんだ。

「残念ながら、親しくしていたとは言えませんね。ギター一筋の、面白味のない男だったから」

「あなたの店にも、あまり来なかったわけですね」

「そう、ほとんどね。むしろ、アントニオがやめたあとの方が、よく来たんじゃなかったかな。新しく入れた、なんとかいうギタリストを連れて」

「マノロ清水ですか」

大野は瞬きして、顎を引いた。

「そう、そうですよ。マノロといった。マノロ清水だ。よくご存じですね」

そこでわたしは、大倉が大阪へ行って調べ出してきたことを、ざっと大野に話して聞かせた。

聞き終わると、大野は頬を紅潮させ、興奮した口調で言った。

「いや、驚きました。よく短時間に、そこまで調べられたものだ」

「運がよかっただけですよ」

腕を組み、感激したように首を振る。

「そうですか、オイワケね。確かに、そんな呼び名のじいさんがいたなあ。法善寺横丁で、たこ焼き屋か」

「マノロは今、東京にいますよ」

大野は腕を解き、乗り出した。

「ほんとですか。マノロが、東京にいると」

「ええ。わたしが会ったときは、六本木で弾いてました。防衛庁の前の、『エル・プエルト』という店ですがね。まだやってると思いますよ」

「そうですか、東京にね。彼、元気でしたか」

「近ぢかスペインへ行くと言って、張り切ってましたね」

大野は、感慨深げにうなずいた。

「もう顔もよく覚えてないが、懐かしいな」

わたしは話をもどした。

「ところで、サントスのその後については、どうなんですか。消息をご存じじゃないんですか」

大野はわれに返り、眼鏡を押し上げた。

「いや、サントスともそれきりなんですよ。ただ、参考になればと思って、持って来たんだが」

上着を取り上げ、ポケットを探る。

大野が取り出したのは、茶色に変色したキャビネの写真だった。角は折れ、表面はしわだらけだが、映像は鮮明さを保っている。

わたしは思わず、唾を飲んだ。

6

それは、フラメンコの舞台写真だった。

全部で、五人の男女が写っていた。

中央に二人の踊り子が、背中を接してポーズを取っている。その後ろ側に、やや年輩の男が、頭と足だけのぞかせて立つ。

そして舞台の後方に、左右に分かれる形で、二人のギタリストが控えていた。

「わたしが撮った、グルーポ・フラメンコ一座の写真ですよ。向かって左側の、顔を上げている方のギタリストがサントスで、もう一人がアントニオです」

サントスは薄くどうらんを塗り、長髪をオールバックにした、目つきの鋭い男だった。かなり痩せているが、骨格は太いように見える。すわっているので、はっきりとは分からないが、それほど大柄な男ではない。黒い服に蝶ネクタイ、という舞台衣装だ。

アントニオは、いでたちは同じだが、やや年長に見える。ギターの指盤を、のぞき込むようにしているので、表情はよく見えないが、丸顔でサントスより少し小柄だ。

わたしは首筋をこすった。

「なるほど、これは貴重な写真だ」

二人の踊り子は、今の目から見れば質素であかぬけない衣装をつけ、顔を田舎芝居のように白化けに、塗り上げている。素顔は想像しにくいが、これといって特徴のある面立ちではない。

踊り子の後方の男は、目のところに黒い穴が二つあいた、真っ白な能面のような顔をしていた。

大野が言う。

「その二人の踊り子は、確かカルメン、マリアと呼ばれていたと思う。どっちがどっちか忘れましたがね。後ろに立っているのがオイワケです」

わたしは一しきり写真を眺め、前置き抜きで聞いた。

「サントスの本名を、覚えていますか」

大野はすぐにうなずいた。

「ええ、高井だったと思います。下の方は、聞いた記憶がないが」

その名字は、オイワケやマノロ清水の証言と、一致する。大野の話は、どうやら本物らしい。

わたしは写真を置いた。サントスの姿を目の当たりに見たことで、ようやく人探しの実感が湧いてきた。

話の角度を変える。

「ところで、オイワケの話によればサントスとアントニオは、あまりうまくいってなかったというんですが、そのあたりはどうですか」

「アントニオはギターの腕に関して、サントスに引け目を感じていたんです。事実、腕の差はどうしようもなかった。それで、アントニオはときどき踊りの方に、回されたりしていました。当然、ギャラも差をつけられていただろうし、酒を飲んでは愚痴《ぐち》をこぼしてましたね。アントニオが一座をやめたのも、そうしたことが原因だったと思います」

「サントスとカルメン、あるいはアントニオとマリアの本籍とか、出身地を覚えてませんか」

大野は首を捻《ひね》った。

「関西は間違いないと思うが、聞いた覚えがありませんね」

「サントスには、男の子がいたはずですね」

「ええ。当時はまだ、赤ん坊だったんじゃないかな。アントニオの息子は、三つか四つになっていたと思うが」

わたしは、大野の顔を見直した。

「ちょっと待ってください。アントニオにも、息子がいたんですか」

大野は意外そうに、眉を上げた。

「ええ。ご存じなかったんですか」

急に喉の渇《かわ》きを覚え、茶を飲む。

「初耳でした」

「そうですか。二人とも、子持ちだったんですよ」

マノロ清水はわたしに、サントスの息子のことしか言わなかった。しかし、清水が一座に加わったとき、すでにアントニオはいなかったのだから、それはやむをえないことかもしれない。

わたしは指を折った。

「そのころ三つくらいだとすると、アントニオの息子は今では二十三か四に、なっているはずですね」

「そんな勘定になりますね」

「サントスは自分の息子に、厳しくギターを仕込んだらしいんですが、アントニオの場合はどうでしたか」

「息子にギターはやらせないと、はっきり言ってましたね。自分のような苦労を、させたくなかったんでしょう」

「子供たちの名前を覚えていませんか」

大野は首を振った。

「記憶にないですね、聞いたとしても」

わたしは顎をなでた。無意識に、渋い顔をしたらしい。大野は困ったような笑いを浮かべた。

「どうも、あまり役に立たない情報だったようですね。ゼロから出発したあなたの方が、よほど詳しく知っておられるようだ」

「いや、そんなことはありません。それより、そろそろそちらの頼みごとというのをうかがいましょうか。わたしの方はだいたい聞かせていただいたので」

大野は、テーブルに肘をついて、乗り出した。

「わたしのお願いというのは、あなたのサントス探しの過程で、もし可能ならばですが、アントニオの行方を一緒に探していただきたい、ということなんです」

顔を見返す。大野の目は、真剣だった。

「アントニオの行方をね。どうしてですか」

「先ほど来《らい》お話ししているように、わたしはアントニオにたいへん世話になった。彼は、自分の出演しているクラブやキャバレーにわたしを呼んで、楽器店の店員の給料ではとても望めないような、ぜいたくな楽しみを与えてくれました。美しい女に高級な料理と酒、あのころのわたしには、まったく夢のような世界だった。そしてかかった金は、あとで分かったことですが、すべてアントニオのギャラから、天引きされていたんです。だから彼は、いつもすかんぴんだった」

大野はうつむき、眉の根を寄せた。

「そのときわたしは、アントニオに約束しました。自分は今はただの店員だが、将来かならず自分の店を持ってみせる。そしてきっと、スペインから最高のギターを取り寄せて、彼にプレゼントすると。それが当時のわたしにできる、精一杯の約束だったんです」

理沙代が脇で、感激したように目をしばたたかせるのが見えた。

「なるほど。それでアントニオを探し出して、その約束を二十年ぶりに果たしたい、というわけですね」

「そのとおりです」

「ラモス氏のサントス探しと、まったく同じパターンだ。偶然とはいえ、妙な話ですね」

「それはよく分かっています。いや、むしろ那智君からサントス探しの話を聞いて、わたしがラモス氏と同じ状況におかれていると分かったからこそ、すぐにあなたに会えるように手配を頼んだ、といってもよい」

「わたしがサントス探しをしているのは、日野楽器のためだということを、ご承知の上でですか」

大野は唇を結んだ。

「そうです。それを考慮する余裕はなかった。冷静に考えれば、いささか忸怩《じくじ》たるものがありますがね。あなたの嗅覚と、わたしの持っている情報を突き合わせれば、本来の仕事とは関係なく、個人レベルで十分取引が成り立つ、と判断したんです。そして、今でもその判断に間違いはない、と信じています」

「どうして、興信所に頼まないんですか」

「頼みましたよ、何年も前にね。しかし無駄でした」

わたしは写真を取り上げ、もう一度見入った。サントスは、自信のこもった不敵な目で、わたしを見返していた。

「ここまでお話を聞いて、うんと言わないわけにはいかんでしょうね」

わたしが言うと、大野は目を輝かした。

「引き受けていただけますか」

「サントスが見つかれば、アントニオの消息も分かるかも知れない。またその逆ということもありうる。約束はできませんが、心にかけておくことにします」

わたしとしては、太陽楽器の宣伝部長に言質《げんち》を与えるわけには、いかなかった。

しかし大野は、地肌が見えるくらい低く頭を下げた。

「ありがとう、それで十分です。希望が湧いてきました」

大野は業界紙の記者をそそのかして、日野楽器の記者ゼミナールの席上で、爆弾質問をさせた。今それをここで思い出させてやったら、この男はどんな顔をするだろうか。

しかし、それは理沙代の手前、できない相談だった。

そんなことも知らず、大野は付け加えた。

「もしアントニオが見つかったときは、ポニー楽器の川上が会いたがっている、と言ってください。ポニー楽器はもうなくなってしまったが、川上と言えば彼には分かるはずです。さっきお話ししたとおり、その後わけがあって大野姓に変わったもので」

「いつ改姓されたんですか」

大野は、自嘲めいた笑いを浮かべた。

「アントニオの消息が途絶えて、しばらくしてからです。わけをお話しすると、実は当時太陽楽器の宣伝部長だった大野将吉、今は副社長になっていますが、その大野の娘とひょんなことから、知り合いましてね。親しく付き合うようになりました。それが今の女房なんです。つまりわたしは、大野家の養子にはいった、という次第です」

「なるほど。ご自分の楽器店を持つ代わりに、華麗な転身を図られたわけですね」

大野は苦笑した。

「まあ、一介の楽器店の店員から、上場企業の役員に成り上がるには、そうした運がなければ不可能ですよ」

卑下《ひげ》したような口ぶりだが、それ相応の自信がなければ、吐けるせりふではない。

わたしは、茶を飲み干した。

「分かりました。とにかく、アントニオの消息なり所在が分かったら、すぐにお知らせしましょう。ただし、サントス探しの妨《さまた》げにならない限りにおいて、という条件つきですが」

大野は力強くうなずいた。

「もちろんです。この件については、こちらは一切邪魔をしませんし、むしろできるだけお手伝いするつもりでいます」

「今日うかがった以外に、何か思い出すようなことがありましたら、また電話をいただけますか」

大野はそうする、と約束した。

店の前で二人と別れて十分後、わたしは『オークス』に近い三原橋の、『ふらんす屋』という喫茶店にいた。

大野がレジでサインしているすきに、理沙代がその喫茶店のマッチをよこした。箱の裏に走り書きで、三十分後にそこへ行く、と書いてあったのだ。

大野から提供された写真を見直しているところへ、早ばやと理沙代がやって来た。すわるなり、頭を下げる。

「今日はすみませんでした。あんなことになるなんて、わたし夢にも思わなかったわ」

「彼、事前に何も言わなかったのかね」

「全然。部長が昔、楽器店で働いてらしたことは聞いてましたけど、サントスを知っていたなんて、嘘みたい。でも、ご迷惑でしたでしょうね、変なこと頼まれて」

「まあ、驚いたことは確かだね。きみだけでなく、太陽楽器の宣伝部長までが、日野楽器に雇われたPRマンの、人探しの手伝いをしようと申し出るんだから」

理沙代は、探るようにわたしを見た。

「疑ってらっしゃるの、裏に何かあると」

「いけないかな。彼が、油断のならない人物であることは、きみも認めるはずだ。ぼくとしては、日野楽器のマイナスになることだけは、どうしても避けなければならないからね」

理沙代は目を伏せた。

「それは分かりますけど」

「彼が養子だったことは、知っていたのかね」

「ええ。店員上がりの婿養子だというので、以前は社内でもずいぶん白い目で、見られたらしいわ。ただし、今の地位は奥さまのおかげというより、実力で勝ち取ったものだと聞いています」

「確かに、ただの婿養子ではないね」

理沙代はテーブルに肘をつき、組んだ手の上に顎を載せた。

「なんだか、話がややこしくなりましたね。わたしたち、敵同士なんですか。それとも味方かしら」

「分からない。そこがまた面白い」

「今日の話し合いで、得をしたのはどっち」

「こちらとしても、けっこう新しい情報が手にはいったし、戦果は五分五分というところだね」

理沙代は上目遣いに、わたしを見た。

「ほんとに、アントニオを探すつもりですか」

「いや。サントス探しの過程で、自然に行き当たれば別だが。部長はそれで、了解したはずだ」

理沙代は、いたずらっぽく笑った。

「七分三分で、あなたの勝ちね」

その夜理沙代は、また車で来ていた。銀座の地下駐車場まで歩く。

車が半蔵門まで来たとき、理沙代はぽつんと言った。

「どうして欠陥テープのこと、ちゃんと説明しなかったんですか」

「何を」

「とぼけないで。昨日の、日報ジャーナルのことよ。あの記事はあなたじゃなくて、日野楽器が直接アレンジしたんでしょう」

珍しく、きつい口調だった。

「それは大野部長が、そう推測しただけのことさ」

「じゃ、やはりあなたがやった、と言うの」

「弁解はしない、と言ったはずだ」

「ずるいわ」

理沙代は、道路から目を放して、わたしを睨んだ。わたしは急いで、床に足を踏ん張った。

「頼むから、前の車にぶつけないでくれ」

理沙代は、目を前にもどした。

「日野楽器の責任を自分でかぶって、わたしが非難するのを黙って聞いていたのね。そんなやり方ってないわ」

「きみはぼくに、弁解させたかっただけだ」

理沙代は口をつぐんだ。横目で見ると、唇がぴくぴくしていた。

四谷の、わたしのマンションに着いたのは、十一時過ぎだった。

理沙代は、入り口の手前の暗がりに車を停め、男のように歯切れのいい、見方によっては乱暴な手つきで、サイドブレーキを引いた。

「どうも今日は、お疲れさまでした」

声がとがっていた。わたしは理沙代を見た。

「これも弁解するつもりはない」

理沙代の上体を抱き寄せ、強くキスした。

理沙代は喉を鳴らし、体を振りほどこうとした。さらに強く抱き締める。華奢《きゃしゃ》な体つきに似ない、豊かな唇だった。ほのかな、香水の匂いが鼻一杯に広がり、頭がくらくらした。

理沙代の歯をこじあけようとしたが、それは牡蠣《かき》の殻《から》のように固かった。左手をずらし、乳房に触れると、理沙代は身をよじって口をあけた。わたしは歯の間に、舌を滑り込ませた。

突然、抵抗がやむ。理沙代の舌は柔らかく、まるで採りたてのうにのようだった。

理沙代の右手が、わたしの左手をそっと押しもどす。その力の弱よわしさに負けて、わたしは乳房を放した。

理沙代はその手を、おずおずとわたしの肩に載せた。舌がかすかに押し返してくる。柔らかい髪が、頬をくすぐる。わたしの目の下には、どきりとするほど形のいい耳があった。

唇をはずし、頬をつけると、それは真夏のアスファルトのように、燃えていた。首筋に、熱い吐息がかかる。

わたしたちは何も言わず、しばらく相手の激しい息遣いに、耳をすましていた。

やがて理沙代は身を引き、顔をそむけた。うなじが、闇に白く浮き出る。乱れた髪を後ろへ振り払い、ぎこちなく身繕《みづくろ》いする。

「キスするのは初めてか」

理沙代は、親指を噛んだ。

「ばかにしないで。六年ぶりだけど」

「ぼくは八年ぶりだ。少なくとも、本気でしたのは」

理沙代は背筋を伸ばした。

「おやすみなさい」

「戸棚を探してみたら、甘くて強い酒があった」

「おやすみなさい」

「紳士としての評判なんか、最初からなかったんだ」

「おやすみなさい」

わたしはドアをあけて、車を下りた。

車は、鎖を解《と》かれた犬のような勢いで発進し、わたしに排気ガスを浴びせかけた。

7

そのアパートは、国電の駒込駅《こまごめ》に近い静かな裏通りにあった。軽量鉄骨造りのアパートだ。

『長洲《ながす》コーポ』。高級とはいえないが、比較的新しく建てられた、軽量鉄骨造りのアパートだ。

昨夜理沙代に送られたあと、シャワーを浴びてビールを飲んでいると、大倉幸祐から電話がはいった。『コルドバ』からパコ津川を尾行して、住んでいる所をつきとめた、と報告してきたのだ。

それが、この長洲コーポだった。

時間は、午前八時。日曜日の朝とあって、住宅街はまだ静かだ。わたしは道端に立ったまま、たばこを一本吸った。パコにまっすぐ会いに行くか、それとも今日一日の行動を追ってみるか、まだ決めかねていた。

たばこを捨てたとき、自動車の音がした。わたしはさりげなく路地にはいり、姿を隠した。電柱の陰に立って、やり過ごす。

車は、白いカローラのバンだった。男が二人乗っている。妙に、ゆっくりと通り過ぎるので、何げなく中を見た。急いで体を引く。

助手席に乗っていたのは、紺の背広のサラリーマン風の男だった。フローラや、パコのあとをつけ回している、例の正体不明の男だ。

角から見送ると、車は長洲コーポの少し手前で、停まった。車首は、表通りに向いており、いつでもパコをつけられる態勢になっている。

わたしは手帳を出し、念のためナンバーを控えた。そこから、車の持ち主が割り出せるかもしれない。

少し様子を見ることにした。結局そのまま、二時間待たされるはめになった。

一日中立っているわけにもいかず、人通りもふえてきたので引き上げようかと思った矢先に、パコがアパートから出て来た。

パコは、グレンチェックのスーツをきちんと着込み、表通りの方へ足早に歩いて行った。ギターは持っていない。

そのあとを追って、バンがゆっくりと動き出す。

パコは駒込駅まで歩き、構内にはいった。バンから例の男が下り、あとに続く。車は、そのまま走り去った。

わたしたちは少しずつ間をおき、それぞれ切符を買ってホームへ下りた。山手線の内回りに乗る。

パコは目白《めじろ》で下りた。駅を出て、目白通りを環六通りの方へしばらく歩く。紺の背広の男は尾行が巧みで、わたしはその男に的を絞っていればよかった。

環六に達する前に、一階がスーパーになったマンションの角を、左に折れる。その道は見通しのいい、緩やかな勾配《こうばい》になっていた。こういう道は尾行するのも簡単だが、見破られるのも簡単だ。

わたしは、手にした新聞を頭の上にかざした。

八月の末から、日中三十度を越す真夏日が十日以上も、続いている。残暑とはいえ、例年にない異常な暑さだ。この格好なら、前の男が振り向いても顔を隠すことができるし、不自然な感じを与えずにすむ。

パコは坂を下りきり、下落合四丁目と標示の出た一角にある小さなビルの前で、足を止めた。紺の背広の男が、さりげなくそばのたばこ屋に立ち寄る。わたしは、手前の横丁へ曲がり込んだ。

角から、のぞいて見る。それは灰色の陰気なビルで、窓は金網におおわれ、ブロック塀の上には二重に鉄条網が、張り巡らされている。門の両側に立っている二人の男は、鉄錆《てつさび》色の戦闘服を着ていた。

パコは、その男たちと短く言葉を交わしてから、中へ姿を消した。背伸びして見ると、ビルの入り口の上に取りつけられた、横長の看板が目にはいった。

群青社、とある。

わたしは、唇を湿《しめ》した。噴き出た汗が、冷たくなる。その名前には、心当たりがあった。

群青社といえば、極左の過激派集団、日本列島解放戦線の本部ではなかったか。しかもわたしは、その場所をフローラに聞かれたことがある。

紺の背広の男は、たばこ屋の赤電話を使って、どこかに連絡を取った。

そこでまた、一時間以上待たされた。わたしの相棒は、こういう仕事に慣れているのか、地図を広げたり持参のパンをかじったりしながら、何の苦痛もなさそうに待ち続けた。

群青社を出たパコは、目白駅まで歩き、外回りの山手線で駒込へもどった。

紺の背広の男は、パコが改札口を出て行くのを確認すると、そこで尾行を中断してホームへ引き返した。

わたしも、それにならった。

男は内回りの電車に乗り直し、恵比寿《えびす》まで行った。尾行を警戒している様子はなかった。

男は駅から五分ほど歩き、明治通り沿いの雑居ビルにはいった。入り口を通り過ぎながら見ると、男はメールボックスから郵便物の束を引き抜こうと、やっきになっていた。左端の、下から二番めのメールボックスだった。

わたしは一分待ち、中へはいってメールボックスをチェックした。男が、郵便物を引き出したメールボックスには、『東亜興信所』と書いてあった。

食事をして、マンションにもどった。

職業別電話帳で、東亜興信所の番号を調べた。興信所のブロックには、たくさん広告が載っており、その中に東亜興信所もはいっていた。英・仏・独・西・露語可とあり、外国人関係の調査に強いことをうたっている。

スペイン語ができる興信所か。

わたしは、東亜興信所が気に入った。


その夜、あけぼの荘に着いたとき、時間は十一時半を回っていた。わたしは慎重に二階へ上がった。手すりは腐《くさ》りかかり、階段の板はたわんでいる。

いくら努力しても、ぎしぎし音をたてる廊下を、いちばん奥まで歩く。のっぺりした、薄いドアの羽目板を軽く叩いてみたが、応答はなかった。取っ手を試すと、鍵がかかっていない。

音のしないように、引きあけた。むっと異臭が鼻をつく。汗と酒と、ほこりとかびが一緒くたになったような、ひどい臭いだった。反射的に、ドアをしめ直す。人の気配はなかった。スペインは、鍵をかけずに出かけたらしい。盗まれて困るようなものは、何もないということか。

わたしは一歩下がり、手すりに肘を載せた。

あわてて体をもどす。気がつくのが半秒遅れたら、わたしは真っ逆さまに下へ落ちていただろう。釘でも腐っていたのか、手すりが肘の重みで簡単にはずれたのだ。

わたしは手すりを元どおりにし、階段が抜けない程度に急いで、下へ下りた。冷や汗が出た。

外の暗がりで待っていると、十二時少し過ぎにタクシーの停まる音がして、黒眼鏡の老人が路地にはいって来た。

スペインは先夜と同様か、あるいはそれ以上に足元を、ふらふらさせていた。ギターのケースを、ほとんど引きずるようにして、アパートにはいって行く。

動き出そうとしたわたしは、危《あや》うく思いとどまった。もう一人、影のように路地にはいって来た者が、いたのだ。

街灯の光に身をさらしたのは、パコ津川だった。昼間と同じ服装だが、今度はギターのケースを持っている。『コルドバ』の帰りなのだろう。わたしは口で息をしながら、そっと手の汗をズボンにこすりつけた。

パコは足音を忍ばせ、門に近づいた。そこから、スペインが二階へよじ登るのを、眺める。姿を隠そうとしないのは、スペインの目が見えないのを、知っているからに違いなかった。

スペインが自分の部屋に姿を消すと、パコは立てたケースにもたれるようにして、腕時計に見入った。ときどき顔を上げて、スペインの部屋を見る。どうやら、時間を計っているらしい。

五分ほど経過したとき、パコはケースを持ち直し、ためらわずにアパートにはいった。静かに二階へ上がり、スペインの部屋へ向かう。ドアをあけると、まるで自分の家のように、中へはいった。

闇をすかして見たが、パコのあとをつけて来た者は、だれもいないようだった。

わたしは、ポロシャツの胸元をつまみ、風を入れた。今、スペインの部屋へ踏み込んだら、どうなるだろうか。その考えは、強くわたしを誘惑した。

おそらく三分くらいは、迷っていたに違いない。決心がつかないうちに、スペインの部屋のドアがあいて、パコが出て来た。予想していなかったわけではないが、それにしても早すぎた。

パコは、廊下や階段を乱暴に踏み鳴らし、二階から駆け下りて来た。門を飛び出すなり、ケースを抱えて足早に歩き去る。すぐに姿が見えなくなった。

わたしは入れ代わりに、アパートへはいった。

ドアの脇の窓から、明かりが漏れている。

ほんの形ばかりノックして、ドアをあけた。さっきより、一段と酒の臭いが強まっている。

そこは六畳の部屋で、三和土《たたき》のすぐ左側に窓を向いて、流しがあった。反対側の奥の窓の下には、古びた和ダンスが置いてある。調度品らしきものは、それだけだった。

鴨居《かもい》のハンガーに、いくつか服がぶら下がっているが、どれも薄汚れたひどい代物だ。押し入れの破れたふすまの前に、角の崩れた段ボール箱があり、中から古い雑誌や楽譜のようなものが、のぞいている。

部屋の中央に、おそらく万年床だろうが、薄い布団が敷いてあり、その上にスペインが仰向けに、横たわっていた。足を上がりがまちの方へ伸ばし、布団からはみ出た右手は、ギター・ケースの取っ手を握ったままだ。黒の帽子は、畳の上に転がっている。

スペインは、死んではいなかったが、死んだように眠っていた。生きていることは、かすかな寝息と胸が上下することで、それと知れた。

靴を脱いで、畳に上がる。多少、後ろめたい思いをしながら、部屋の中を調べた。がらくたばかりで、写真や手紙、通帳など、素姓を明らかにするものは、何も見つからない。

ためしに、スペインを揺すってみたが、目を覚ます気配はなかった。頭はほとんどはげ上がり、ぼさぼさの白髪が横の方に生えているだけだ。ごま塩の無精髭の下には、しわとしみに汚れた、老人特有の皮膚があった。

スペインは、黒眼鏡をかけたままでいたが、それをはずして見る度胸はわかなかった。どちらにしても、サントスがこれほど年を取っているとは、考えられない。

ケースの蓋を開いてみた。思わず、口笛を吹いてしまう。中には、予想外に手入れの行き届いた、新品に近いフラメンコ・ギターが、収まっていたのだ。明るい黄色の塗りに、大ぶりの胴。弦も新しい。

静かにギターを取り出して、響孔から底板に貼られたラベルを、のぞき込む。まさかと思ったが、それはまぎれもなくスペイン製で、エルマノス・コンデ（コンデ兄弟）の手になるギターだった。ラベルによれば、一九七三年作だ。

最近はかなり大衆化したが、フラメンコ・ギターに関する限り、エルマノス・コンデのファンは、まだまだ多い。知名度では、ホセ・ラモスも敵《かな》わないだろう。日本で買おうとすれば、普及品でも二、三十万円はする。

眠っているにもかかわらず、スペインの右手はしっかりとケースの取っ手を、握り締めていた。めったなことでは、離しそうにない握り方だ。

エルマノス・コンデのギターとなれば、それも無理はなかった。

第四章　カディスの赤い星

1

月曜日の朝大倉幸祐《こうすけ》に、先週末那智理沙代《なちりさよ》の取り持ちで、大野顕介《けんすけ》と会った話をした。

大野に、アントニオ探しを頼まれたくだりに差しかかると、大倉は眼鏡からはみ出るくらい、目を大きくした。

「そんなこと、引き受けちゃっていいんですか。太陽楽器の役員に、会うだけでもやばいのに、仕事を請け負ったなんてことになったら、日野楽器の扱いは吹っ飛びますよ」

「写真や情報を提供してもらった以上、それくらいの見返りはやむをえんさ。サントス探しのついでに、という程度の約束だから、深刻に考えるのはよそう」

フローラやパコが、東亜興信所の所員に尾行されていること、二人がどうやら日本列島解放戦線に興味を持ち、コンタクトを図っていることなども、話した。

「どうしてフローラは、過激派の連中と接触しなければならないんですか」

「まだ分からん。ただフローラは、スペインで反フランコ運動に、首を突っ込んでいるらしい。その関係だろうと思うんだが」

大倉は珍しく、思慮深い顔をした。

「過激派と接触したりすると、警視庁の公安が動く可能性もあるし、どうもやばいなあ。そもそもその興信所は、だれに雇われて彼女を見張ってるんでしょうね」

「それも、今のところ不明だ。とにかく、もう少し様子をみよう。今日からホテル・ジャパンに詰めて、フローラを見張ってくれないか」

「それはいいですけど、フローラを見張っても、サントスは見つからないんじゃないですか」

「サントスの方は、おれが引き受ける。ラモスのじいさんのことを考えると、フローラを放っておくわけにいかない気がするんだ」

大倉は、頭を掻《か》きむしった。

「相変わらず、おせっかいですね。まあ、そこがいいとこだけど」

「おれの勘が的中すれば、今日明日中にフローラに、動きがあるはずだ。興信所の連中が張りついてるから、尾行には十分気をつけるんだぞ」

「分かりました。ただ足を確保するために、レンタカーを借りたいんですが、日野楽器はそういう経費を認めますかね」

「いやでも認めさせるさ」


その日わたしは、別の二、三の得意先のために新聞社と出版社を回り、次長クラスの記者と食事をしたり、お茶を飲んだりしなければならなかった。

新製品の資料を渡し、記事に取り上げてくれるよう、折衝《せっしょう》する。あるいは、得意先の社長にインタビューするよう、あの手この手で働きかける。パブリシティの仕事は、単にニュースレターを発送するだけですます場合もあるが、確実に掲載を狙うためには、足と人脈をフルに活用するしかないのだ。

途中で何度か、事務所へ電話を入れた。石橋純子を連絡係にして、大倉とコンタクトを保った。夕方まで、何の動きもなかった。

七時過ぎに、これからもどるつもりで、最後の電話を入れた。すると純子が、最初のベルで出て来た。

「大変、今どこですか」

息が弾《はず》んでいる。

「紀尾井町《きおいちょう》だ。何かあったのか」

「よかった、近くて。たった今、大倉さんから連絡があったんです。市谷で、待機中なんですって。すぐ行ってあげてください」

「市谷のどこだ」

「駅から麴町《こうじまち》へ抜ける、坂道の途中です。レンタカーは白のブルーバード、ナンバーは五六四八。下り方面に向けて停めてあるので、坂の上の方から来てくださいって」

「分かった。悪いけど、八時までそこにいてくれないか。それまでに連絡がなければ、帰っていい」

電話を切って、車を拾おうとした。空車はなく、道路は混雑していた。

わたしは新宿通りに出ると、赤信号を半分無視して通りを渡り、麴町から市谷へ向かう道を駆け出した。のんびり、車を探している暇はなかった。大倉の待機している場所まで、ざっと七、八百メートルだ。走った方が早い。

日本テレビの前を駆け抜けるころには、早くも息が切れ始めた。体中から汗が噴き出し、半袖のワイシャツはたちまち、びしょびしょになった。

やっと坂の上に達し、足を緩める。通過するヘッドライトの明かりで、少し下った所に白いブルーバードが、停まっているのが見えた。

大倉が、助手席のドアをあけてくれた。シートに転がり込む。

「よかった、連絡ついたんですね」

「ああ、詳《くわ》しく話してくれ」

それだけ言って、あとは肩で息をする。

大倉は、坂の中ほどの右側を指差した。

「あそこの『五番町』という喫茶店に、フローラとパコがいます。フローラは、六時半ごろホテルを出て、タクシーでここまで来たんです。ぼくが、事務所へ電話したあとで、パコが来て中へはいりました」

ハンカチで汗をふく。

「尾行されてなかったか」

「パコは一人でしたけど、フローラにはお供がついてました。このもう少し下に、白いカローラ・バンが停まってるのが、見えるでしょう」

確かに見えた。

「間違いない。東亜興信所の連中だ」

「それから、所長が来る一分くらい前に、妙な男が一人で『五番町』にはいりました」

「妙な男って、どんな」

「黒いズボンにグレイのブレザー、白の開襟シャツを着た若い男ですがね。中へはいるとき、すぐにははいらずにさりげなく、坂の上下を見渡してました。考えすぎですかね」

しかしそれは、考えすぎではなかった。

わたしが着いてから正確に二分後に、フローラとパコが若い男と一緒に、『五番町』から出て来たのだ。

「あいつですよ。いい勘してるなあ」

大倉は、自分でも驚いたように、声を弾ませた。

男は手ぶらで、大倉の言ったとおりの服装をしていた。色が白く、顎《あご》が妙な形にとがっているのが、見て取れる。フローラたちを手で制すると、ヘッドライトの流れを見計らい、先に立って坂道を横断した。坂の上にはわたしたちの車があり、下には東亜興信所の車が停まっている。

道路を渡ると、三人は坂を市ケ谷駅の方へ、下っていった。大倉はエンジンをかけず、ハンドブレーキを緩めて、車を自然発進させた。

三人が、カローラ・バンの脇を通り過ぎると、車から黒か紺の背広を着た男が下り立ち、あとをつけ始めた。バンも静かに動き出す。大倉はエンジンをかけた。

坂を下りきった角を、フローラたちは左へ曲がった。黒い服の尾行者も、間をおいてそれに続く。

さらに、少し遅れて曲がり込もうとしたバンが、斜めになったままストップした。バックし始める。

大倉は、車を左に寄せて停めた。

「まずいな。あそこは一方通行で、はいれないんですよ」

カローラ・バンは、突然右にウィンカーを出し、猛烈な勢いでUターンをかけた。前後左右に、ブレーキとクラクションの音が飛び交《すさ》う。しかし、バンはそれをものともせず、強引にターンを決めた。次の瞬間、凄まじいスピードで、坂を駆け上って行く。

「あの一方通行は、線路沿いに隣の四ツ谷駅に通じてるんだ。連中、上の道から迂回《うかい》するつもりだろう」

「どうしますか」

わたしはドアをあけた。

「おれは、フローラのあとをつける。念のため、ここで三十分待ってくれ。もしもどらなかったら、事務所へ電話するんだ。おれからのメッセージがなければ、石橋君とドライブに出かけていい」

小走りに坂を駆け下りる。そこはなるほど、一方通行の出口だった。角からのぞくと、フローラたちも尾行者の姿もない。どうやら右手の、一段高い遊歩道へ上がったようだ。

わたしも遊歩道へ上がった。線路を見下ろす並木道で、街路樹や植え込みがふんだんに配置され、しかも街灯が少ない。ここは、臆病な恋人たちが愛をささやく場として、この界隈《かいわい》ではつとに知られた遊歩道なのだ。

闇をすかしながら、四谷の方へ向かった。見える範囲にアベックの姿はなく、目当ての人影もない。

一分と歩かないうちに、前方の闇で争うような、物音が起こった。階段を駆け下りる、乱れた靴音。下の道路に、飛び下りる気配。

わたしは足を速め、最後には走った。

地面にだれか、倒れているのが見える。街灯の光で、それが黒っぽい服の尾行者であることが、分かった。

下の道路で、車のエンジンが唸り、急発進する音がした。わたしは、植え込みを掻き分け、下のアスファルトへ飛び下りた。テール・ランプが、遠ざかって行く。わたしは猛然と駆け出した。

しかし、一方通行の出口までたどりついたときには、車の姿は影も形もなかった。

わたしは息を静め、ブルーバードまでもどった。

乗り込むなり、大倉に聞く。

「今そこの道から、車が飛び出して行っただろう」

「ええ。どうしたんですか。まさかあれに、フローラたちが」

「そうなんだ。車を待たせていたんだ。どっちへ行ったか分かるか」

大倉は残念そうに、ハンドルを叩いた。

「市谷見附の方へ渡って行きましたけど、もう信号が変わったから、追いつくのは無理ですよ」

わたしはハンカチで汗をふこうとしたが、それはすでにびしょ濡れで、ほとんど用をなさなかった。

「東亜興信所のやつは、どうしました」

「フローラたちにやられた。ほら、今あの角を出て来ただろう。あいつだ」

尾行を試みた男が、一方通行の道から出て来た。しきりに頭を振り、首筋をさすっている。おそらくあのとがり顎の男に待ち伏せされ、一発食らったのだろう。とがり顎は、尾行されることに慣れており、どうすればいいかをよく心得ているらしい。

「きみはここで下りていい。おれの代わりに、石橋君に電話しといてくれ。もう用事はない。一緒に飯でも食って、帰ったらいい」

「勘弁してくださいよ。土曜日も一緒に映画を見たし、そんなに立て続けに誘ったら、彼女誤解しますよ。ぼくが、彼女に惚《ほ》れてんじゃないかって」

「気立てのいい子じゃないか、頭も切れるし」

大倉は眉毛をぴくぴくさせた。

「またまた、調子いいんだから。そうやって自分は、かわいこちゃんを独占するつもりなんでしょう」

「あれは何度も言ったように」

そこまで言ったとき、一方通行の出口から東亜興信所のカローラ・バンが、出て来た。四谷方面へ迂回して、一方通行の反対側からもどって来たのだ。

男が手を上げ、車に乗り込むのを見て、わたしは大倉を強引に押し出した。運転席に移り、エンジンをスタートさせる。大倉に手を振り、バンのあとを追って車を発進させた。

三十五分後、バンは恵比寿の東亜興信所のビルに着いた。車から二人の男が下りた。車はビルの前に、停めたままだった。わたしは少し離れた路上に駐車し、待機した。この様子では、まだどこかへ回る可能性がある。

案の定、十分ほどしてまた男が出て来た。今度は一人だった。グレイの背広を着込み、アタシエケースを下げている。殴られた方ではなく、運転していた方の男だ。この男は、昨日わたしがここまで尾行したとき、紺の背広を着ていた。

カローラは明治通りから南麻布《みなみあざぶ》へ抜け、有栖川《ありすがわ》宮記念公園の横の南部坂《なんぶざか》を上った。元麻布にぶつかる、少し手前で停まる。左手に、あまり大きくないが瀟洒《しょうしゃ》な造りの、七階建てのマンションがあった。

男はアタシエケースを持ち、マンションにはいった。大きなガラスのドアに、金文字で『シャトレ・ロワール』と書かれている。その向こうに、絵タイルを敷きつめたロビーが見える。

エレベーターが動き出すのを待って、わたしもロビーにはいった。すぐ右手に、守衛の詰め所らしいものがあったが、だれもいなかった。

エレベーターの表示盤を見ると、ランプはまっすぐに六階まで移動し、そこで停まった。しばらく間があり、下降し始める。わたしは階段に姿を隠し、下りて来たエレベーターが空であることを、確かめた。

階段を六階まで上る。また汗だくになった。

エレベーターと階段は隣接しており、その両翼に廊下が延びている。廊下の幅はかなりゆとりがあり、北側は採光用の窓で、南側に左右二戸ずつ四戸分のドアが、並んでいた。

足音を忍ばせ、一戸ごとに表札を確かめる。右手に斎藤登、宮下郁代。左手に住田英明、ホアン・ロドリゲス。

全部のドアの下にマッチ棒を立てかけ、階段へもどった。六階と七階の間の、踊り場に上がる。

三十分後に、エレベーターが六階で停まり、人が下りた。階段の前を通らず、廊下を右手に向かう。ハイヒールらしい靴音。鍵が鳴り、ドアが開閉する。

それからさらに二十分ほどして、ドアのあく音がした。踊り場からのぞくと、廊下の左手からアタシェケースを持った男の下半身が現れ、階段の前を通り過ぎた。ほどなく、エレベーターが来て、乗り込む気配。

わたしは、左手の廊下のいちばん奥へ行った。ロドリゲスのドアの、マッチ棒が倒れている。予想どおりだが、確かめる必要があったのだ。

一度階段へもどって、五分待った。それからあらためて、ロドリゲスのドアへ行った。インタホンのボタンを押す。内側でチャイムの鳴る音がした。

スペイン語で返事がある。

「どなた」

金属的な男の声だった。わたしもスペイン語で応じる。

「日西友好協会の者ですが、五分か十分お時間をいただけませんか」

少しの間、沈黙。

「どういったご用件ですか」

「協会の活動の一環として、在日スペイン人の方がたとの親睦《しんぼく》のネットワークを、作っているのです。そのご相談をしたい、と思いまして」

チェーンの外される音がする。

ホアン・ロドリゲスは、まだ三十代と思われる痩せた中背の男だった。白いTシャツからのぞく腕は、体つきに似ずたくましい。茶がかった金髪の持ち主で、頬骨が張り、鋭い目をしていた。

「わたしのことを、だれに聞きましたか」

その質問は予想ずみだった。

「この階の反対側の、斎藤さんです。知り合いでしてね。彼から、同じ階にスペイン人らしい人が住んでいる、と聞かされたものですから」

ロドリゲスはうなずいたが、目に浮かんだ警戒の色は消えなかった。

「それで、どんな相談でしょうか」

「今日は確認のためにうかがったので、資料をお持ちしなかったんです。親睦パーティや会合にご出席いただいたり、スペイン語会話の講師をお願いしたりできないか、と思いましてて」

「わたしは非常に多忙なので、そういった時間は取れませんね」

「あなたはスペイン人ですね」

「そうです」

「どういったお仕事ですか」

「貿易関係です。お役に立てなくて申し訳ない。失礼しますよ」

ロドリゲスは、ドアをしめようとした。

わたしは日本語で言った。

「日本には、どれくらい滞在される予定ですか」

ロドリゲスの硬い表情は、動かなかった。

「日本語は分かりません。失礼」

ドアがしまり、チェーンがかけられた。

エレベーター・ホールへもどる。

ホアン・ロドリゲスは、貿易商人ではない。目の光が、それを物語っている。

あれは万国共通の、デカの目つきだ。

2

翌日の昼過ぎ、ホテル・ジャパンに電話した。

フローラが出て来て、ラモスは朝から日野楽器へ行き、二時まで帰らないと言った。

「ちょうどよかった。話があるんだけど、そっちへ行っていいかな」

「いいですけど、なんのお話ですか」

「日本列島解放戦線のことさ」

日本列島解放戦線だけ、日本語で言う。

フローラは黙っていた。

「それじゃ、二時に行くから」

「待ってください。その話は、おじいちゃんに聞かせたくないわ。ここには来ないで」

「じゃあどこにする」

「ええと、このホテルから十分くらいの所に、公園がありますね。シミズ」

「清水谷公園か」

「そうです。一時半に、そこへ行きます」

一時に事務所を出て、大倉の運転するレンタカーで、清水谷公園へ向かった。

公園の近くで、目立たぬように路上駐車させる。大倉には、どこか物陰に隠れて、わたしとフローラの様子をうかがう人間がいたら、チェックするように指示した。

一人で公園にはいる。昼休みを過ぎたので、人の数は少ない。学生らしいグループがいくつかと、事務服のＯＬがちらほらいるだけだ。

ベンチにすわって待つ。

フローラは、約束より五分早くやって来た。薄いピンクのTシャツに、ジーンズのバギーをはき、長い髪を高く後ろにまとめ上げている。

わたしたちはスペイン式に、オーラ、と挨拶した。

フローラは隣にすわり、ショルダー・バッグからセブンスターを取り出した。フローラがたばこを吸うのを見るのは、これが初めてだった。もっともスペインでは、小学生が吸うのを見かけたこともある。

わたしも、たばこに火をつけた。スペイン語で言う。

「ゆうべは、うまく尾行をまいたね」

フローラは、びくりと体を固くした。警戒心をあらわにして、わたしを見る。

「あなたも、あの人たちの一味なの」

「そうじゃないが、きみの動きを見張っていたんだ。きみが、パコが通じてゆうべ会ったのは、日本列島解放戦線の人間だろう」

フローラは目をそらし、答えなかった。

「きみが、国で反フランコ運動に加わっていることは、ラモス氏に聞いて知っている。しかしなぜ日本の過激派と、それも爆弾闘争専門のテロ集団と、接触する必要があるんだ。親睦パーティでも、計画しているのかね」

フローラはたじろぎ、ベンチを立って歩き出した。あとを追う。

「この間の新聞の切り抜きに、爆弾の誤爆事件があったね。あの事件で、過激派とはなんの関係もない一般市民が、死んだり怪我をしたりしている。あの記事を見て、なんとも思わないかね」

「あなたは保守的な人ですね。革命というものを、まったく理解していないわ」

「爆弾を使って、無差別に人を殺すことが、革命だと言うのか。それは革命ではなくて、ただの殺人だ」

フローラは天を仰いだ。

「そのような常識的な論理では、革命の本質を捉えることはできません」

「他人の迷惑や、生命を何とも思わない連中が、一度つかまって監獄にぶち込まれると、急に自分たちの人権を叫ぶようになる。ぼくなら恥ずかしくて、むしろ首をくくるね」

フローラは、わたしを睨んだ。

「でも、日本はまだいいわ。形だけでも、裁判が受けられるから。スペインでは、すぐに死刑よ。控訴もできない。切り抜きを見たでしょう。ＥＴＡのメンバーが二人、死刑判決を受けたのを」

緩やかな階段を上り、奥の築山《つきやま》にはいる。

わたしたちは、木の下のベンチに腰を下ろした。

「ところで、ホアン・ロドリゲスという男を知っているかね」

「いいえ。スペイン人ですか」

フローラの表情に、変化はなかった。

「そうだ。この前はまだ分からなかったが、きみを尾行しているのは民間の調査員、つまり私立探偵なんだ。そしてその雇い主というのが、今言ったロドリゲスなる男でね。スペインから来て日が浅いのか、日本語が分からないようだ。スペイン語の分かる調査員を、使っている」

木漏《こも》れ日の当たったフローラの顔が、見るみるこわばるのが分かった。たばこを捨て、かかとで乱暴に踏みにじると、吐き出すように言う。

「執念《しゅうねん》深い連中だわ。こんなに遠くまで、追って来るなんて」

「ぼくの見たところ、ロドリゲスはスペインの秘密警察、ええと、なんといったかな」

「BPS」

「そう、そのBPSの人間だね」

フローラは腕組みして、唇を嚙み締めた。

わたしも、たばこを捨てた。

「ラモス氏を心配させないためにも、ほどほどにしておいた方がいいんじゃないかね」

「どうして、そんなに世話を焼くの。わたしの政治活動とあなたのお仕事と、どんな関係があるんですか」

「まんざら無関係とはいえない。きみは、日本列島解放戦線との連絡に、パコ津川を利用した。パコはラモス氏が探している、サントスとつながりがあるんだ」

フローラはわたしを見た。

「どんなつながりがあるの」

「パコは、サントスの息子かもしれない」

フローラは目を丸くした。

「ほんとですか」

そのとき築山の上から、乱れた足音が聞こえて来た。砂利を蹴散らして、どっと駆け下りて来る気配がする。

振り向くと、赤いヘルメットをかぶり、ジーパンをはいた四、五人の男たちが、突進して来るのが見えた。赤いビニールテープを巻いた、細長い棒を振りかざしている。

その周囲にいるのは、わたしとフローラだけだった。

とっさにフローラを引き起こし、ベンチの後ろの植え込みに突き飛ばした。フローラは悲鳴を上げ、植え込みに転がり込んだ。

「逃げろ。木のある方へ逃げるんだ」

そう怒鳴り、フローラのあとに続いて、ベンチを飛び越えた。フローラを追おうとして、足を滑《すべ》らせる。

「やっちまえ」

「ぶっ殺せ」

そんなことを口ぐちにわめきながら、一団は狂犬のように襲いかかって来た。先頭の男が棒を振り上げ、ベンチを乗り越えて殴りかかる。わたしは、笹の茂みに尻餅《しりもち》をつき、反射的に左手を上げて、棒を防ぎとめようとした。

赤いヘルメットの下に、肌色のストッキングに包まれた、仮面のような顔があった。小さな目が、野獣のように光る。男の振り下ろす赤い棒が、風を巻いて頭上を襲う。

やられた、と思った。わたしを救ったのは、上にかぶさっていた木の枝だった。赤い棒が枝にはね返され、宙に飛んだ。

わたしは膝《ひざ》を起こし、男の胃のあたりを思い切り殴りつけた。手加減する余裕はなく、拳がそっくり腹の中にめり込むのが分かった。

男は、踏みつぶされた蛙《かえる》のような声を出し、笹の茂みに倒れ込んだ。体をえびのように折り、苦しそうに唸《うな》る。

男が落とした棒を拾い、木立の中へ飛び込んだ。棒はずしりと重く、冷たい金属の感触があった。鉄パイプに違いない。

横手から回った男が二人、フローラを追っていた。

「警察だ、動くな」

わたしが怒鳴ると、男たちは追う足を止め、振り向いた。わたしは鉄パイプを構え、向かって行くふりをした。フローラが下生えを掻き分け、もとの道へ出ようとするのが見える。

わたしはすかさず方向転換して、斜めにフローラのあとを追った。

道へ出ると、上の方から残る一人が、奇妙な雄叫《おたけ》びを上げながら、駆け下りて来た。鉄パイプを、頭の上で振り回している。

ろだった。

「所長」

叫ぶ声に振り向くと、下から駆け上がってきた大倉が、フローラを抱きとめたところだった。

「それをください」

大倉はフローラを背後に押しやり、わたしが投げた鉄パイプをひょい、と受け止めた。わたしはフローラに駆け寄り、体を支えた。

駆け下りて来た赤ヘルの男は、わめきながら大倉のすねのあたりを、横なぎになぎ払った。すると、どこにそんなばねが潜《ひそ》んでいたのか、大倉の小太りの体が軽がると浮き上がり、鉄パイプは空を切った。

飛び下りざま、大倉は拝《おが》み打ちに男の肩口を打った。

「一本」

男は一声叫び、どうと地面に倒れた。ストッキングの下で、顔が苦痛に歪む。泣きわめきながら、肩を押さえてそのあたりを転げ回る。

大倉はそれを飛び越え、今度は植え込みから転がり出て来た二人に、向かって行った。鉄パイプを下段に構えると、先に殴りかかって来た男の鉄パイプを宙にはね飛ばし、返す一撃でもう一人の小手《こて》を強く叩いた。相手は声を上げ、前のめりに倒れた。

「一本」

大倉はもう一度そう言い、後ろへすさって鉄パイプを構え直した。

それを見た男たちは、完全に戦意を喪失した。大倉に打たれた二人は、互いに助け合って起き上がると、泣きながら逃げ出した。鉄パイプをはね飛ばされた男も、尻に火がついたように、そのあとを追う。途中で、わたしに殴り倒された男が、それに加わった。

フローラに声をかける。

「怪我はないか」

「ないわ」

放心したように答える。バギーの膝と、Tシャツの肘が汚れていたが、どこも怪我はないようだった。

わたしは大倉を見た。

「いや、恐れ入ったよ。きみの剣術の腕前が、これほどとは思わなかった」

大倉は、気持ちよさそうに笑った。

「またまた。剣術なんて言わないで、剣道と言ってくださいよ、ちゃんと」

「分かった、分かった。それより、早くここを離れよう。警察沙汰になるとまずい」

大倉はハンカチを出し、鉄パイプを丹念にぬぐってから、その場へ投げ捨てた。

「指紋を登録されちゃ、かないませんからね」

万事、抜け目のない男だ。

下の公園へ下りると、そこにいた何人かの男女が、わたしたちを胡散臭げに見た。

車にもどり、発進したとき、パトカーのサイレンが聞こえてきた。だれかが通報したのかもしれない。

急いで現場を離れる。

しばらく走ると、ようやくフローラは平静を取りもどした。後ろのシートから、日本語で言う。

「あの人たち、だれですか」

「さあ。それはこっちで聞きたいね」

わたしが言うと、大倉はハンドルを切りながら、

「連中は革命的青年民主主義同盟の闘士ですよ。赤ヘルに、赤いビニールテープを巻いた、鉄パイプ。あれが、トレードマークなんです」

「革青民の連中か。すると」

「日本列島解放戦線とは、犬猿の仲ですね。のべつ内ゲバで、殺し合いをやってま

す」

　わたしは、肩越しにフローラを見た。

「これがどういうことか、分かるだろうね」

　フローラは肩をすくめた。

「分かりません」

「きみが日本列島解放戦線と接触したことは、もう対抗勢力の連中に知られてしまった。スペインではどうか知らないが、日本では同じ左翼組織でも勢力争いが激しくて、殺し合いをすることも珍しくない。何かきっかけがあると、さっきみたいなことになる。このままでは、きみの安全も保証できないね」

　フローラは黙り込んだが、しばらくして唐突《とうとつ》に言った。

「ロドリゲスがやらせたんですか」

　わたしはちょっと驚き、フローラを見た。

「なるほど、それは十分考えられることだ。金と情報がもらえるなら、革青民の連中は喜んできみを、叩きのめそうとするだろう。彼らからすれば、きみは敵と接触する不穏《ふおん》分子だからね」

　フローラは何も言わず、目を伏せてしまった。

ホセ・ラモスは孫娘に人差し指を突きつけた。

「フローラ、おまえはあしたの飛行機で国へ帰るんだ。わしはおまえに怪我をさせるために、日本へ連れて来たのではない。いいか、大学へもどっても、学生運動にはしばらく首を突っ込んではならん。分かったな」

フローラは、そっぽを向いた。

ラモスは、なおもまくし立てた。

「スペインだけで飽《あ》き足らずに、日本の極左グループとまで接触するとは、いったいどういう了見なんだ。向こう見ずにも、ほどがあるぞ。とにかくあしたは、チッキにしてでも国へ送り返すからな、そのつもりでおれ」

フローラは肩をすくめた。

「分かったわ。あした国へ帰るわ」

わたしたちはホテル・ジャパンの、ラモスの部屋にいた。ラモスの心臓は気がかりだが、黙っているわけにはいかなかった。

過激派に襲われたことを聞くと、ラモスは発作こそ起こさなかったものの、相当ショックを受けたようだった。フローラに、断固として帰国を申し渡したのは、無理もないことだ。

わたしもフローラに言った。

「国へ帰っても、おとなしくしていなければ、同じことだ。場合によっては、日本より危険かもしれない。それをよく考えるんだね」

フローラはうなずいたが、その目は反抗的に鋭く光っていた。不安を感じさせる目だった。

ラモスに目をもどす。

「チケットはどうしますか。手配しましょうか」

「いや。日野楽器が、オープンのチケットを用意してくれてな。午前中に、わしが受け取ってきておいた」

「それならいい。出発まで、フローラを外出させないようにしてください。ここにいる限りは、一応安全なはずですから」

「分かっておる」

フローラは何も言わず、顔色も変えなかった。

それを見て、一つ察しのつくことがあった。それは、フローラが日本へ来た目的が、どうやら昨夜のうちに達成されたらしい、ということだ。あっさり帰国を受け入れたのも、そのせいに違いなかった。

「便が決まったら、事務所へ連絡してください。明日はわたしが羽田まで送って行きます」

ラモスは、ほっとしたように笑顔を見せた。

「そうしてくれると、わしも安心だ。すまんですな、何から何まで」

ロビーへ下りると、大倉が新聞を読みながら、待っていた。隣のソファにすわり、小声で聞く。

「だれか怪《あや》しいやつが、うろうろしてないか」

「今のところ、だいじょうぶのようですね」

ホテルを出て、車で事務所へ向かった。

「さっきの武勇伝を石橋君が聞いたら、きっときみに惚れ直すぞ」

「またこれだ。あんな素人《しろうと》をやっつけたからって、自慢にも何もなりませんよ」

「しかし連中だって、ゲバルトの訓練をしてるだろう」

「そんなの仲間内では通用しても、日本剣道連盟の四段に通用するわけないでしょう」

わたしは首を振った。

「きみはＰＲマンをやめて、ガードマンになった方がいいな」

事務所へもどり、石橋純子に話を聞かせた。驚いたことに、純子はいきなり泣き出して、洗面所にこもったきりしばらく出て来なかった。

出て来てからも、なぜ泣いたかについては頑《がん》として、口を割ろうとしなかった。

六時にテレビをつけ、ニュースを見た。のっけから、内ゲバのニュースだった。

『今日午後、東京都内で過激派による、二件の内ゲバ騒ぎがありました』

わたしは大倉と、顔を見合わせた。二件とは、どういうことだ。

『まず、今日午後一時半ごろ、新宿区下落合四丁目にある、極左組織日本列島解放戦線の本拠地、群青社を対立組織の革青民の内ゲバ軍団が襲撃、火炎びんを投入したのち事務所内に、乱入しました。一方、不意をつかれた解放戦線側も、鉄パイプやチェーンで応戦し、一時は市街戦に発展しそうな騒ぎになりました』

どうやら革青民は、わたしたちと群青社を同時襲撃したらしい。画面は、現場検証が行なわれる群青社のビルを、映し出していた。

『またもう一件は、同じく午後二時ごろ、千代田区紀尾井町の清水谷公園で、過激派らしい一団が乱闘しているとの通報があり、麴町署員が駆けつけたところ、すでに逃走したあとでした。現場に残された鉄パイプやヘルメットから、襲ったのはやはり革青民とみられていますが、襲われた人たちも姿を消しているため、身元や被害状況などは分かっていません』

普段と変わらぬ、清水谷公園の画面。

ほかのニュースになったので、テレビを消した。

「本拠地とフローラを同時襲撃するなんて、連中もかなり気合がはいってるじゃないですか」

大倉が緊張した口調で言う。

「フローラが言ったとおり、これはロドリゲスの差し金、という線が強いな」

「そのロドリゲスとかいう男、ほんとにスペインの秘密警察の人間なんですか」

「フローラは、それを否定しなかった。思い当たる節《ふし》があるんだ」

「日本まで追いかけて来るほど、フローラは大物なんですかね」

「というより、フローラの来日目的に神経をとがらせているように思えるな。フローラが、日本列島解放戦線と接触したことで、これだけドラスチックな行動に出たとなると、ただごとではないぞ」

「フローラはなんのために、はるばる日本へやって来たんですかね」

「じいさんの付き添いでないことだけは確かだ」

純子が、コーヒーを入れてくれた。

「二人とも、サントス探しはどうなったんですか。戦争ごっこにうつつを抜かしていると、新井さんから引導《いんどう》を渡されますよ」

3

翌九月十日の夜、フローラは羽田を発った。

見送りは、ラモスと日野楽器の新井、それにわたしと大倉の四人だけだった。

その日出発ロビーは、いつものこととはいえ、ひどく混雑していた。レストランも喫茶室も満員で、わたしたちは立ち話をしながら、時間をつぶした。

出発便のアナウンスがあったとき、フローラはちょうど化粧室に行っていた。

ラモスは心配そうに、人込みを見回した。

「遅いな、フローラは。乗り遅れなければいいが」

「ちょっと見て来ましょう」

わたしはその場を離れ、人込みを縫って化粧室の方へ、歩いて行った。

通路にはいったとき、公衆電話の列のはずれで、人の流れが滞留しているのが見えた。人びとの視線が、そこに集まっている。

なにげなくのぞくと、男と女が抱き合って、熱烈にキスを交わしているのが見えた。

フローラとパコ津川だった。

わたしは、あっけに取られて、それを見ていた。やっと二人が離れる。パコは、ギターのケースを取り上げ、じっとフローラを見つめた。

フローラがパコに背を向けたとき、二人は同時にわたしに気づいた。

パコは、たちまち不機嫌な顔つきになり、くるりときびすを返した。

フローラは、いたずらを見つかった子供のように、肩をすくめてそばへ来た。

「そろそろ時間ね」

「そうだ。きみが呼んだのか」

フローラは振り返り、歩き去るパコの背中を見た。

「別に。出発便の時間を、教えただけよ」

「同じことだ。もう一度、鏡を見て来た方がいい。口紅が頬まで、はみ出している」

フローラが化粧を直している間に、パコのあとを追ってみたが、人の波にまぎれて見失ってしまった。

少なくとも革青民は、パコを襲うことまではしなかったようだ。

フローラと一緒に、出発ロビーへもどる。

十分後、フローラはわたしたちに手を振り、赤い絨毯を踏んで税関の中へ、はいって行った。あっけらかんとした態度だった。

フローラが見えなくなると、ラモスは肩の荷を下ろしたように、晴ればれとした顔になった。

「さてセニョル。食事でもしながら、サントス探しの進み具合でも、聞かせてもらいますかな」

わたしたちは大倉の運転で、四谷三丁目にある『コルディエ』という、フランス料理店へ行った。

ワインを飲みながら、ア・ラ・カルトで食事をする。

羽田で立ち詰めだったせいか、アルコールの回りが早い。大倉はさかんに舌なめずりをしたが、車を運転するので一杯だけしか飲ませなかった。

ラモスと新井に、スペイン語と日本語の両方で、経過を報告する。那智理沙代と大野顕介のことだけ省き、あとは詳しく話した。

二人の関心は、結局パコ津川と老ギタリスト、スペインの関係に、集中した。

「もし、パコがサントスの息子だとすれば、パコが追い回しているスペイン老人こそ、サントスに違いないな」

新井が、単純明快に断定した。

「わたしもそれは考えましたが、当時二十代半ばの男がたった二十年で、それほどふけ込むとは思えないんです。見た感じでは、よぼよぼのじいさんですからね」

わたしはポケットから、大野に借りた例の舞台写真を、取り出した。ラモスの前に置く。

それをつまみ上げたラモスの手が、細かく震え出した。目が見開かれ、息がせわしくなる。

「こ、この左側の男はもしや、サントスではないか」

「そうです。見覚えがありますか」

ラモスは、つくづくと写真に見入った。

「うむ、確かにサントスに違いない。実を言うと、今まで顔を半分忘れておったんだ。記憶が曖昧《あいまい》になっとる上に、東洋人はみな同じような顔に、見えるのでな。しかしこれを見て、はっきり思い出した。この男がサントスだ」

それから、いぶかしげにわたしを見た。

「あんたはこれを、どこで手に入れたのかね」

「昔サントスを知っていた、ある人物から借りたのです。ただ、残念ながら彼も、サントスが今どこにいるのかは、知らなかった」

新井はラモスの手から、写真を取り上げた。穴のあくほど見つめる。

「これがサントスか」

わたしはうなずき、ラモスにしたのと同じ説明をした。新井は写真を返し、わたしを見た。

「ある人物ってだれだ」

「昔、心斎橋の楽器店に勤めていた男です」

「よくそんな男を、探し出したな」

わたしはそれに答えず、写真をしまった。

「この写真と比べても、スペインなるじいさんがサントスだとは、思えないわけです。少なくとも、外見はね」

新井は不満そうに、下唇を突き出した。

「そのじいさんが、かりにサントスでないとしても、サントスのことを知ってるかもしれん。なぜもっと早く、身元を確認しないんだ」

「身元を証明するようなものを、何も持っていないんです。話をしたいと思っても、のべつへべれけでらちが明かない。どうもタイミングが悪くて」

ラモスが、もどかしげに割り込む。

「ところで、サントスの息子だというパコと、あんたの探し出したパコと、ほんとうに同一人物なんだろうか」

「当人は今のところ、否定しています。しかし与えられた条件に、ぴったり合うんです。呼び名、年格好、たぐいまれなギターの腕。わたしは、まず間違いないと思う。ただパコが、実際にサントスの居所を知らないとすれば、どっちみち役に立たないわけですがね」

ラモスはワインを飲み干し、ナプキンで口をぬぐった。

「セニョル。一つわしを、パコに会わせてもらえませんかな。直接わしの口から、サントスのことをきいてみたいんじゃ」

腕時計を見ると、十時十五分前だった。

羽田で見かけたとき、パコはギターを持っていた。

「いいでしょう。パコが、ギターを弾いている店があります。まだ間に合うかもしれない」

ラモスの希望を通訳すると、新井は一も二もなく賛成した。

「さっそく行こうじゃないか。もし、そのパコとやらが正直に白状しないようなら、おれが性根を叩き直してやる」

大倉が目一杯車を飛ばしたので、十時過ぎには『コルドバ』に着いた。大倉には、車で待つように言い、三人で店へはいった。

ジャズのコンボが演奏している。

クロークの横から、マネージャーがやって来た。

「パコはもう帰ってしまったのか」

マネージャーは、嬉しそうに笑った。

「いえ、まだおります。いつも、ステージは二回だけなんですが、珍しく今夜はもう一回やる、と申しておりまして。何かいいことでも、あったんでしょうか、だいぶ、気分が乗っているようです」

フローラと、あれだけ熱烈なキスを交わせば、だれでも気分が乗るはずだ。

「それはよかった。始まる前に、話をしたいんだが」

「奥のブースにおります。どうぞ」

パコは、L字形に曲がり込んだフロアの、いちばん奥のブースで水割りを飲んでいた。

「お邪魔していいかな」

声をかけると、パコはラモスと新井を見やり、軽く眉をひそめた。肩をすくめて言う。

「どうぞ。あまり時間はありませんけど」

マネージャーにボトルの用意を頼み、パコの隣にすわる。ラモスと新井は、向かいのシートにすわった。

「紹介しよう。こちらは、日野楽器の新井広報室長。お隣がこの間話した、ホセ・ラモス・バルデス氏」

パコは無表情にうなずき、そっけなく言った。

「津川です。パコ津川」

新井はぎこちなくうなずき返し、ラモスは腕を伸ばして握手を求めた。パコはちょっと戸惑ったが、あまり気の進まない様子で、手を握り返した。

パコとフローラの関係は、新井にもラモスにも伏せてある。話がややこしくなるし、黙っていてほしいとフローラに頼まれている。

バニー・ガールが来て、水割りを作ってくれた。わたしたちは乾杯した。

さっそく、わたしから口火を切る。

「時間もないので、用件にはいらせてもらうよ。前に話したとおり、ラモス氏が来日した理由の一つは、サントスと再会できるかもしれない、という望みがあったからだ。これは、サントスにとって悪い話じゃないし、きみに迷惑がかかる要素もまったくない。なんとか、協力してもらえないかな」

パコは目を伏せ、酒を口に含んだ。

ラモスが乗り出す。

「あんたは、サントスの息子なのか、どうなんだね。もしそうなら、どうかあんたの父親の居場所を、教えてほしい。わしはどうしても、サントスに会わねばならんのだ」

パコはわたしを見た。

「ぼくがサントスの息子か、と聞いてるんですか」

「そうだ。もしそうなら、ぜひ会わせてほしい、と言っている。必死なんだ。察してやってくれないか」

パコはためらい、グレイのスーツの襟や袖《そで》にさわったり、ネクタイの結び目を直したりした。

溜め息をつき、眉をしかめながら言う。

「分かりましたよ。サントスのことは知っています。ぼくのギターの師匠でした」

「いつごろ」

「子供のころ」

「やはり父親だったんだね」

パコは不機嫌そうに、首を振った。

「そうは言ってませんよ。師匠だった、と言ったんです」

わたしは例の写真を取り出し、パコに示した。

「この中に、きみの師匠がいるかね」

パコはそれを受け取り、食い入るように見た。目がきらきら輝き、無意識のように口が開く。

やがてパコは、ゆっくりと写真を置いた。ことさら無関心な口調で言う。

「分かりませんね」

わたしは言葉を強めた。

「どうして、息子だということを、認めないのかね」

パコは目を伏せた。乱暴にグラスをあおる。

「あなたたちが知りたいのは、サントスが今どこにいるかということであって、ぼくがサントスの息子かどうか、ということじゃないでしょう」

わたしは返事に窮した。確かにそのとおりだった。

新井が、咳払いをして言う。

「それじゃ、そのように質問し直すとしよう。今サントスは、どこにいるんだね」

パコの唇に、冷笑が浮かんだ。

「あいにくですが、知りません。もう十何年、会ってないんでね」

新井は、鼻の穴に指でも突っ込まれたように、急いで顎を引いた。

「会ってないって。どうしてなんだ」

「大きなお世話ですよ」

ぶっきらぼうに言い、酒を飲み干す。

新井は二の句がつげず、腕組みしてパコを睨んだ。

わたしは不意をついた。

「カルメンはどうした。今どこにいるんだ」

カルメンの名を聞くと、パコは落ち着きを失った。目が険しくなり、鼻孔《びこう》が広がる。

わたしは写真を指さした。

「知ってるはずだよ、そこにも写ってるからね。サントスの奥さんさ。それに、きみの母親かもしれない人だ。よく見たまえ」

パコは、写真にちらりと目をやったが、もう一度手に取ろうとはしなかった。頬の筋をぴくぴくさせながらも、かろうじて自分を抑えた。

少しずつ表情が元へもどり、目から感情の炎が引き始める。自制心の強い若者だった。

硬い声で言う。

「カルメンは死にました」

急にまわりが、しんとした。空気が凍《こお》りついたようだった。いつの間にか、バンド演奏が終わっていることに気づく。

わたしは酒を飲んだ。パコが、サントスを父親と認めたがらない理由が、なんとなく分かったような気がした。

「サントスの居場所を知らないのは、そういうわけだからかね」

遠回しに聞くと、パコは質問の意味を理解したらしく、唇をちょっと歪めた。

「そういうわけだからです」

黙って聞いていた新井が、いらだって口を出した。

「そういうわけとは、どういうわけだ」

パコは、その質問を無視した。新井の顔が赤らむ。

「きみが追い回してる、スペインとかいうじいさんは、いったいだれなんだ」

パコは目を光らせ、新井を睨んだ。さげすむような口調で言う。

「ぼくのことをつけ回してるんですか。まるでスパイみたいですね、あなたたちのやることは」

新井はひるまなかった。

「そのじいさんが、サントスじゃないのかね」

パコが突然笑い出したので、新井は驚いて体を引いた。パコは、小馬鹿にしたように、首を振った。

「疑《うたぐ》り深いんだなあ。サントスはあんなじいさんじゃないし、あんなに下手くそでもありませんよ」

わたしはそれまでのやりとりを、ラモスにスペイン語で説明した。

ラモスは手の平を上に向け、肩をすくめた。

「なぜこの若者は、サントスの息子だということを、認めんのだろう」

「どうやらパコが小さいころ、サントスとカルメンは夫婦別れをしたようですね。それをパコは、母親ともどもサントスに捨てられた、と考えているようだ。その恨みが大きくて、サントスとの親子関係を否定してるんじゃないか、と思います」

「なんということだ」

ラモスは目をつぶり、顎を胸に埋めた。

パコはそれを哀れむように眺め、やおら立ち上がった。

「時間ですから、失礼します。お役に立てなくてすみません」

そのまま悠然《ゆうぜん》と、ブースを出て行く。新井は、いまいましそうに舌打ちした。

「なんだ、あの若造は。いやに落ち着きくさって、気に食わんやつだ」

わたしは、がっくりしているラモスの肩に、手を置いた。

「あきらめちゃいけませんよ。まだほかにも、手だてはあります」

それは、ただの元気づけにすぎなかった。落胆《らくたん》したのは、わたしも同様だった。

パコが、サントスの息子であることは、ほぼ確実なように思われた。しかし、かりにそうだとしても、今現在サントスの消息を知らないのでは、どうしようもない。

パコの調弦する音が、聞こえて来る。ステージとの角度が悪く、姿は見えないが、三回めの演奏が始まるらしい。

新井が力なく言う。

「念のため、もう一度スペインってじいさんに、当たってみたらどうだ。ほかに手だてもないようだし」

「そうするつもりです。パコが、なぜスペインを追い回しているのか、そこに何かヒントがありそうな気がする」

パコは、フラメンコ風にアレンジした『黒田節』を、弾き始めた。なかなかユニークなアレンジだ。気のせいか、この間よりギターの音色が、古めかしく聞こえる。艶《つや》やかさも、いちだんと増したようだ。

新井は、水割りをぐいと飲んだ。

「なるほど、こいつはちょっとした腕だな。うちの宣伝に、使いたいくらいだ」

やけっぱちな口調だが、パコの腕前には感心したようだった。

そのとき、異変に気がついた。

ラモスの瞳《ひとみ》が宙に浮き、赤ら顔がいつの間にか土気《つちけ》色《いろ》に変わっている。手が胸の前で、奇妙な踊りを踊る。

「どうしました。だいじょうぶですか」

声をかけると、ラモスは立ち上がろうとした。新井があわてて、横から体を支える。

ラモスは胸を激しく掻きむしり、のけぞった。変色した唇が、わなわなと震える。

「サントス」

かろうじて一声漏らすと、そのままシートの上に、どっと倒れかかった。新井は急いでどき、ラモスをそこに横たわらせた。

「いかん、発作だ」

思わず口走ると、新井が鋭くわたしを見た。

「発作だって。なんの発作だ」

わたしは答えなかった。

いったい、何がラモスに発作を起こさせたのか、それを考えていたのだ。

4

一晩ぐっすり眠ったというラモスは、血色のもどった顔に照れ臭そうな笑いを浮かべ、新井とわたしを交互に見比べた。

「ゆうべはとんだ醜態《しゅうたい》をさらして、まったく恥ずかしい限りですわ。すっかり、迷惑をかけてしもうたな」

新井は、ラモスが持病を隠していたことで、あまり機嫌がよくなかった。それを知りながら黙っていたわたしにも、あのあとさんざんいやみを言った。

わたしたちは昨夜、『コルドバ』から歩いて二、三分の距離にある、港西病院という総合病院にラモスをかつぎ込んだのだった。

ラモスの発作は、労作狭心症と診断された。

今すぐ、命に関わるというわけではないが、年が年だけに心筋梗塞《しんきんこうそく》に発展するおそれもある。二、三日入院させて様子を見た方がいい、というのが医者の意見だった。

太った看護婦がはいって来て、言葉が通じなくて困るとこぼす。ラモスの脈をみてから、一時間後に心電図を取ると宣言して、出て行った。

それを伝えると、ラモスはベッドの上で落ち着かなげに、身じろぎした。

「二人とも、わしがいきなり倒れたんで、さぞびっくりしただろうな」

「ええ。しかしそれには、わけがあるんでしょう」

ラモスは目を伏せた。

「そのことで、あんたたちに話しておきたいことがある。気を悪くせんで、聞いてくれんか」

わたしは新井に、あとでまとめて説明する旨《むね》を伝え、ラモスに先を続けるよう促《うなが》した。

ラモスは目を閉じ、深呼吸した。

「あんたたちに、謝らねばならん。わしは嘘をついておった。サントスを探し出して、わしのギターをプレゼントしたいというのは、実は作り話なんだ。サントス探しを頼んだほんとうの理由は、まったく別にある」

わたしは、じっとラモスの顔を見た。しだいに、胃の底が重くなる。作り話。偽《いつわ》りの美談で、わたしたちを奔走《ほんそう》させた、というのか。

「詳しく話してください」

自然に声がとがる。

ラモスはわたしを見ずに、続けた。

「サントスはわしの工房から、命より大切なギターを盗んで行きおった。わしは、それをなんとしても取り返したくて、日本までやって来たんだ」

あっけにとられる。

「ギターを盗んだ。それじゃ話は美談どころか、まるであべこべじゃないですか」

「さよう。わしの師匠のサントス・エルナンデスが、一九三五年に製作した最高傑作を、サントスは無断で持って行きおったのさ」

　そっと唾《つば》を飲む。

　サントス・エルナンデス。史上最高の名工の一人といわれる、サントス・エルナンデス。そのサントスが作ったギターを、同じサントスと称する日本人が、黙って持ち去ったというのか。

　ラモスは、わたしを見上げた。

「それも、ただのサントス・エルナンデスではない。『カディスの赤い星』と呼ばれる、とてつもないものが仕込まれたギターなんだ」

「とてつもないもの、というと」

「順を追って話すから、聞いてもらいたい」

　ラモスの話を要約すると、こうだ。

　時代は、四十年前にさかのぼる。スペイン内戦が始まる前年、つまり一九三五年のこと、ラモスはすでに結婚してカディスに工房を構えていた。

　そのころカディスの町に、ドン・ルイス・モンテス・カマチョという貴族が、住んでいた。ドン・ルイスは、軍人とファシストが大嫌いだった。左翼びいきを公言してはばからず、革新勢力への資金的な援助を、惜しまなかった。そのため、貴族でありながら市民の間に、人気が高かった。

当時の共和国政府は、右翼が政権を握っており、ドン・ルイスは彼らにとって、目の上のたんこぶだった。彼らの目から見れば、ドン・ルイスは「アカ」だった。彼らは、いずれドン・ルイスが財産を没収され、投獄されることになるだろうと予言した。

ドン・ルイスは勇敢な男だったが、そうした事態になることを恐れて、一計を案じた。彼は財産の大半を宝石に替えると、その中から八つのダイヤモンドを、選び出した。それを持って、マドリードにギターの名工、サントス・エルナンデスを訪ねた。

ドン・ルイスはサントスに、それらの石を飾りにあしらって、天下に一台しかないギターを作ってほしい、と依頼した。石はさほど大粒ではないが、品質は最高だった。特にその中の一つは、血のように赤いダイヤモンドで、それがギターの呼び名の由来になった。

不思議な申し出に驚きながらも、サントス・エルナンデスはドン・ルイスの注文に応じた。まず、問題の赤いダイヤモンドを、糸蔵の天辺《てっぺん》に埋める。次に、六本の糸巻の先端に、一つずつ仕込む。そして最後の一つを、セヒージャ（指盤にセットして音程を調節する器具。カポダスト）の頭に埋め込んだ。

古いフラメンコ・ギターの糸巻は、バイオリンと同じように木製で、ねじ込み式になっている。セヒージャも、やはり木で作られる。どちらも少し太めに作れば、ダイヤモンドを埋め込むことも、不可能ではない。サントス・エルナンデスは、黒檀《こくたん》を細かい粉末にしてにかわで練り、ダイヤモンドの埋め口を固めた。それは、舌を巻くような細工だった、という。

ドン・ルイスは、でき上がったギターをカディスに持ち帰り、ラモスの工房に預けた。もし、自分に万一のことがあったときは、そのギターをスペイン人民のために役立ててほしい、というのがドン・ルイスの希望だった。

一九三六年の二月の選挙で、左翼陣営は反ファシズムを旗印に糾合し、右翼を破って人民戦線政府を打ち立てた。しかし右翼の軍人やファシストは、すぐさまクーデタの準備に取りかかった。そして同年七月、フランシスコ・フランコ将軍ら右翼の軍人が各地で蜂起《ほうき》し、スペイン内戦が勃発した。

カディスが反乱軍に制圧されるやいなや、ドン・ルイスは真っ先にファシストの手に落ちて、投獄された。そして即決裁判にかけられ、銃殺されてしまった。

そこまで話すと、ラモスは震《ふる》える手をシーツの上で、握り合わせた。

「わしはドン・ルイスの死んだあと、そのギターを守って、反乱軍の支配するカディスの町で、ひっそりと仕事を続けた。正面切って、連中に手向かう度胸はなかったでな。しかし翌年の十二月、家内のビクトリアが、町でファシスト同士の喧嘩の巻き添えを食って撃ち殺されてから、わしははっきり連中に敵意を持つようになった。それ以来わしは、陰ながら左翼人民戦線の諜報活動を、手伝うようになったんだ」

「内戦で奥さんを亡くされた、とは知りませんでした」

ラモスの目に、涙がにじんだ。

「所帯を持って、わずか三年だった。ファランへ党員が酒に酔って、機関銃を撃ち合った。ビクトリアは、その流れ玉に当たって死んだんだ」

怒りに声が震える。わたしは言葉もなく、その声に耳をすましました。

ラモスは感情を押し殺し、先を続けた。

「ビクトリアとの間に、娘が一人できておった。ロシータという名前でな。わしは、ロシータを男手一つで育て、りっぱに所帯まで持たせた。しかし、どんな運命のいたずらか、ロシータ夫婦は交通事故で死んでしもうた。あとに遺《のこ》されたのが、まだ赤ん坊だったフローラ、というわけさ。わしはフローラを養女にして、今日までどうにか無事に育て上げてきた。そのフローラに、万一のことがあったらと思うと、おちおちしてはおられん。分かってもらえるだろうか」

「分かりますよ、もちろん」

ラモスは気を取り直し、眉を上げた。

「すっかり話がそれてしまったな。サントスのことにもどろう。二十年前、サントスが工房へ来たとき、わしははるばる日本からやって来たという彼の話に感激して、長い間しまってあった『カディスの赤い星』を出して、彼に弾かせてやったんだ」

サントスは夢中になって、そのギターを弾きまくった。まるで、鬼神が乗り移ったような、凄まじい演奏だった。本物のフラメンコにつきものの、ドゥエンデ（妖気《ようき》）が工房を圧し、ラモスを驚倒させた。

弾き終わるやいなや、サントスはそのギターを売ってほしい、とラモスに懇願した。売り物ではないとラモスが断ると、サントスは目を血走らせ、なおもしつこく食い下がった。

「いくら泣きつかれても、これぱかりは売るわけにいかなかった。ただでさえ、値の張るサントス・エルナンデスのギターに、ダイヤモンドを埋め込んだものとなると、どれくらいの価値があるやら見当もつかん。すでに、ドン・ルイスから預かって二十年たっておったが、それを役立てるチャンスはそのときまで、一度もなかった。とはいえ、あれはわし個人のものではなく、スペイン人民の財産であることに、変わりはない。わしとしては、断るほかになかった」

「そのギターを、サントスが盗んだと言うんですか」

ラモスは、力なくうなずいた。

「当時、娘のロシータは十九歳だったが、街のタブラオ（フラメンコ酒場）で踊っておった。それを知ったサントスは、言葉巧みにロシータに取り入ったんだ。そして、わしが原木の買い付けで、工房を留守にしておるすきに、ロシータに『カディスの赤い星』を、持ち出させた。わしがもどるまでの間、借りるだけだと言うてな。疑うことを知らぬ娘は、ギターをサントスに貸し与えた。それきりさ」

手がシーツを握り締める。

「警察には届けたんですか」

「すでに遅すぎた。サントスはとうに、カディスを離れたあとだった。それに、わしは反政府運動のシンパと見なされ、目をつけられておったから、警察に届けても無駄だったろう」

ラモスが、サントス探しを公開したくなかったわけが、やっと分かった。かりに、新聞や週刊誌で呼びかけても、サントスがみずから名乗り出ることはあるまいし、かえって身を隠そうとするに違いない。

ラモスはわたしを見た。

「サントスの狙いはあくまでギターにあり、ダイヤモンドが埋め込まれていたとは、思わなかったはずだ。だから、ギターの方はサントスがほしがるなら、くれてやってもよい。しかしあのダイヤは、わしがドン・ルイスから預かった、スペイン人民の財産なんだ。あれを取りもどさぬことには、ドン・ルイスに申し訳が立たん。分かってもらいたい」

「サントスは、それを持って日本へ帰ったんでしょうか。つまりそれだけのダイヤを、税関が見逃しただろうかということですが」

「あんな古ぼけたギターに、本物のダイヤが埋め込まれていると、どこの役人が思うだろうか。ガラス玉としか思わんさ。サントスが、それを日本へ持ち帰ったことは、間違いない。証拠がある」

「証拠ですって」

ラモスは、力強くうなずいた。

「さよう。わしはそれをゆうべ、この耳で確かに聞いた。だから間違いない」

わたしは愕然《がくぜん》として、ラモスを見つめた。

「まさか、あのパコの弾いたギターが、『カディスの赤い星』だというんじゃないでしょうね」

「まさに、そのとおりさ。そうでなくて、わしが発作など起こすわけがあるまい」

わたしは昨夜、パコのステージを見ていない。すわったブースの位置が、悪かったのだ。しかし前に見たとき、パコのギターにはダイヤモンドどころか、ガラス玉さえはめ込まれていなかった。ラモスが、嘘をついているとは思いたくないが、にわかに信じられない気がした。

ただ、ゆうべは初めて聞いたときと比べて、微妙に音の響きが違っているように感じた。それは、確かだった。

わたしは唇をなめた。

「聞き違いということはありませんか」

ラモスは苦笑した。

「いくら年を取っても、師匠の作ったギターの音を聞きそこなうほど、もうろくはしておらんよ。しかもパコが弾いた曲は、サントスが二十年前わしの工房で弾いたのと、まったく同じ曲だった。これはまさしく、神の巡《めぐ》り合わせに違いない」

わたしが絶句したのを見ると、ラモスはたたみかけるように続けた。

「やはりパコは、サントスの息子なんだ。あのギターに、あの曲。何よりの証拠ではないか」

わたしは首筋をこすった。

「最初から、正直に話してほしかったですね。それでどうなった、というわけではないが」

ラモスは、苦しげに顔を歪めた。

「許してくださらんか。同じ日本人のあんたに、サントスの悪事を言いたてることは、できなかった。美談にした方が、探す手伝いをしてもらえると思っただけで、悪気はなかったんだ」

黙ってうなずくほかはなかった。ラモスに、発作を起こさせるほどの幻のギターの存在が、ずしりと肩にのしかかってくる。

ラモスの話を手短に伝えると、新井は混乱と憤慨のあまり赤くなったり、青くなったりした。

「なんてこった。そんな重大なことを、どうして初めに言わなかったんだ。こっちが、善意でサントス探しに手を貸しているのに、まったく裏切られた気持ちだよ。常務になんと報告したらいいんだ」

その表情から、ラモスも新井が怒っていることを察したらしく、さかんに詫びの言葉を連発した。そして、どうかこのままサントス探しを続けてくれるように、と懇願する。

それを伝えると、新井は憮然《ぶぜん》とした顔になり、ぶっきらぼうに言った。

「その判断は、おれの権限外だと言ってやってくれ。常務がなんと言うかで、決まるとな」

新井とは病院の前で別れ、その足で駒込の長洲コーポへ回った。パコ津川をつかまえ、ゆうべどんなギターを弾いていたのか、確かめるつもりだった。

パコの部屋からは、なんの返答もなかった。一時間ほど近所で時間をつぶし、もう一度ドアをノックしてみたが、同じだった。

やむなく、事務所に電話して大倉幸祐を呼び寄せ、見張りを交代した。パコがもどりしだい、事務所に連絡するように命じて、その場を引き上げる。

事務所へもどると、石橋純子が電話番号のメモをよこした。

「大倉さんが出てすぐに、神戸の坂上さんという人から、電話があったんです。もどったら、そこへ電話してほしいって」

「坂上っていうと、サントスのことを教えてくれた、例のギタリストかね」

「そうだと思います。今、東京へ来てるんですって。ギターのコンクールの、審査員をしに。その番号は、会場の控え室の番号らしいんです」

電話すると、三度めのベルで女が出て来た。

「すみませんが、坂上さんはそちらにおられますか」

「申し訳ございません、ただ今審査会場の方で、審査中なんですけれども」

「何時ごろ終わりますか」

「午後七時くらいまで、かかると思います。なんでしたら、休憩時間にご連絡するように、お伝えいたしましょうか」

「そうしていただけると、ありがたいです。わたしは漆田といいます。さきほど、坂上さんからうちの事務所の者が、お電話をいただいたものですから」

電話の向こうで、息を吸う音がした。

「漆田さん、やっぱり。どこかで聞いたことがある声だ、と思ったわ」

そう言われて、わたしも思い当たった。

それは、那智理沙代の声だった。

坂上太郎は、背の低い小太りの男だった。三十代の後半といったところで、丸い昔風の眼鏡をかけ、髪をオールバックにしている。ギタリストというよりも、腕の悪い歯医者のように見えた。

那智理沙代は、帝都テレビで初めて会ったときと同じ、ベージュの麻のサマースーツを身につけ、淡いグリーンのイヤリングをしていた。珍しく、ピン留めで髪を後ろにまとめている。

5

わたしたちは銀座七丁目の、坂上が宿泊しているホテルのバーにいた。審査員の慰労会が終わったあと、理沙代が坂上を連れて来てくれたのだ。

坂上が審査員を務めているのは、全国新人ギタリスト・コンクールという新人のための登竜門《とうりゅうもん》で、ギター教室のオルグで後れをとった太陽楽器が後援する、ほとんど唯一のビッグ・イベントだった。

理沙代は、太陽楽器のPR担当者として、報道関係者の応対のために、会場に詰めていたという。

わたしは坂上に、サントス探しの状況をざっと説明したところだった。なにしろ、サントス探しは実質的に坂上の情報から、スタートしたのだ。

坂上は、わたしが見せた古い写真を見て、感心したように首を振った。

「いやあ、なつかしいなあ。確かに、あの一座の写真や。よくこんな写真、手に入れはりましたなあ」

「その左側の男が、サントスです」

「そうです。頰がそげて、狼みたいな顔してましたわ。まあ、ハングリーな時代やったからね」

坂上は写真を返し、腕組みした。

「いやあ、恐れ入りましたわ。よくここまで、足取りをたどりはりましたなあ」

「それもこれも、坂上さんの貴重な情報のおかげなんです。大倉は、所用で来られませんでしたが、くれぐれもよろしくということでした」

その大倉は、あれからずっと長洲コーポを見張り、今ごろは『コルドバ』へ回っているはずだ。

坂上は、理沙代とわたしを見比べた。

「それにしても、漆田さんのサントス探しは確か、日野楽器にからんだ仕事でしたなあ。それを、太陽楽器の仕事してる那智さんやわたしがお手伝いするなんて、なんか妙な気分やなあ」

理沙代はわざとらしく笑い、適当に話をはぐらかした。大野のことを持ち出すかと思ったが、おくびにも出さない。なかなか、口の堅い女だ。

坂上は、しきりに首を捻《ひね》っていたが、ブランデーを一口なめて言った。

「ところで、サントスを見つける当てはあるんですか」

わたしはうなずいた。

「そのことで実は、お力を借りたいんです。坂上さんに、首実検をしてほしい人物がいるんですよ。さっき話した、スペインという飲んだくれのじいさんなんですがね」

「そのじいさんが、サントスだと言わはるんですか」

「分かりません。パコがサントスの息子だとしたら、スペインがサントスである可能性も、ないとはいえない」

坂上は下唇を突き出した。

「しかしサントスやったら、そないな年になっとらんですわ、まだ」

「とにかく、会うだけ会ってみてくれませんか」

「それはもちろん、かまわんですけど」

そこでわたしは二人に断り、席を立って『コルドバ』へ電話した。

「だめですね。全然姿を見せませんね」

大倉はさすがに、うんざりしたように言った。時間を確かめると、十時三十五分だった。

「よし、今日はもういい。ただし明日の朝、もう一度長洲コーポをのぞいてから、事務所へ来てくれ」

「やれやれ、まったく人使いが荒いんだから」

「給料の安い方が貧乏くじを引く、それが資本主義社会の仕組みさ。もしパコがもどっていたら、すぐに電話するんだぞ」

理沙代が手配したハイヤーで、ホテルを出る。

上野に着いたときは、十一時半を回っていた。ハイヤーを表通りに待たせ、裏通りへ向かう。

『キャリオカ』は、周辺のいわゆるピンク・キャバレーとは違うにしても、女連れで気安くはいれるようなバーではなかった。

扉をあけたとたんに、耳のつぶれるような騒音と、えも言われぬ臭いがどっと襲いかかって来た。その臭いは、スペインのアパートのそれと、よく似ていた。アルコール、たばこ、ほこり、かび。それに、床にひかれた油の臭いが交じる。
次の瞬間、店内の騒音が潮《うしお》のように引き、わたしたちの上に無遠慮な視線が集まった。理沙代が、尻込みする。それを、後ろから押すようにして、中にはいった。

静寂を破って、奥の方から調子外れの軍歌が、聞こえて来る。ピンクのミニドレスを着たホステスが、銀歯を光らせて笑った。

「いらっしゃあい。そちらへどうぞ」

ホステスが指差したのは、入り口から二番めのボックスだった。店はL字形になっていて、思ったより広い。カウンターのほかに、ボックスが六つほどある。客の大部分は、地元の商店のおやじといったタイプで、中には地回り風の人相の悪い男もいた。

いちばん奥のボックスで、軍歌の伴奏をしているのが、スペインだった。相変わらず、黒い帽子に黒い服を着ている。

坂上と理沙代が並んですわり、わたしの横には銀歯のホステスが、へばりついた。ビールを頼むと、ホステスは腕を自由の女神のように上げ、英語で注文を叫んだ。すると間髪を入れず、煙の中からリーゼントのウェイターがにきび面を突き出し、テーブルの上にどかどかとビールを並べた。

「あたしアケミ。ばあっと行こうよ、ばあっとね」

そこでわたしたちは、取るものも取りあえず乾杯した。アケミは、まず自分のグラスに二杯めを注ぎ、それから植木に水をやるような具合に、わたしたちのグラスを満たした。

理沙代はほとんど蒼白な顔をして、グラスをしっかり握り締めていた。坂上も、さすがに毒気を抜かれた体で、何も言わずにあたりの様子をうかがっている。

わたしは、騒音に負けないように怒鳴った。

「あそこでギターを弾いてるのが、スペインなんですがね。目が見えないらしくて、黒眼鏡をかけてます」

坂上は体を乗り出し、煙をすかしてスペインの方を見た。すぐに首を振る。

「ここからじゃ分からんけど、サントスはあんな年寄りやないなあ。それにもっと、背が大きかったんとちゃうかなあ」

わたしは、アケミが三杯めを注ごうとするのを、押しとどめた。

「スペインを呼んで来てくれないかな。きみはあっちで、だれかほかの紳士にごちそうしてもらえばいい」

餞別《せんべつ》に二千円握らせると、アケミは喜んでわたしたちのビールに別れを告げ、スペインを呼びに行った。

五分たって、スペインは奥のボックスから解放され、おぼつかない足取りでわたしたちの席に、やって来た。胸の前で、例のエルマノス・コンデのギターを支え、やや斜めの方向に頭を下げる。

「毎度どうも。四曲千円で、伴奏してもらいます。お好みはなんでしょう。軍歌、民謡、それとも演歌で」

声がくぐもり、ろれつも怪しい。暗い照明の下で、無精髭が針のように光る。

わたしは、アケミがすわっていたシートを叩き、スペインをすわらせた。

「伴奏はいいんだ。ソロを聞かせてほしい。たとえば、そうだな、ソレアなんかを」

スペインは驚いたように、わたしの方に眼鏡を向けた。そっと唇をなめ、おずおずと言う。

「お客さんは、フラメンコがお分かりで」

「まあね。あんたも、スペインと呼ばれるからには、少しは弾けるんだろう」

スペインは、かすかに身震いした。

「だいぶ長いこと弾いておらんので、あまり気が進みませんな。しかしまあ、どうしてもとおっしゃるなら」

「さわりだけでもいいから、弾いてほしいね」

スペインは口をもぐもぐさせ、気乗りのしない様子でギターを取り上げた。

「では一つ、ほんの座興に」

帽子を斜めにかぶり直し、ポケットからセヒージャを取り出す。黒檀でできた、大ぶりのセヒージャで、相当使い込んだものらしいことが分かる。それより何より驚いたのは、木ねじの頭の部分に、何か異様に白く光るものが、埋め込まれていたことだ。

坂上は、食い入るようにスペインの顔をのぞき込み、理沙代は理沙代でじっとセヒージャを、見つめていた。

スペインは、セヒージャをハイポジションにセットし、ギターの胴を右の太股の上に立てて構えた。それはパコと同じ、古い型の構え方だった。

軽く調弦と指慣らしをすると、スペインはおもむろにソレアを弾き始めた。

フラメンコにはさまざまな型があり、ソレアはその中でももっとも古く、もっとも格調高いものの一つだ。ソレアがある限り、フラメンコは滅びないとさえ、いわれている。

しかしスペインの弾くソレアに、その息吹はかけらほどもなかった。ギタリストの老いは、まず右手に現れる。スペインは、たびたび弦を弾きそこない、苦しそうに唸った。アルペジオは、歯の折れたオルゴールのように、ぶつぶつと途切れた。親指の弾弦は力が弱く、騒音に掻き消されて聞き取れない。

スペインの唇は醜《みにく》く歪み、鼻の横に汗がにじみ出た。

それまで、黙って聞いていた坂上が、突然テーブルを鳴らして、前へ乗り出した。

「アントニオ。アントニオやないか」

坂上が叫ぶ。

とたんに、ソレアはぱたりと止まった。スペインは唇をすぼめ、脅《おび》えたようにシートをさすった。

坂上は、すっかり酔いのさめた顔で、わたしを見た。

「漆田さん、この人サントスやないわ、アントニオですわ。一緒に弾いとった、アントニオですわ」

スペインは唇をなめ、しゃがれ声で言った。

「どなたですかな、わしの古い呼び名を知っとるお方は」

坂上は、スペインに目を向けた。

「おたくらが昔、大阪の『アンダルシア』に出とったとき、よう見に行った坂上いうもんや」

スペインは、ぽかんと口をあけた。それからわずかに頬を緩め、上等のコニャックでも味わうように、舌なめずりした。

「あんたの名前は思い出せんが、『アンダルシア』なら覚えてます。古い話やけど」

かすかに、関西訛りが加わる。

「どないしたんや、アントニオ、えらい老け込んでしもうて。まだそんな年やないはずやで」

坂上が言うと、スペイン、いや、アントニオは、ギターの陰に隠れるように、身を縮めた。

「それは言わんでほしいわ。酒や。酒で身を持ち崩したんや。酒はいかんで。五十になるかならん人間を、こんな老いぼれにしちまうんやからね」

坂上は溜め息をついた。

「ほんま驚いたわ。あんたのギターの構え方と、ソレアの一節でやっと思い出したけど、そやなかったら分からんかったとこや」

驚いたのは、わたしも同じだった。少なくとも今のスペインに、写真で見たアントニオの面影は、残っていない。なるほど、アントニオはサントスより年上だが、これほど老け込むとは思ってもみなかった。

わたしはグラスにビールを満たし、アントニオの右手に持たせた。アントニオは口から迎えに行き、一息でそれを飲み干した。

「あんたの目は、いつからだめになったのかね」

わたしが聞くと、アントニオは黒眼鏡に手をやった。

「五年前からですわ。これも酒のせいですよ」

それからグラスを突き出し、催促する。わたしはビールを注いだが、飲もうとする腕を押さえた。

「その前に、聞きたいことがある。サントスが今、どこにいるか知らないか」

サントスの名を聞くと、アントニオの手がびくりと動き、ビールがテーブルにこぼれた。

「サントスのことなんか、わしは知らん。もう二十年も会っとらんし、会いたくもないわ」

もつれた舌に、精一杯の憎しみが込められていた。わたしは手を放し、アントニオがビールをあおるのを見た。

「あんたの本名は佐伯、佐伯浩太郎というんだね」

グラスが宙に止まる。

「どうして、そんなことまで知ってるのかね、お客さん」

「川上という人に聞いたんだ。ポニー楽器の川上、という名前に覚えがないかね」

アントニオは、グラスをテーブルに置いた。手の甲で口を拭い、記憶をたどるように上を向く。

「ポニー楽器。川上。ああ、楽器屋の川上か。覚えとりますよ、彼のことは。よく一緒に、酒を飲んだからね。あの男、どうしてますか」

「元気でいるよ。東京に住んでるんだ。どうかね、彼があんたに会いたがってるんだが」

アントニオは肩をすくめた。

「こんな格好で、会えるもんかね。みじめすぎますわ」

「しかし彼は、あんたにいつかスペイン製のギターをプレゼントすると、約束したそうじゃないか。その約束を、遅ればせながら果たしたい、と言っている」

「そんなこともあったかもしれんが、もう忘れましたよ。今のわしに、そんなギターは必要ないね」

わたしは、アントニオが抱えているギターの胴を、指の関節で軽く叩いた。

「まあ、これだけのギターを持ってるんだから、確かに十分だろう。しかし、エルマノス・コンデもいいけど、サントス・エルナンデスには、とうてい及ばないな」

それを聞くと、アントニオはさっと身を起こして、わたしの方を向いた。黒眼鏡の奥で、見えない目をかっと見開いたようだった。

しかしそれは一瞬のことで、アントニオはすぐに眉を落とし、セヒージャをはずしてポケットにしまった。ふらふら、と立ち上がる。

「これで、失礼さしてもらいますよ。すっかり酔っちまった」

つぶやくように言い、戸口に向かう。扉の横の椅子に、ギターのケースと白い杖が置いてあった。

わたしは坂上に言った。

「申し訳ありませんが、わたしはアントニオともう少し、話をしたいんです。ここで、失礼させていただいていいですか」

坂上はかまわないと答え、サントスが見つかったら知らせてほしい、と付け加えた。

アケミを呼んで、勘定をすませる。二人を促し、アントニオのあとを追って、外へ出た。

坂上と理沙代に、丁重に詫びと礼を言い、その場で別れた。理沙代は、何か言いたそうな顔をしたが、わたしはかまわず背を向けた。

タクシー乗り場で、アントニオに追いついた。そばへ行って、一緒に列に並ぶ。

「さっき、金を払い忘れた」

声をかけると、アントニオは迷惑そうに、間にギター・ケースを立てた。

「あれはサービスしとくよ。それよりあんた、まだわしに用があるのかね」

「もう少し話がしたいんだ。礼はするよ。家まで送らせてくれないか」

アントニオは唇をなめ、杖の先で舗道をとんとんと叩いた。

「勝手にするさ。こっちは、タクシー代が助かるからな」

6

車に乗ったとたんに、アントニオはいびきをかき始めた。

十分後、三ノ輪のアパートに着いたが、なかなか起きない。わたしは、アントニオを車から引きずり下ろし、ギターと一緒にかつぐようにして、あけぼの荘の階段を上らなければならなかった。

例によって、ドアには鍵がかかっていない。明かりをつけると、部屋の様子は四日前にのぞいたときと、寸分の違いもなかった。

靴を脱がせ、畳に運び上げる。アントニオは、どうにか布団の上にすわることができた。流しでコップに水を汲《く》む。アントニオは帽子をはねのけ、喉を鳴らして水を飲み干した。口をぬぐい、大きく息をつく。少し正気を取りもどしたようだった。

わたしは畳にすわった。財布から一万円札を出し、手を取って握らせる。感触で、札の種類が分かったらしく、アントニオはいちだんと正気に近づいたように見えた。

「話ができるかね」

「できるともさ。しかし、あんたはいったいだれなんだ。どうして、サントスを探してるんだ」

わたしは名乗り、あるスペイン人のギター製作家に頼まれて、サントスを探していることを告げた。

アントニオは、白くなった髪を掻きむしった。

「さっきも言ったが、わしはサントスが今どこで何をしてるか、知らないんだ。聞くだけ無駄さ」

それがほんとうかどうか、黒眼鏡の後ろに隠れた目を見たい、と思った。しかし、眼鏡は体の一部にでもなったように、しっかりと顔に張りついたままだった。

「それじゃ、話を少し変えよう。あんたはついこの間まで、サントス・エルナンデスのギターを持っていたね」

ぎくりとしたように、背筋を伸ばす。

「どうして知っとるんだ」

わたしは、それに答えなかった。

「そのサントス・エルナンデスを、今はパコ津川という若いギタリストが、持っている。どういうことなのかね、これは」

パコの名を聞くと、アントニオは唇を震わせて、わたしの膝を摑んだ。

「あんた、パコを知っとるのか。あいつは泥棒だ。わしのギターと、自分のギターをすり替えよったんだ。パコに言ってくれ、あれはわしにとっちゃ、命から二番目に大切なギターなんだ。頼むから返してくれと、そう言ってくれ」

わたしは黒眼鏡を見つめた。

「パコが、ギターをすり替えたって」

「そうとも。ひどいじゃないか、そうは思わんか」

「あんたとパコは、どういう関係なんだ」

「どうもこうもありゃせん。二ヵ月ほど前に、偶然わしが弾いとる店へ来たんだ。『キャリオカ』より、少しばかりましな店だがな。そこであいつは、わしのギターに目をつけたのさ。それ以来というもの、自分のエルマノス・コンデとわしのぼろギターを取り替えないかと、うるさく言い寄ってくるんだ。言うにこと欠いて、ぼろギター、だと。冗談じゃない、わしだって、サントス・エルナンデスの値打ちぐらい、承知しとる。馬鹿にしおって、わしが知らんで弾いとるとでも、思ったのか」

「すると、断ったわけだね」

アントニオの顔が、くしゃくしゃに歪んだ。

「当たり前よ。エルマノス・コンデなんぞという安物と、交換するわけがないだろう。それをあの若造、しつこくつきまとってきて、とうとうわしが酔いつぶれて帰った夜に、すり替えて行きおったんだ。目の見えんおいぼれを相手に、ひどい仕打ちと思わんか、え」

頰に涙が流れた。わたしの膝を、必死に揺さぶる。

「あんたがパコを知ってるなら、あいつに言ってくれ。わしのギターを返せ、とな」

「その前に、はっきりさせておきたいことがある。あんたは、あのサントス・エルナンデスを、どこでどうやって手に入れたんだ」

アントニオはわたしの膝から手を放し、無精髭を乱暴にこすった。

「譲ってもらったのさ」

「だれに」

「だれでもいいじゃないか」

「サントスだろう」

体を震わせ、唇をなめる。

「知ってるなら、聞かんでもいいだろうが」

「あのギターは、サントスにしてみれば、スペインから持ち帰った貴重な宝だったはずだ。それをあんたに譲った、というのかね」

アントニオは顎を突き出し、胸を張った。

「そのとおりさ。正式に譲り受けたんだ」

「いくらで」

「金じゃない。当時にしたって、あのギターは五十万を下らなかっただろう。サントスは最初、百万とぬかしたぐらいさ。どっちにしたって、そんな金があるわけがない。今もないけどな」

そう言って、卑《いや》しく笑う。

わたしは、そっと息をついた。少なくとも二人は、『カディスの赤い星』に埋め込まれた光る石が、ダイヤモンドであることに気がつかなかったようだ。

あらためて聞く。

「金でなければ、何で払ったんだ」

アントニオは、どたりと布団の上に寝転がった。

「大きなお世話だよ。聞きたきゃ、サントスに聞きな」

「居場所を教えてくれたらね」

それに答えず、アントニオは握り締めた一万円札を、枕元へ投げ出した。あくびまじりに言う。

「あんたさっき、スペイン人のギター製作家に頼まれた、と言ったね」

「そうだ。ホセ・ラモスといって、サントス・エルナンデスの直弟子、と称している老人でね。サントスは二十年前、ラモスの工房からあのギターを、無断で持ち出した。ラモスは今、仕事で来日しているんだが、サントスを探し出してそのギターを取りもどしたい、というわけさ」

歯の抜けた口をあけ、声を出さずに笑う。

「そうか、無断で持って来ちまったのか、サントスは。だろうな。わしも、おかしいと思ったんだ。当時スペインでも、サントス・エルナンデスは高かったはずだし、おいそれと買えるわけがないからな」

「どうだろう、もしパコからそれを取りもどしたら、ラモスに返してやる気はないかね。その代わりと言ってはなんだが、ラモスのギターを一本進呈するよう、取り計らうつもりだが」

アントニオは唇をなめ、咳払いした。

「確かにあれが、その盗まれたギターだという証拠があるんなら、考えてもいいがね」

「さっき、あんたが使ったセヒージャには、ガラス玉がはめ込んであったね。問題のサントス・エルナンデスには、あれと組みになったガラス玉が七つ、埋め込んであったそうだ。糸巻の先端に六つと、糸蔵の天辺に赤いのが一つ。違うかね」

渋しぶうなずく。

「どうやら、同じギターらしいな。パコのやつ、ギターをすり替えただけで、セヒージャを忘れて行きおったんだ。よほど、あわてていたんだろう」

四日前の夜、わたしに見られているのにも気づかず、パコはこの部屋からあわただしく、逃げ出して行った。ギタリストにとって、最高といってもよい宝を手に入れ、気が動転していたに違いない。セヒージャを忘れたのは、無理もないことだった。

わたしにも、ギターの価値は分かる。だから、パコのサントス・エルナンデスに対する執念も、理解できなくはなかった。もっと言えば、ラモスの工房からそれを持ち出した、サントスの気持ちさえ理解することができた。サントスの呼び名も、その名工の名前から取ったに、違いないのだ。

それにしても、もしあのギターの実際の価値を知ったら、パコはどうするだろうか。それを思うと、冷や汗が出た。

いつの間にかアントニオが、軽いいびきをかき始めている。

わたしは体を揺すった。

「くどいようだが、サントスの居所について、心当たりはないかね」

アントニオは、いびきを止めた。うるさそうに手を振り、もつれた舌で言う。

「ないと言ったろ。意見が合わなくて、わしの方から一座を飛び出したんだ。サントスが、どこでのたれ死にしようが、知ったことか」

わたしはさらに、妻のマリアや子供のことを聞こうかと思ったが、考え直した。この様子では、妻子に去られたことは明らかだ。アントニオに言わせれば、それもすべて酒のせいということになるだろう。

やがて、またいびきが始まる。

「ポニー楽器の、川上氏のことはどうなんだ。会う気があるのか、ないのか」

アントニオは、口をむにゃむにゃと動かした。ごめんだね、と言ったように聞こえた。

「パコが、サントスの息子だとしたら、どうする」

最後にそう言ってみたが、もう反応はなかった。規則正しく、胸が上下し始める。

アントニオを布団の中に押し込み、枕元の一万円札を帽子に投げ入れた。ポケットにあるはずのセヒージャに、もう少しで手が伸びそうになる。しかし、酔いつぶれた盲目の男からものを取るのは、さすがに気が引けた。迷ったあげく、やめにした。

それは、いつでもできることだ。

明かりを消し、部屋を出た。音を立てないように階段を下り、路地を表通りへ向かう。

路地を出たとたん、すぐ右手に停まっていた、車のドアが開いた。心臓が、反射的に冷たく引き締まる。

車内灯の下で、人影が動いた。

那智理沙代だった。

「乗りませんか」

　乗りませんか、もないものだ。そばへ行くと、理沙代はシートをすさって、わたしを乗せた。ホテルで手配した、ハイヤーだった。

「よく分かったね、ここが」

「だって、ここしかないでしょう」

車が走り出すと、理沙代は運転手に、四谷へ回るように言った。

「坂上さんはどうしたんだ」

「ホテルまでお送りしました。心配なさらないで」

「心配なんかしてない。きみのお客さんだからね」

理沙代は黙って、わたしの膝を軽く叩いた。それから、そんなことをした自分に驚いたように、わざとらしくすわり直した。

やがて理沙代は言った。

「それにしても、偶然ですね。坂上さんが、最初にサントスの情報を提供した人だった、なんて」

理沙代に、サントス探しの話をしたとき、坂上の名前は出していなかったのだ。

「うちの若いのが神戸で彼に会ったとき、九月の今ごろ上京すると言っていたらしい。まさか、太陽楽器のギター・コンクールの仕事とは、思わなかった」

「サント ス探しが解決したら、報告してあげてくださいね。車の中で、いろいろ聞かれたの」

「どんなことを」

「ポニー楽器の川上ってだれかとか、どうしてアントニオの本名が分かったのか、とか。何も知らない、と答えておきましたけど」

「それでいい。話がややこしくなるからね」

しばらく沈黙が続いたあと、理沙代が言った。

「何か分かりました、スペインと話して」

「いや。サントスのことは、ほんとに知らないようだ」

理沙代は溜め息をついた。

「でも驚いたわ、あの人がアントニオだったなんて。あまりあっけなくて、ぴんと来ないくらい」

「そうだね」

疑わしげに、わたしを見る。

「あなたは、驚かなかったみたい」

「そんなことはないが、ある程度予想していたからね」

理沙代はうなずき、窓の外に目をやった。まとめ上げた髪の下に、首筋が白く浮かんでいた。

わたしは、手の汗をズボンにこすりつけた。

理沙代が、急に向き直る。

「アントニオは、どうしてあんな生活をしてるのかしら。あれを売ればいいのに」

わたしは、ズボンの膝をつまみ上げるふりをした。

「売るって、あのギターをかね」

「いいえ、ダイヤモンドを」

わざとゆっくり、理沙代を見る。また、手に汗が浮き出すのが分かった。

「ダイヤモンドだって」

わたしの声は、初めてせりふをもらった、駆け出しの舞台俳優のように、緊張していた。

理沙代は、あっさりうなずいた。

「ええ。あの人が使っていた、カポっていうんですか、音程を上げる器具。あの頭に光っていたのは、間違いなくダイヤモンドだわ」

確信に満ちた口調だった。

「ただのガラス玉じゃないのかね」

「とんでもない、本物のダイヤモンドよ。それも、飛び切り上等の石だわ。できれば午前十一時に、北側の窓からはいる光で、調べてみたいくらい」

「どういう意味だ」

「それがダイヤを見分ける、理想的な明るさなの」

前に理沙代は、ダイヤモンドの鑑定が特技だと言った。それはまんざら、冗談でもなかったらしい。

「しかし、あんな場所でよく分かるね」

「光り方で分かるの。ガラス玉ならもちろん、ダイヤとよく似たジルコンでも、あんな風には光らないわ」

たばこに火をつける。

「もしきみの言うとおりなら、すでにアントニオは一財産持っているわけだ。何もポニー楽器の川上氏から、ギターをプレゼントしてもらう必要は、ないことになる」

「そうですね。でも、あれがダイヤだということに、アントニオが気づいていないとしたら、話は別だわ」

わたしは黙っていた。

しばらく間をおいて、理沙代を見る。

「どちらにしても、ぼくはアントニオを見つけた。このことは、きみの口から大野氏に、伝えておいてほしい。約束だからね」

「分かりました。でもあの人、あまり会いたくないみたいだった」

「無理もないさ。だれだって、落ちぶれた姿は見られたくない。それにアントニオは、すでにスペイン製のちゃんとしたギターを、持ってるからね。もう一本もらっても、しかたがないだろう。一度に二つ、弾けるわけじゃなし」

理沙代は口をつぐんだ。それは大野自身が決めることだ、と横顔が語っていた。

わたしは腕を伸ばし、理沙代の太股に手を載せた。体を固くするのが、筋肉の動きで分かる。

理沙代はわたしの手首を摑み、ぐいと押しのけた。運転手を気にしながら、咎《とが》めるようにわたしを睨む。

手と手でせめぎ合っているうちに、車は四谷まで来てしまった。

理沙代はわざと大きな声で、運転手にビラ・コンチネンタルの場所を、説明した。

その間にも、わたしの手首をしっかり押さえて、かたくなにガードし続ける。

車が停まった。

わたしは手を引っ込め、捨てぜりふを吐いた。

「それで思い出したけど、闘牛の肉は食用にはならないそうだ。闘牛士と、死に物狂いでやりあうので、肉が固くなるらしい」

すかさず理沙代は応じた。

「でも本物の闘牛士は、牛を苦しませずに殺すんですって」

車を下りるとき、理沙代の目に涙がたまっているのを見て、わたしは車の下に潜《もぐ》り込みたくなった。

7

「パコはゆうべ、帰らなかったようですね。いくらドアを叩いても、返事がありませんでした」

そう言って、大倉幸祐は口をへの字に結んだ。

大倉は出勤の途上、長洲コーポをのぞいてから、事務所へ出て来たのだ。ラモスが『コルドバ』で倒れてから、パコ津川の姿はぷっつりと消えてしまった。いったい、どこへ潜ってしまったのだろうか。

わたしは大倉に、昨夜坂上のおかげでスペインの正体が判明したいきさつを、手短に話した。ラモスのサントス探しの目的が、実は大切なギターを取りもどすためであることは、昨日長洲コーポの見張りを交代した段階で、すでに伝えてある。

聞き終わると、大倉はしきりに首を捻った。

「なんだか、話がややこしくなってきたなあ。もう、ぼくたちの手に負えないんじゃないですか。パコが実際、スペインのじいさんのギターをすり替えたとしたら、これはもう警察の出番ですよ」

「それは最後の手段として、取っておきたい。なんとかおれたちの手で、パコをつかまえるんだ」

しかしその日は、来週早々提出する新しい得意先の、PR活動計画書をまとめるため、大倉もわたしも事務所から一歩も出られなかった。

午後から、石橋純子に長洲コーポの様子を見に行かせたが、やはりパコはもどっていなかった。

計画書を書き上げたあと、大倉は、翌日の土曜日を休ませてほしい、と申し出た。

高校時代の友人に、月曜の敬老の日にかけて三日間、外房《そとぼう》の御宿《おんじゆく》へ行こうと誘われた、というのだ。

ここのところだいぶこき使ったので、土曜休暇を認めた。ついでに、純子にも休みを与えた。


その夜『コルドバ』に電話した。

マネージャーは、もしパコが長洲コーポにいないとすれば、どこにいるか見当がつかない、と言った。

「パコは、自分のことを話しませんからね。友だちがいるという話も、聞いたことがありません。そのうちまた、ここへふらっと現れるんじゃないでしょうか」

「パコが来るか連絡がつくかしたら、ぼくに電話をくれるように、伝えてくれないか。パコは今、ちょっとしたトラブルに巻き込まれてるんだ。手を貸してやれるのは、あんたかぼくしかいない。よろしく頼むよ」

「トラブルと言いますと」

「人のギターを、無断で持ち出したんだ」

少しの間、沈黙が流れる。

「パコが、人のものに手をつけた、とおっしゃるんですか」

「そういうことになるね」

「警察がからんでるんでしょうか」

「いや、まだからんでない。警察沙汰にしたくないんだ。だから、力を貸してほしい」

マネージャーに頼み込んで、ようやく伝言すると約束させた。

そのあと、今度は港西病院にかけた。ホセ・ラモスの病室の階にある、看護婦の詰所につないでもらう。

二分ほど待たされたが、ラモスは元気に電話口へ出て来た。二日間の検査で、無理さえしなければ心配することはない、と言われたそうだ。明日の朝退院して、ホテル・ジャパンへもどるという。

前夜のいきさつを、かいつまんで報告する。

スペインの正体がアントニオだったこと、そのアントニオからパコが、サントス・エルナンデスを巻き上げたことを知ると、ラモスは心配そうに言った。

「あのダイヤモンドは、無事だろうか」

「少なくとも、だれもあれが本物のダイヤとは、思ってないようです。アントニオは、パコからギターを取りもどすことができたら、あなたに返してもいいと言っています。あなたの作品と交換で」

「それはお安いご用さ。しかし、肝心のパコの行方が分からんのでは、どうしようもないな」

「なんとかなりますよ。最後の手段として、警察の力を借りるという手も、ありますからね」

ラモスは警察と聞くと、声を曇らせた。

「警察に、なんと言って説明するんだね」

「何も説明する必要はありません。アントニオに盗難届けを出させて、パコを手配してもらうだけです。ギターがもどった時点で、アントニオからあなたに返還してもらえばいい」

「おとなしく、返してくれるだろうか」

それはなんとも言えないが、最善を尽くすと約束して、電話を切った。

無駄とは思ったが、もう一度長洲コーポへ行ってみることにした。まだパコがもどっていなければ、その足でアントニオをつかまえに行き、盗難届けを出すように説得してもいい。

レンタカーはすでに返してしまったので、タクシーを拾おうと四ツ谷駅の方へ歩き出した。そのとき、マンションの横手の暗がりから、男が二人出て来た。背後に、車が停まっているのが見える。

二人は、わたしに身構えるすきも与えず、素早く両脇から腕を押さえた。

「漆田さんですね」

右側の男が、かすかに東北訛りの残る口調で言った。

「そうじゃない、と言ったら」

「無駄だよ。こっちは、あんたの顔を知ってるんだ」

左側の、太った男が言った。脇腹に突きつけられた固いものが、わたしに警告を発していた。それは、ただの万年筆かもしれなかったが、動くことができなかった。

右側の男が言う。

「おとなしく、車に乗ってもらおう。フローラ・ラモスのことで、話がある」

フローラの名前が出たので、おとなしく指示に従う気になったと言えば、弁解になるだろうか。とにかくわたしは、抵抗一つせずに車に乗った。その二人は、あたりに人がいようがいまいが、平気でわたしを叩き殺しそうな、いやな雰囲気を漂わせていたのだ。

運転席に、もう一人男が乗っていて、すぐに車を発進させた。わたしは二人に挟まれて、後部シートの中央にすわった。

太った男が拳銃を見せ、頭を膝の間に突っ込むように言った。言われたとおりにする。屈辱的な姿勢には違いないが、自分の股《また》ぐらだったことが、せめてもの救いだ。カー・ステレオがかけられ、車内に耳のつぶれそうなロックが流れる。視覚と聴覚を遮断することで、行く先の見当をつけさせないつもりらしい。

男たちは、口をきかなかった。彼らの正体について、心当たりがないでもなかったが、それを認めるのは気が重かった。もし想像が当たっていれば、わたしは三日後くらいに郊外の雑木林の中で、逆さに吊《つる》されて死んでいるのを、発見される可能性がある。

およそ一時間ほど走り、背中がぱんぱんに張るころ、ようやく車が停まった。こっそり腕時計を見ると、九時十五分だった。太った男が、わたしの目に睡眠カバーのようなものを、かぶせた。

外に引き出される。目は見えないが、足は柔らかい土を踏み、鼻は草の匂いを嗅ぎ、耳は遠い電車の音を聞いた。まっすぐ立てず、前かがみのまま息をつく。

ようやく腰を伸ばしたところで、後ろから押されて歩き出す。空気は冷たく、澄んでいた。ときどき、体に木の小枝が当たる。

三十秒ほど歩かされたあと、引き戸のあく音がして、中へ押し込まれた。靴の底にコンクリートの感触があり、かびとほこりの臭いがむっと鼻をつく。ものがどけられ、何かが開く音。

「下りの階段だ」

太った男が言う。

足探りに、階段を十九段下りる。それから、土と腐った木の臭いのする通路を、二十一歩歩く。土は湿っていて、靴が少しめり込んだ。

鉄がきしみ、扉が開く。部屋にはいる気配。

目隠しを取られると、そこは十畳くらいのコンクリートの部屋だった。低い天井にコードが這《は》い、裸電球がぶら下がっている。部屋の中央に、折り畳み式のデコラのテーブルと、椅子が三脚。出入り口は一つで、奥の壁の上部に網を張った、小さな換気口がついている。

態度物腰からして、東北訛りの男がリーダーらしい。三十がらみで、左の眉の上に傷があり、小さな目と大きな鼻の持ち主だ。濃い茶の上下を着ており、ビジネス街で見かければ実直な小役人、といったタイプだった。

二人めの太った男は、成績が悪くて卒業できない、万年大学生のように見えた。ズックの靴に、ジーンズのオーバーオールを着て、豚のように落ち着きがない。

三人めは、頭の天辺にもやもやと一摑みの髪を残しただけの、猿によく似た男だった。年齢は不明。車のキーを投げ上げては、気取ったしぐさですくい取る。ジョージ・ラフトが、頭を抱えたくなるようなちんぴらだ。しかしその男の拳は、空手でもやっているのか、さざえのように凝《こ》り固まっていた。

傷の男はテーブルにつき、わたしを向かいにすわらせた。コンクリートの床は、乾いた土で茶色に汚れている。

豚のような男と猿のような男は、テーブルの両端に立ちはだかり、無遠慮にわたしを見下ろした。

わたしは肩を揺すり、強がりを言った。

「話があるなら、早くすませてもらおうか。楽しかるべき週末を、こんなことでつぶしたくないからね」

「生意気言うんじゃねえ、この犬が」

豚のような男が、いきなりテーブルを叩いた。それが、こけおどしにすぎないことは、男のぶくぶくした手を見れば分かった。

「ぼくが犬だと言うのかね、豚君」

次の瞬間、部屋が爆発したような衝撃を受けて、わたしは椅子ごとどこかへ吹き飛ばされた。

口に土の味がする。あまり長い時間ではないが、意識を失ったようだ。コンクリートの床に、頬ずりしていることに気づく。後頭部が、溶けた鉄をかけられたように、熱くうずいている。

四つん這いになり、頭を振る。猿のような男が、倒れた椅子を起こすのが見えた。わたしは苦労して、その上に這い上がった。部屋が暗くなったり、明るくなったりする。それは、断続的な頭痛のリズムと、一致していた。

猿のような男は、わたしの顎をもぎ取ろうとするように、ぐいと手をかけた。

「どうしたんだ。ちょっと、首筋のほこりを払ってやっただけなのによ」

顎をどける。男は、歯をむき出して笑った。猿より汚い歯をしていた。

傷の男が言った。

「あんたが犬でないなら、われわれの質問に答えられるはずだ」

「礼儀正しい聞き方なら、答えてもいい」

ポケットから、たばこを出す。手が震え、ちゃんと口にくわえるまでに、一分ほどかかった。不思議なことに、だれもたばこを取り上げようとしない。ライターで火をつけ、煙を吸う。目が回りそうになった。

「清水谷公園で、フローラと一緒に、革青民の犬どもに襲われたのは、あんただだな」

もう一服する。

「その口ぶりからすると、あんたたちは日本列島解放戦線の闘士だね」

傷の男は、否定も肯定もしなかった。冷たい口調で言う。

「質問に答えろ」

「そうだとしたら、どうだと言うんだ」

「われわれの調査によると、革青民の腰抜けどもはゲバルトの目的も果たさず、みじめに逃走したというが、それは事実かね」

「そのとおりだ」

小さな目が光る。決して人を信じない目だ。

「いくら連中が腰抜けでも、あんたたちが全員無傷だったというのは、腑におちないな」

「こっちの方が強かっただけさ」

「そうかな。無事だったのは、あんたが仕組んだ狂言だったからじゃないのか」

わたしは、相手の顔を見直した。

「狂言。どうして、そんなことをする必要があるんだ」

「ほとんど同じ時間に、われわれの本拠も連中に襲撃されてるんだ。疑いをそらすために、あんたが同時に自分自身を襲わせた、と考えることもできる」

「考えすぎだね、それは」

「あんたじゃなければ、いったいだれがやつらの手引きをしたんだ」

「それは、こっちが聞きたいくらいだよ。情報網は、あんたたちの方がしっかりしてるんだから。床に灰を落としても、かまわんだろうね」

傷の男は苦笑して、自分もたばこに火をつけた。

「フローラから、何を聞いた」

「何も聞いてない。彼女が、あんたたちと接触したことは知ってるが、聞き出す前にスペインへ帰ってしまったからね」

「嘘じゃないだろうな」

「嘘じゃないさ。それよりフローラは、あんたたちに何の用があったんだ。何を頼みに来たんだ」

豚のような男が、左足から右足へ重心を移す。猿のような男は、そっと右手の拳を左手で包んだ。

傷の男は、たばこを挟んだ指の先で、眉の上の傷痕をなぞった。

「市谷の近くで、われわれを尾行しようとしたのは、あんたか」

「まあ、そうだ」

「なぜ、われわれをつけようとした。あんたは、ただのけちなPRマンだろう。それとも、革青民のメンバーなのか」

「とんでもない。おっしゃるとおり、ただのけちなPRマンさ。フローラのあとを追い回したのは、彼女の祖父のラモスから、孫娘が戦争ごっこなんかに首を突っ込まないように、見張ってくれと頼まれたからだ」

男はたばこを捨て、靴で踏みにじった。

「なぜ革青民の犬どもは、われわれやフローラを襲ったんだ。だれがやつらに、入れ知恵したんだ」

「革青民の連中を痛めつけて、聞いてみたらどうだ。善良な市民を、こんな目にあわせるかわりに」

「生意気言うんじゃねえ、この犬が」

豚のような男が、また同じことを言い、わたしの口からたばこを叩き落とした。

わたしは、口からたばこを叩き落とされるのが、嫌いだった。そこで立ち上がって、豚のあばらのあたりを、思い切り殴りつけた。拳が厚い肉に吸い込まれ、ほとんど手応えがなかった。

豚男は豚のように笑い、わたしを摑んで壁に投げつけた。猿男が加勢して、たちまちコンクリートの床に、叩き伏せられる。二人は顔以外の全身に、あらゆる攻撃を加えてきた。わたしとしては、股間を守るのが精一杯だった。苦痛に息が詰まり、コンクリートに爪を立てる。

しばらくして、やっと攻撃がやんだ。体の上を、ジェットコースターが走り抜けたようだった。指一本動かすことができず、床に這いつくばる。

目の先に、テーブルの足が見えた。わたしの足より、数段しっかりしているようだ。

鉄の扉が開く音が聞こえた。軽い靴音が響く。白いハイヒールをはいた足が、視界にはいった。

「ちょっとやりすぎじゃないの」

つやのある女の声が、頭の上でした。

わたしは床に肘を立て、うつぶせになっていた体を、苦労してあおむけにした。

薄茶のサングラスが、冷たくわたしを見下ろしていた。

槙村真紀子だった。

8

「クリーム色の、麻のパンタロン・スーツに、茶のサマー・ジョーゼットのブラウス。白いショルダー・バッグに、同じ色のパンプス。全日本消費者同盟書記長、槙村真紀子。年の割りに、いい体をしている」

「それがどうしたの」

腰に手を当て、傲然《ごうぜん》とわたしを見下ろす。

それを聞いてわたしは、頭の中で考えたことをそのまま口に出して、しゃべったことに気づいた。

「気にしないでください。判断力と記憶力の、テストをしただけだから」

真紀子は、そばにしゃがみ込んだ。

「どうしたの。少し顔色が悪いみたいよ」

真面目な顔でそう言い、服の汚れを申し訳のように、二度ほど叩く。あまりやさしい口調だったので、わたしはもう少しで膝にすがって、泣き出すところだった。

起き上がろうとしてもがくと、真紀子は立って豚男と猿男に、合図した。二人は、乱暴にわたしを椅子の上に、引きずり上げた。

「すまないね、体制側の犬に、親切にしてくれて」

礼を言い、まっすぐにすわる努力をする。

なぜか、恐怖も怒りもどこかへけし飛び、川柳《せんりゅう》の一つも捻り出したいような、おつな気分になっていた。だれでも、追い詰められた状況でなつかしい顔に出会うと、うきうきするものらしい。

「どう、この人のこと、わたしに任せてみない」

真紀子が言う。わたしは興味のないふりをして、じっとすわっていた。動くと、体のあちこちに痛みが走り、椅子からずり落ちそうになる。

傷の男が、口を開いた。

「しゃべらせる手だてが、あるんですか」

その口調から、真紀子が彼らに一目おかれる存在であることが、察せられた。

「分からないけど、少なくとも痛めつければ痛めつけるほど、貝のように口が堅くなるわね、この人は」

真紀子が、きっぱりと言う。

それを聞いてわたしは、あと少し痛めつけられたら、すぐにも降参したであろう自分を、ひそかに恥じた。

「あなたたち、外へ出て深呼吸でもしてきたら」

畳みかけるように真紀子が促すと、傷の男はあっさりうなずいた。

「十五分だけ外で待とう。それでだめなら、こっちのやり方でやらせてもらいますよ」

そう言い残し、二人のちんぴらを連れて出て行った。

扉がしまるのを待って、真紀子はテーブルを回り、向かいの椅子にすわった。

体のどの部分が痛むか、少しずつ手足を動かして点検する。後頭部、脇腹、特に左の肩甲骨《けんこうこつ》の下が痛い。あの猿男が、とがった靴の先を突っ込んだに違いない。骨に異状がないように祈る。

真紀子は足を組み、面白くなさそうに言った。

「わたしを見ても、あまり驚かないようね」

「ＰＲマンは、人を驚かすのが仕事でね。自分がいちいち驚いていたんじゃ、商売にならない」

「いくじなしのくせに、口だけは達者なんだから」

いくじなしという呼び方は、男にとって女が考える以上に、ぐさりとくる言葉だ。そして、女は平気で男をそのように呼ぶもの、と相場が決まっている。

痛みをこらえ、たばこを出した。くしゃくしゃになった中から、比較的無事なものを選んで、口にくわえる。ライターの火が、なかなかつかない。

「手が震えてるわよ」

真紀子が言った。言われないでも、分かっている。ようやく火をつけ、煙を吐く。頭がくらくらした。

「悪いですか。空手を使う猿に威《おど》かされれば、だれだって怖い。二分たった」

真紀子は、反射的に腕時計を見たが、すぐに目を上げた。

「わたしが、どうしてここにいるのか、興味ないの」

「ありますよ。しかしまるっきり予想外、というわけじゃない。全消同の幹部に、新左翼の支援派がいるという噂は前からあったし、これまでの言動からあなたがその一人であることは、想像がついていた。こんな、極左の仲間だとは、思わなかったけど」

「息子が、日本列島解放戦線の闘士なの」

まるで勤め先でも告げるように、あっさりと言う。

「息子さんというと、西ドイツに留学中の」

「ええ。留学中というのは嘘だけど。あちらの過激派のゲリラ・グループにはいって、けっこう活躍してるみたいよ」

真紀子が、たばこに火をつけるのを見ながら、忙しく頭を働かせる。

「なるほど、やっと分かってきた。あなたが、協賛金と称して企業から巻き上げた金は、一部か全部か知らないが、全消同にははいらずに、日本列島解放戦線やあなたの息子さんの活動資金に、流れていたわけだ」

真紀子はそれに答えず、大胆に煙を吐きかけてきた。

わたしは続けた。

「日野楽器の金もそうだ。あのとき全消同の事務局では、欠陥ギターの訴えはないと言っていた。萬広のＰＲマンが持ち込んで来たネタを、あなた一人で巧みにさばいてしまったわけだ」

また返事をせず、面白そうに聞いている。

「ついでに言えば、日本ギター通信の欠陥カセットも、ぼくに持ち込む前に太陽楽器に直接当たって、門前払いを食わされたものだ。違いますか」

真紀子の頬が、ちょっとこわばった。口元に薄笑いを浮かべる。

「さすがに、情報屋さんねえ。どういうルートで、探り出したの。萬広のお嬢さんから」

「情報源は、明かさないことにしてるんです。それより、もう七分たってしまった。いいんですか」

「それは、あなたしだいよ。わたしは、急ぐ必要ないもの。痛めつけられるのは、わたしじゃなくてあなただわ」

「それはそうだが、ぼくは痛めつけられても、そう簡単には口を割らない男じゃなかったんですか」

真紀子は、髪を後ろにはねのけ、男のように笑った。

「わたしが、本気であんなふうに言った、と思ってるの。もう少しで、口を割りそうだったことは、あなた自身がいちばんよく知ってるはずだわ」

わたしは口をつぐみ、たばこを投げ捨てた。肩の後ろがずきんとして、思わず顔をしかめる。

真紀子は、口調を強めた。

「革青民はだれの指示で、フローラや日本列島解放戦線の本部を、襲撃したの。彼らはどうして、フローラと組織の関係を、探し出すことができたの」

「ぼくが手引きしたわけじゃない」

「だけど、そう疑われてもしかたがない状況よ。フローラに、尾行されてるって警告したそうだけど、それだって素直に信じられないわ」

わたしは、新しいたばこに火をつけた。今度は手が震えずにすんだ。

「尾行されていたのは、ほんとうだ」

「それが革青民の連中だった、と言うの」

「違う」

「じゃあ、だれなの」

「それが知りたいんだったら、取引しましょう」

真紀子は顎を引いた。

「取引って、どんな」

そろそろと、椅子の背もたれに体を預ける。

「尾行者の正体を教える代わりに、フローラがなぜ日本列島解放戦線と接触したか、話してほしい」

真紀子は少しの間考え、それからたばこをテーブルの表面で、もみ消した。軽く肩をすくめる。

「いいわ。どうせあの子は、スペインへ帰ったんだし。フローラはね、スペインのFRAP《フラップ》という過激派の、非公式メンバーなの」

背筋がひやりとする。

FRAP(反ファシスト愛国革命戦線)といえば、目下ETAとともにスペインを代表する、極左のテロリスト・グループだ。噂では、バスク地方の独立を旗印にするETAと、反フランコ体制という共通項を持つことから、しばしば共闘するといわれている。フローラが、ETAに関する新聞記事を切り抜いたのも、それで納得がいった。

「すると、フローラはFRAPの連絡員として、来日したわけですか」

「そういうことになるわね」

「彼女はいったい、日本列島解放戦線に対して、どんなメッセージを持って来たんですか」

そう突っ込むと、真紀子はためらい、サングラスの縁を人差し指で、押し上げた。

「言ってください。ぼくが、警察や革青民の犬でないことは、よく分かっているはずだ。もちろん、資本主義の手先であることは、認めますがね」

真紀子は苦笑した。

「ＦＲＡＰは、日本列島解放戦線に、助力を求めて来たのよ。爆弾闘争の専門家を、スペインへ派遣してほしい、と言ってね」

わたしは、肩をそっと動かした。背中に疼痛《とうつう》が走る。爆弾闘争。フローラの切り抜きが、瞼《まぶた》に浮かぶ。

「なるほど。それで、どうしました」

「幹部会の結論は、ノーだと聞いたわ。今の日本列島解放戦線には、そんな遠くまで助っ人を出す余裕は、ないのよ。組織の評判が、スペインまで届いていたことは、驚きだったけど」

日本の極左組織の大物が、パレスチナ・ゲリラなどに身を投じて、世界のあちこちに跳梁《ちょうりょう》していることは、周知の事実だ。そこに、ＦＲＡＰが目をつけたとしても、不思議はなかった。ただ、爆弾闘争のプロを指定してきたところに、何か不吉なものを感じた。

それに、フローラの要請が拒絶されたというのも、にわかに信じられない。離日直前のフローラの態度には、使命に失敗した挫折感など、みじんもうかがわれなかったからだ。

真紀子は人差し指を立てて、わたしの注意を引いた。

「さあ、今度はあなたの番よ。残り時間も少ないし、急いで告白した方が身のためだわ」

わたしは最後の一服を吸い、たばこを部屋の隅へ弾き飛ばした。

「フローラをつけ回していたのは、興信所の連中です」

真紀子は足を解いた。

「興信所ですって」

「そう。東亜興信所といって、恵比寿の近くにオフィスを構えている」

「その興信所は、だれに雇われたの」

「フランコ総統です」

真紀子は顔を赤くした。

「冗談はやめて」

「冗談ではない。連中を雇った男は、ホアン・ロドリゲスというスペイン人でね。この男は十中八九、フランコ政府の秘密警察の一員だと思う」

真紀子はわたしを見つめ、かすかに喉を動かした。

「そのロドリゲスという男、どこに住んでるの」

「元麻布の近くの、シャトレ・ロワールというマンションです。こんなときのために、しばらく前から日本へ送り込まれていたらしい。フローラの動きは、全部秘密警察に把握《はあく》されていて、来日と同時に本国からロドリゲスに、監視命令が出たんだと思う」

　頰が引き締まった。

「こんな遠くまで、手を回しているというの」

「フローラが、ほんとうにＦＲＡＰのメンバーならね。スペインの秘密警察も、馬鹿ではない」

　さらに表情が険しくなる。

「もしあなたの言うとおりなら、革青民の黒幕はそのロドリゲスかもしれないわね」

「そのとおり。ロドリゲスが革青民に、フローラと日本列島解放戦線の動きを教えて、襲撃させたと見て間違いない。たぶん、金も流れているでしょう。東亜興信所を、連絡係に使ったんじゃないかな」

　真紀子は唇を嚙み、じっと考え込んだ。

　扉のきしむ音がして、三人がもどって来た。わたしは振り向かなかった。

　傷の男が、真紀子のそばに立って、わたしを見る。

「どうです、口を割りましたか」

真紀子は立ち上がった。

「革青民の、後ろ盾《だて》になっている人物が分かったわ」

「だれですか」

「その話は、あとにしましょう。わたしはこれから、この人を送って行くわ」

「そりゃだめだ。まだ、聞き出すことがあるかもしれん」

そう背後で言ったのは、猿男だった。真紀子が、鋭く言い返す。

「この人から聞き出すべきことは、わたしが聞き出したわ。それとも、信用できないって言うの」

猿男は口をつぐんだ。

傷の男が、小さい目をさらに細めた。

「いいでしょう。この男の処置は、あなたに任せる。たとえ、桜田門に駆け込んだところで、どうなるものでもない。あなたの立場が、まずくなるくらいでね。ただし、ここの場所はまだ知られたくない。目隠しして、連れ出してください。念のため、工藤を一緒にやります」

それから小一時間して、真紀子の運転する車は、どこかの街角で停まった。

猿男が、目隠しを取ってくれた。この男にも、本名かどうかは別として、工藤という名前があることが分かった。

街のネオンが、まぶしかった。車は高速道路の脇の、歩道の前に停まっていた。

工藤は、わたしに臭い息を吐きかけた。

「今の仕事を平穏無事に続けたかったら、あまり騒ぎ立てないことだな」

わたしは、工藤を肘で押しのけた。

「この次に会うまでに、こっちも空手の練習をしておくからな」

工藤は、野卑《やひ》な笑い声を立てた。

真紀子がそれをさえぎるように、ぴしゃりと言った。

「早く下りてよ。あとは、わたし一人で送るから」

工藤は笑うのをやめた。

「え。おれが下りるの。こいつを下ろすんじゃないの」

「当然よ。わたしと、ドライブでもするつもりだったの」

真紀子の声は、真冬の洗濯物と同じくらい固く、冷たかった。

「言うことがきついよなあ」

工藤は不満そうに言いながら、それでも渋しぶドアをあけて、車を下りた。わたしはシートをすさり、窓を下ろした。

それを見て、工藤は身をかがめた。

「せいぜい、練習して来るんだぞ。また、かわいがってやるからよ」

「そいつは楽しみだね」

わたしはそう言って、窓越しに工藤の鼻を目がけて、右の拳を叩きつけた。工藤は、悲鳴を上げて、のけぞった。ガードレールに膝の裏をぶつけ、そのままあおむけざまに歩道に倒れ込む。

わたしは、真紀子を促した。

「さあ、行きましょう」

真紀子は笑い出し、タイヤをきしませて車を発進させた。わたしは、シートに横になり、拳をさすった。文句なしの手応えだった。

ギアをトップに入れたあとも、まだ真紀子はくすくす笑っていた。

「そんなにおかしいですか」

「だって、いかにもあなたらしいから。でも、ほんとに空手の練習をしておいた方が、いいかもね。今度会ったら、無事じゃすまないわよ。どうして、あんなことしたの」

「殴りつけるか、警察へ泣き込むか、どちらかだった。警察は、ぼくも苦手でね。今、どのあたりですか」

「渋谷の近くよ。どう、わたしのところで、少し休んで行ったら。シャワーを浴びてお酒を飲めば、ちょっとは人間らしくなるんじゃないの」

わたしは唇をなめた。

「まあ、遠慮しときましょう。今夜は、人間らしくなりたい気分じゃない」

「ずいぶん、慎《つつし》み深いのねえ。それとも、ベッドに引きずり込まれるのが怖いの」

「その両方かな」

真紀子は笑った。

「病院に行った方がいいなら、そう言って」

「いや、だいじょうぶ。手加減するように、あなたが指示してくれたはずだから」

「分かるの」

「だって、現れるタイミングがよすぎた。少しばかり痛めつけ、相手がびびるのを見計らって、助け舟を出す。口を割らせるときの、常套《じょうとう》手段だ。まんまと、それに乗せられましたがね」

ビラ・コンチネンタルの場所を教え、送ってくれるように頼む。

真紀子はたばこに火をつけ、シート越しに差し出した。体を起こし、それをつまみ取る。シートにもたれて吸うと、ニコチンが快く喉を刺激した。唇に、かすかな口紅の味が残る。

「あなたがあれほど、日本列島解放戦線の連中に睨みをきかせているとは、知らなかった。あるいは、息子さんが大物なんですか」

「それと、お金だわね。わたしは、彼らの重要な資金源の一人だから」

「そんなことを、公言していいのかな」

「相手があなたならね。おとなしくしてた方がいい、というのは威しじゃないわ」

「警察へ訴え出ない、という自信があるんですか」

「そりゃそうよ。あなただって、住んでいるマンションが爆発したりしたら、いやでしょ。それに警察へ行ったら、フローラのことも隠しておけないし、ラモスや日野楽器の名前も、出てしまう。とんだパブリシティになるわ」

真紀子の言うとおりだった。あの猿男の鼻を叩きつぶしたことで、満足すべきかもしれない。

話題を変える。

「フローラと、直接会いましたか」

「いいえ。現場には、口も顔も出さないようにしてるの。今夜は例外だけど」

「フローラみたいなかわいい娘に、革命だの爆弾だのという物騒な話は、似つかわしくない。ラモスも、心配している。たった一人の孫ですからね。フローラも、それは承知していたはずだ」

「革命に、肉親の情は関係ないわ。今まで、親に説得されて投降した左翼の闘士が、一人でもいたかしら」

「あなたの場合はどうですか。息子さんとの、親子のきずなを断ち切れるかな」

真紀子はダッシュボードをあけ、何か取り出した。受け取って見ると、それは小さな額に収まった写真だった。真紀子自身と、若い男が並んで写っている。若者は背が高く、真紀子に顔立ちがよく似ていた。

「息子よ。優《ゆう》っていうの。優雅の優」

「槙村優。いい名前だ。過激派らしくて」

真紀子は、その皮肉を無視した。

「きずなは、とっくに断ち切ったわ。残っているのは、もうその写真だけ。親子ではあるけど、それを理由に縛るつもりはないし、縛られもしないわ」

写真を返し、不意をついた。

「フローラの要請を断った、というのは嘘でしょう」

真紀子は、かすかにハンドルを取られた。

「どうしてそう思うの」

「フローラの態度で分かった」

しばらく沈黙が続く。車が四谷に近づいた。

やがて、真紀子は言った。

「あまり、首を突っ込まないで。これ以上深入りすると、わたしもあなたをかばい切れなくなるわ」

フローラは、爆弾の専門家をチャーターすることに、まんまと成功したのだ。

9

翌日は、さすがに体が動かなかった。

医者にかかるほどではないが、心身ともに休養が必要だった。さほど痛めつけられた感じはないのに、てきめんに体の方がまいっていた。やはり、二十代のころとは違う。

事務所の電話を住居に切り替え、ほとんど寝ていた。仕事の電話は、二本だけしかかかって来なかった。考えてみれば、得意先の七割が週休二日制を、取り入れている。わたしの事務所も、そろそろ土曜日を休みにしようか、と思う。

相変わらず残暑がきつく、テレビのニュースはこの日で、真夏日が十八日も続いていることを告げた。

夜になって、少し気力が出てきた。何か、インスタント食品以外のものを腹に入れないと、持ちそうにない。

体をだましながら着替え、電話でタクシーを呼ぶ。

新宿へ出て、サウナにはいった。汗を絞《しぼ》り出したあと、マッサージを頼む。若いマッサージ師は、あざだらけの体を見ても眉一つ動かさず、容赦《ようしゃ》なく自分の仕事をした。

ばらばらになった体を、もとどおりつなぎ合わせてもらうと、次にステーキ屋に飛び込み、レアで五百グラム平らげた。食欲は申し分なかった。

痛みを除けば、体調は八割方、もとにもどった。

猿男と豚男が、顔を無傷で残してくれたのは、ありがたかった。もし、傷だらけの顔で街を歩けば、警官に見咎められる可能性もある。

もっとも、そうなれば彼らにも、火の粉が降りかかる恐れが出てくる。それであえて顔には、手を出さなかったのかもしれない。あるいはこれもまた、槙村真紀子の指示と考えられなくもなかった。

あとから思えば、彼らの狙いはわたしをほどほどに痛めつけ、よけいな行動に出ないように、警告を発することにあったのだ。簡単にわたしを解放したことが、それを物語っている。革青民の黒幕を聞き出すことなど、彼らにとってはおまけのようなものだったに違いない。

十時に新宿から、『コルドバ』へ電話した。

マネージャーの話では、相変わらずパコは姿を見せず、連絡もないという。

十一時に上野へ回り、『キャリオカ』へ行った。

アケミは奇跡的にも、二日前にチップをくれた人のよい男のことを、覚えていた。わたしは、煙の渦巻く中で、アケミにどつかれながら、十二時まで待った。

アントニオは、姿を現さなかった。

どんなに遅くなっても、これまでスペインが店に立ち寄らなかったことは一度もない、とアケミは断言した。病気でもしたのかしら、と眉を曇らせる。

店を出て、タクシーで三ノ輪へ向かった。

アントニオの部屋には、明かりがともっていなかった。

ノックしたが、応答がない。ノブを試すと、案の定鍵はかかっていなかった。中へはいり、壁のスイッチを探る。

意外にも、アントニオは部屋にいた。

例のとおり、布団の上に黒い服のまま、長ながと横たわっている。ギターのケースが畳に置かれ、そばに帽子が転がっているのが見える。

いつもと違うのは、あおむけになったアントニオの胸が、規則正しい上下運動をしていないことだった。それは、ぞっとするほど静かだった。

わたしはしばらく、そこに立ちすくんでいた。それから意を決して靴を脱ぎ、そばへ行った。

黒眼鏡が半分ずり落ち、開いたままの白く濁《にご》った目が、じっと天井を睨んでいる。

いつもの臭いのほかに、かすかな異臭を嗅いだような気がした。吐き気を覚える。鼓動が速くなり、体温が急激に降下するのが分かった。

確かめるまでもなく、アントニオこと佐伯浩太郎は、もはや盗難届けどころか、自分の死亡届けも出せなくなっていた。

指の背でこめかみに触れてみると、冷凍のまぐろよりも冷たく、こわばっている。素人目にも、死後十数時間はたっているように見えた。

体に震えが来る。どこにも血は流れていないし、首にロープが巻きついているわけでもない。それにもかかわらず、アントニオの死には、どこか邪悪なものが感じられた。

おぞましさと戦いながら、指先でポケットの中を改めた。鍵と小銭入れ。擦《す》り切れた財布。一万円札一枚と、千円札二枚。くしゃくしゃのレシート二枚。

中身をもどし、ギターのケースに取りかかる。

エルマノス・コンデのギターに、異状はない。ギターを取り出し、小物入れの中蓋をあける。使い古しの弦が三本と、小型の音叉《おんさ》がはいっているだけだ。

ダイヤモンドが埋め込まれたセヒージャは、どこを探しても見当たらなかった。

一瞬、パコの姿が目に浮かぶ。パコがもし、ギターに埋め込まれたガラス玉を、本物のダイヤモンドと見破ったら、どうなるか。

念のため、手を触れた部分をハンカチでよく拭い、明かりを消して部屋を出た。廊下も階段も、まるでお化け屋敷の仕掛けのように、ぎしぎしと音を立てた。

あけぼの荘を離れたとたん、どっと冷や汗が噴き出してきた。急ぎ足で、昭和通りへ出る。近くで、タクシーを拾うのは、避けた方がいい。

身寄りのない盲目の老人を、この季節に放り出しておくのは、気が咎めた。しかし今は、関わり合いになりたくなかった。

十分ほど歩いて車を拾い、浅草へ出た。

車を捨て、電話ボックスを探す。やはり、放っておくわけにはいかない。

荒川警察署の番号を調べ、あけぼの荘の二階で人が死んでいることを、通報した。相手が何も言わないうちに、電話を切る。

車を拾い直し、マンションへもどった。

墓場から出て来た、ゾンビのような気分だった。

日曜日の朝刊には、盲目の老人の死に関する記事は、出ていなかった。

締め切りに間に合わなかったのか、あるいは記事になるような事件ではなかったのか。まさか警察が、わたしの通報をいたずらだと考えて、放置したということはあるまい。

体はまだだるかったが、打撲傷の方は快方に向かっていた。グラハム・カーが、地中海風メルルーサのムニエルを作るのを見ながら、オーブンでスペイン風オムレツを温《あたた》める。カーは大活躍のあまり、ときどきテレビの画面からはみ出した。

カステルヌオボ・テデスコの、ギター協奏曲を聞いているとき、電話が鳴った。

那智理沙代だった。

「すみません、お休みの日に。ゆうべもかけたんですけど、ずっといらっしゃらなかったので」

どこをうろついていたのかと、咎めるような口調だった。

「それは悪かった。サウナに行っていたんだ」

返事がない。

「もしもし。サウナなんだがね、トルコじゃなくて」

「聞こえました。今日は大野部長の代理で、お電話したんです」

代理というところに、力がこもっている。

「彼は、電話だとしゃべれなくなるタイプなのかね」

理沙代はそれを無視した。

「アントニオが見つかったことを、報告したんです。今は、流しのギタリストに身を落としていることや、あまり昔なじみの人に会いたがっていない、ということも含めて」

アントニオの、白く濁った目が脳裡《のうり》をよぎる。

「なるほど」

「そうしたら、ゆうべ部長が電話してきて、あなたに頼んでほしい、と言うんです」

「何を」

「アントニオがそういう境遇だとすれば、訪ねて行くのは遠慮した方がいいかもしれない。そのかわりに、あなたに新しいギターを届けてもらって、ほかに何か援助が必要なら、詳しく聞いてきてもらえないか、と」

「どうして、自分で電話してこないのかね」

「あなたに直接電話するのは、立場上気が引けたんじゃないかしら。もし引き受けていただけるようなら、あらためてご自分でかけ直す、とおっしゃってました」

理沙代の声は弱まり、困惑した口調になった。

「どちらにしても、その頼みごとは筋違いだね。代理人を使うのがお好きなようだが、ぼくは使い走りをするつもりはない。どうしても恩返しがしたければ、自分ですればいい」

「部長はアントニオと逆に、出世した自分の姿を見せびらかしたくないんだ、と思います」

「だったら、そっとしておくんだね。それがこの際、いちばんいいことだと思うよ」

今のアントニオに必要なのは、ギターではなく墓標だ。

少し間をおいて、理沙代は言った。

「でしたら、そのようにご返事しておきます」

「ぼくは大野部長から写真を借りたが、かわりにアントニオを見つけた。これでお互いに、貸し借りはないはずだ。写真は近いうちに返却する、と言っておいてほしい」

「分かりました」

気まずい沈黙が流れる。

「この間は悪かった。さかりのついた、ふくろうのような真似をして」

「それで夜になると、元気が出るのね」

答える前に、電話の切れる音がした。

わたしは、しばらく電話をもてあそび、それからフックにもどした。

テデスコはすでに終わり、針だけが鳴っていた。

ニーニョ・リカルドのソロをかける。この至高《しこう》のギタリストは、興が乗ると弾きながら、唸る癖がある。レコードには、その唸り声も忠実に録音されていた。

大野顕介は、わたしに断られたと知ったら、自分でアントニオを訪ねるだろうか。

それともまた、理沙代を代理人に立てるだろうか。

理沙代が、アントニオの死体を発見する場面を思い描いて、わたしは冷や汗をかいた。

大野にせよ理沙代にせよ、もし現場で警察関係者とはち合わせをすれば、アントニオとのつながりを聴取されることは、間違いない。

万が一、アントニオの死に不審な点があれば、その糸は最終的にわたしのところまで手繰《たぐ》られ、厳しい追及を受けることになるだろう。そうなると、ホセ・ラモスや日野楽器のことも、明るみに出る。真紀子の言葉ではないが、とんだパブリシティになってしまう。

正直に、アントニオが死んだことを告げ、訪ねるのはやめるように、大野を説得するべきだろうか。しかし、それも危ない橋を渡ることに、変わりはなかった。

夕方になって、テレビのニュースに注意したが、佐伯浩太郎の死は依然として、報道されなかった。

ソファに横になって、うとうとしているうちに、眠り込んでしまったらしい。

電話のベルで起こされた。明かりをつけ、壁の時計を見る。すでに九時半だった。

受話器を取ると、聞き覚えのあるバリトンの声が流れてきた。

『コルドバ』のマネージャーだった。

「実はパコから、電話があったものですから」

眠気が吹っ飛ぶ。

「いつだ」

「つい先ほどです」

「電話するように、言ってくれただろうね」

「言いましたが、お電話はできないだろうと思います」

「どうしてだ」

「電話は、羽田からでした。これからスペインへ行くので、しばらく店を休ませてほしい、と言うんです」

頭を、後ろからどやされたようだった。

「スペインへ行くって。ほんとうか」

「はい。だれにも言わないでほしい、と頼まれたんですが、漆田さんにはお伝えした方がいい、と思いまして」

「確かに、羽田からだったかね」

「だと思います。英語の、搭乗案内のアナウンスが、聞こえましたから」

「ギターのことは、言わなかっただろうね」

「急いでいる様子でしたので、ほかの話はできませんでした。わたしも、確かめたかったんですが」

受話器が、手から滑り落ちそうになる。とにかく礼を言い、電話を切った。

パコ津川がスペインへ行くとは、考えてもいなかった。フローラは、そのことを承知していたのだろうか。あるいはパコが独断で、フローラのあとを追う気になったのだろうか。

どちらにせよそれがほんとうなら、パコは手の届かない所へ行ってしまうことになる。

そしておそらく、『カディスの赤い星』も。

10

翌日は敬老の日で、また休みだった。

第二社会面の片隅に、ベタ記事で小さくアントニオの死が、報じられていた。

『ギタリスト、孤独の死』という見出しで、次のような内容だった。

『十四日午前零時過ぎ、荒川署に男の声で電話がかかり、荒川区東日暮里一丁目のアパートあけぼの荘の二階に変死体がある、と通報してきた。署員が同アパートを調べたところ、二階の自室で、ギタリストの佐伯浩太郎さん（四十九）が死んでいた。死後二十時間以上経過しており、着衣のままで外傷はなかった。行政解剖の結果、死因はアルコール中毒による心臓麻痺、と分かった。調べによると、佐伯さんは目が不自由で身寄りもなく、ギターの流しで生活を立てていたという。酒好きだったことから、飲みすぎによる事故死とみられている』

念のため、四ツ谷駅へ行って新聞を何紙か買い、喫茶店で読み比べてみた。どれも似たような記事で、載っていない新聞もあった。

マンションへもどると、電話が鳴っていた。

大野顕介だった。

「すみません、お休みのところ、急に電話しまして。那智君にかけてもらおうか、と思ったんですが」

「いや、直接かけていただいてよかった。朝刊をごらんになりましたか」

大野が溜め息をつく。

「やはり、そうですか。あの死んだギタリストというのが、アントニオだったんですね」

「そうです。佐伯浩太郎。間違いないでしょう」

もう一度溜め息。

「残念です。せめて一言、礼を言いたかった。会いたくないらしいと聞いて、ちょっとためらったばかりに、一生後悔することになった」

「会わないことが、思いやりだったかもしれません。あなたの気持ちは、わたしがきちんと伝えたつもりです。アントニオも、内心は嬉しかったと思いますよ」

「そう言っていただけると、少しは救われます。とにかく、お焼香だけはして来ます。かりに身寄りがないとしても、都か区で葬式ぐらい出すでしょう」

気が滅入った。

自分の葬式を出したい気分だった。


昼前に、ホテル・ジャパンへ行った。

ホセ・ラモスは、土曜日に退院していた。午前中、日野楽器の新井進一郎から電話があり、見舞いかたがた一緒に食事をしないか、と誘われたのだ。

わたしにも、報告しなければならないことがあり、承知した。体の方は、多少痛みが残るだけで、ほぼ平常どおりに回復している。

新井とは、ロビーで待ち合わせた。新井は、ポロシャツにゴルフズボンという、軽装だった。

ラモスの部屋へ上がる前に、とりあえずティールームで、その後の経過を報告する。

スペインと呼ばれる老人が、実はサントスではなく、アントニオだったこと。そのアントニオが、心臓麻痺で死んだと朝刊に出ていたこと。

名器『カディスの赤い星』は、昔アントニオがサントスから、譲り受けたものらしいこと。それをパコ津川に、自分のギターとすり替えられてしまったこと。

そしてパコは、フローラのあとを追って、昨夜スペインへ発ったこと。おそらく『カディスの赤い星』も、持って行ったに違いないこと。

新井は、げっそりした顔で肩を落とした。

「いったい、どうなってるんだ、この一件は。話が飛躍しすぎて、おれにはとてもついていけないよ。いつの間に、パコとフローラがくっついたんだ」

わたしは、『エル・フラメンコ』以来のいきさつを、話して聞かせた。新井は憮然として、唇をへの字に結んだ。

一息入れて、続ける。

「もう一つ、報告しなければならないことがあります。実は、フローラはスペインのＦＲＡＰという、極左組織の一員なんです。彼女が、ラモス氏について来日したのは、日本列島解放戦線に協力を要請するためでした。フローラは、パコの恋心につけ込んで、彼を解放戦線との連絡係に、使ったんです」

新井は目をむき、体を起こした。

「ちょっと待て。昔見た、活劇映画の話でもしてるのか」

「いや、これは現実の話です。フローラは、爆弾闘争の専門家を調達しに来て、どうやら目的を果たしたらしい。すっきりした顔で、羽田を発ちましたからね」

新井は、わたしの顔を穴のあくほど見つめ、それから額に手を当てて、下を向いた。

「いったいどこから、そんな夢物語を仕入れてきたんだ。サントス探しが、どうして爆弾闘争になっちまうんだ」

「わたしにも、わけが分かりません」

新井は、文字どおり頭を抱え込んだ。

「まったく、なんてこった。事前に分かっていたら、ラモスと契約なんかしなかったんだ。よく調べるべきだったよ」

「それは今さらないでしょう。少なくとも、このこととラモス氏の製作家としての評価とは、なんの関係もないんだから」

新井は顔を上げた。

「今の話、ラモスは承知してるのか」

「まだです。これから、話すつもりですが」

太い眉がぐいと動く。

「退院するのが早すぎたかもしれんぞ、こりゃ」


室内に、重苦しい沈黙が漂った。

やがてラモスは、テーブルの料理を脇へ押しのけ、わたしを食い入るように見た。

「セニョル、わしの一生の願いだ。スペインへ行ってくださらんか。スペインへ行って、フローラを助けてやってもらいたい」

一瞬、耳を疑う。このわたしに、スペインへ行け、と言うのか。

ニトログリセリンの錠剤のおかげで、発作だけは未然に防ぐことができたが、それでもラモスは一時呼吸が速くなり、わたしたちをはらはらさせた。

すべての話を聞き終わり、ようやく顔色のもどった今、ラモスは長椅子から半分体を乗り出し、わたしに必死の目を向けていた。

わたしが答えあぐねているのを見て、気配《けはい》を察した新井が肘をついた。

「おい、なんと言ったんだ」

途方に暮れて、新井を見る。

「わたしに、スペインへ行ってくれ、と言うんです」

新井は、ぽかんと口をあけた。

「な、なんだって。スペインへ行ってくれ、だと。なんのために」

「フローラを助けるために」

ラモスは、ガウンのベルトを握り締めた。

「今の話をもっと早く聞いていたら、わしはフローラを国へ帰しはしなかった。あんたの言うとおり、もしロドリゲスなる男が秘密警察の人間だとすれば、フローラが帰国したことは、もうマドリードへ伝わっておるはずだ。フローラが、ＦＲＡＰに加わって爆弾闘争などやらかせば、今度こそ命が危ない。それならまだしも、日本にいた方が安全だった」

「お気持ちは分かりますが、すべてが明らかになったのは、フローラが発ったあとでした」

「とにかく、フローラを思いとどまらせねばならん。それができるのは、当面あんただけだ。どうかスペインへ飛んで、フローラを説得してください」

わたしは当惑して、テーブルの冷たくなったビーフ・ストロガノフを、フォークでつついた。

ラモスは、なおも畳みかけた。

「それに、パコがフローラと接触すれば、パコも秘密警察に目をつけられよう。万が一、『カディスの赤い星』が彼らの手に落ちて、ダイヤモンドが没収されたらどうなる。スペイン人民の宝が、フランコのものになってしまうんだ。そうなったら、ドン・ルイスに対して、申し訳が立たんではないか」

わたしはフォークを置いた。

「ちょっと待ってください」

しかし、ラモスは耳を貸そうとしなかった。

「もう一つある。フローラとパコのことさ。わしは、二人のことを認めん。わしに隠れて、こそこそ付き合うなど、もってのほかだ。フローラの相手は、わしがスペインで探す。とにかく、パコとの仲は絶対に許さん。それを二人に、分からせてやってほしい」

口の端から泡を吹く。かなり興奮しているようだ。

「スペインへ行って、二人の仲を引き裂いてこい、とおっしゃるんですか」

ラモスは目を伏せた。

「わしは、パコが気に入らん。盲目の老人から、無理やり『カディスの赤い星』を取り上げるなど、やり方が汚い。ちょうどサントスが、わしの娘からそいつを巻き上げたのと、同じような手口だ。それを見ただけでも、パコがサントスの息子であることは間違いない、と思わんか」

わたしは首を振り、新井を見た。

「一つ、フローラを秘密警察の手から守ること。二つ、ギターをパコから取りもどすこと。三つ、フローラとパコの仲を引き裂くこと。これが全部、わたしのスペインにおける仕事だ、と言ってるんです」

新井は、あきれたように眉をしかめ、腕組みした。

「おんぶにだっことは、このことだな。いくらなんでも、虫がよすぎる。この際ラモスに、きみは日野楽器担当のＰＲマンであって、ラモス個人の使い走りじゃないことを、分からせる必要がある」

「まったくです」

うなずきながら、わたしは何か落ち着かぬものを感じた。スペインへ行く、という考えが妙にちらちらして、平静さを失っていた。

「ここは一つ、適当に返事を保留しておいて、あしたにでも善後策を考えようじゃないか。今ここでむげに突っぱねて、また発作でも起こされたら、かなわんからな」

新井はきっぱりと言い、冷えたローストチキンにかぶりついた。


休みが明けた火曜日。

御宿からもどった大倉幸祐も、湘南《しょうなん》へ行ってサーフィンをしてきたという石橋純子も、いい色に焼けていた。

大倉に、留守中の経過を話していると、新井から電話がかかってきた。

「大変なことになったぞ。やはりきみに、スペインへ行ってもらわなきゃならん」

開口一番、そう言った。思わず身が引き締まる。

「河出常務が、そうおっしゃったんですか」

「常務じゃない、日野社長だ。社長から、とにかくラモスの言うことなら何でも聞いてやれと、鶴の一声が下ったんだ。昨日のうちに、ラモスが通訳と連絡を取って、社長に直訴《じきそ》したらしい」

「直訴。それじゃ、常務はご機嫌悪いでしょう」

「それが、そうでもないんだ。常務自身、ラモスには同情的だったし、自分で社長を説得する手間が省けたと、胸をなで下ろしてるよ」

わたしは、受話器を握り締めた。複雑な心境だった。

「少し考えさせてもらえませんか」

「考えることはないだろう、三度の飯より好きな、スペインへ行けるんだから」

「わたしにも、PR事務所の所長としての、立場がありましてね。ご存じとは思いますが、得意先は御社だけではありませんし、養っている所員も少しはいます。そう簡単に、日本を留守にするわけにはいかないんです」

新井は電話の向こうで、鼓膜《こまく》が破れそうな咳払いをした。

「それは何かね、きみのスペイン行きに対して金銭的補償をしろと、遠回しにそう言っとるのかね」

「少なくともそうしていただかないと、事務所の経営が成り立ちません」

「こっちだって、社長の道楽に付き合う気はない。ラモスとの契約を有利に変更して、少しは元を取らせてもらうつもりだ。現にラモスは、契約期間中に組み込まれた帰国休暇を返上して、その経費をきみのスペイン行きに振り替えてほしい、と申し出ている」

「ほんとうですか」

「ああ。もちろん、受け入れたがね。だからうちとしては、この一件をこれまでのサントス探しと同じように、正式にビジネスとして発注するつもりだ。スペインにおける市場調査、という名目でね」

電話を切ると、大倉と純子が申し合せたように椅子を回し、わたしを見た。

「近ぢか業務で、スペインへ行くかもしれない。留守中の仕事については、二人に任せることになる。きみたちを、臨時の所長代理と所長代理補佐に任命するので、よろしくがんばってもらいたい」

そう宣言して書斎へ逃げ込んだが、後ろめたい気持ちはいかんともしがたかった。

11

那智理沙代は硬い表情で、店にはいって来た。

フリルのついた白いブラウスに、少し短めの紺のタイトスカート。この間と同じように、髪を後ろに結《ゆ》い上げている。白っぽいストッキングに包まれた脚が、たとえようもないくらい美しかった。

にこりともせずに、前の席に腰を下ろす。窓の外のネオンが、白い肌に色模様を描いた。黒目がちの瞳が、警戒心を隠さずにわたしを見つめる。

「九月も半ばを過ぎたのに、いいかげん暑いね。三十四・一度もあったらしい」

「そうですか」

理沙代はそっけなく言い、おしぼりを持ってきたウェートレスに、アイスコーヒーを頼んだ。

「昨日マドリードで、五人組のパレスチナ・ゲリラがエジプト大使館を占拠して、第二次シナイ協定の廃棄を、要求したそうだ」

「そうですってね」

「今日の夕刊によると、もう解決したらしいね。大使を人質にして、アルジェへ脱出した、と書いてあった。流血騒ぎにならなかったのは、珍しいんじゃないかな」

「そうね」

理沙代はおしぼりを取り、汚れてもいない手を丹念にふいた。

「今日は天気予報や、ニュース解説をしに来たんじゃないんだ」

「そう」

「そうとかそうね以外に、言うことはないのかね」

返事が来る前に、コーヒーが来た。

理沙代は、シロップを半分だけ入れた。次に、ミルクをしずくまで一滴も残さず、全部注ぎ込む。それが、当面のいちばん重要な仕事であるかのような、真剣な顔つきだった。

「実は、スペインへ行くことになった」

理沙代のまつげが、蝶のようにひらめいた。しかし、なにごともなかったように、ストローの袋を破る。

「いつですか」

「十九日、金曜日の夜。ＪＡＬの北回りで」

「ずいぶん急ですね」

硬い声で言い、コーヒーを飲む。

「パスポートも種痘《しゅとう》も、まだ有効期間内でね。面倒な手続きがいらないんだ」

理沙代は、ちらりと目を上げた。

「ご用というのは、そのことだったんですか」

「そうさ」

「だったら電話のとき、そうおっしゃればよかったのに」

理沙代の口調は、調子のよい電動ドリルのようだった。

「電話ですませてほしかったのか」

理沙代はたじろぎ、目を伏せた。

「だって、お忙しいんでしょ」

わたしはコーヒーを飲み干し、伝票を取り上げた。

「好きな女にさわるのが、そんなに悪いか」

そう怒鳴って、あとも見ずに席を立った。

レジに金を投げ出し、喫茶店を出る。頭がかっと燃えて、耳から火が噴き出しそうだった。

銀座の裏通りを、アスファルトを蹴《け》って歩く。奥歯を噛み締めながら、ひたすら歩く。

ふとそのあたりに、昔よく顔を出したバーがあったことを、思い出す。『クルトン』というバーだが、あのママはなんという名前だったか。二日酔いのプードルのような女で、わたしとならいつでも寝る、と言っていた。

看板を探しながら歩いていたので、ぶつかるまで気がつかなかった。

「この野郎、どこ見て歩いてやがるんだ」

罵声《ばせい》を浴びて見返すと、白い背広に黒のシャツ、パンチパーマにサングラスという、絵にかいたようなちんぴらが、目の前に立ちふさがっていた。

「そっぽを向いて、歩いていたのさ。あんたは、どっちを向いて歩いてたんだ」

ちんぴらは、肩をそびやかした。

「ちゃんと、前向いて歩いてたに決まってるだろうが、このとうへんぼく」

このちんぴらに、唐変木という字が書けるかどうか、大いに疑問だったが、それはこの際不問に付すことにした。

「おれは、そっぽを向いてたんだから、ぶつかるのはしょうがないさ。そっちこそ、まっすぐ向いて歩きながらぶつかるとは、どういう了見だ」

ちんぴらはぐっと詰まり、そわそわと肩を揺すった。わたしは、めったにないほど機嫌が悪く、それが相手に不吉な予感を与えたらしい。

「今度から気をつけろい」

ちんぴらは捨てぜりふを吐き、わたしの肩を突きのけるようにして、歩き出した。

わたしは腹の虫が収まらず、殴りつけてやろうと思って、体を回した。

その腕を、理沙代が押さえた。

「やめて。お願い」

顔から、血の気が引いていた。

わたしは、腕を振り放そうとした。理沙代は振り回されながらも、手を放さなかった。

「分かったよ。だから、放してくれ」

「いや」

わたしは歩き出した。理沙代は、腕にぶら下がったまま、ついて来た。

「もう少し、ゆっくり歩いて。競歩《きょうほ》の練習をしてるんじゃなかったら」

「あんなに、つんけんすることはないだろう」

「ごめんなさい」

「それだったら、電話したとき断ればよかったんだ」

「ごめんなさいって言ったわ」

わたしは歩調を緩めた。見覚えのある横町が、目にはいる。その中ほどに、うまいおでん屋があったのを、思い出した。

店は相変わらず立て込んでいて、カウンターに並んですわるのが、やっとだった。

理沙代は、あまりの狭さと汚さに、最初のうち腰が落ち着かないようだった。

しかし食べ始めると、すぐに目の色が変わった。

「おでんがこんなにおいしいなんて、考えてもみなかったわ」

理沙代はそう言い切り、特製のつみれをさらに二人前、追加した。

つゆの染み込んだはんぺんを食べているうちに、わたしは『クルトン』のママの名前を、思い出した。ツユ子という名前だった。

「何がおかしいの」

「なんでもない。きみが止めなかったら、あのちんぴらの足をズボンごと、駒結びにしていたんじゃないかと、そう思ったんだ」

クーラーが備えつけてあるような、気のきいた店ではないので、わたしたちはすぐに汗みどろになった。

外へ出ると、夜風が快かった。二人でお銚子を四本あけたが、理沙代もそのうち一本ぐらいは飲んだ。色白のせいで、すぐに顔に出る。

「恥ずかしいわ。ね、もう真っ赤でしょ」

「まあ、金時《きんとき》の火事見舞いってとこだね」

新宿へ回り、末広亭の近くの、小さなバーにはいった。

理沙代がカウンターをいやがったので、二つしかないボックスの一つにすわった。そのバーは、ごくありふれたサラリーマンが、仕事のうさを晴らしに来るだけの、いたって無邪気な店だった。

カウンターの中に、馬場のぼるによく似たマスターがいて、水割りのセットを差し出した。ボックスの客は、全部自分でやらなければならないのだ。

水割りを、二人分作る。理沙代はそれを一息に、半分以上飲んでしまった。

「無理に飲まなくてもいいんだ。強くもないくせに」

「今夜は車じゃないから、だいじょうぶ」

「せめて、もう少しゆっくり飲むんだね」

「わたしにかまわずに、どんどん飲んだら。男の人は、小さなことに気を使わないの」

「しかし、きみが酔いつぶれたら困る」

理沙代は急にしんとして、うつむいてしまった。

「いつまで行ってらっしゃるの、スペインに」

「分からない。一週間か、一月か。まあ、一年ということは、ないだろうが」

理沙代は水割りの残りを、また一息で飲み干した。

「それも、サントス探しのうちですか」

たばこに火をつける。

「広い意味では、そうだ」

「狭い意味では」

わたしは、たばこを二口吸う間考えた。

「サントスは二十年前、ラモスの工房から高価なギターを、無断で持ち出した。サントス・エルナンデス、という名工が作った、大変な名器でね。ラモスが、サントスを探すほんとうの理由は、それを取りもどすためなんだ」

理沙代は驚き、上体をしゃんとさせた。

「ほんとに。美談じゃなかったの」

「ラモスに、一杯食わされたんだ」

「だけど、それとあなたのスペイン行きと、どんな関係があるの」

「そのギターというのが、いつの間にかサントスからアントニオのものになり、さらに今は例のパコという、若いギタリストの手に渡っている。パコはそのギターと一緒に、おとといの夜スペインへ飛んだんだ」

「それを、取り返しに行くわけ」

「そうだ」

理沙代は、自分で水割りを作った。わたしが適量と考えるよりも、濃い水割りだった。

「アントニオが死んだのは、そのことと関係があるんですか」

「直接は関係ないと思う。知ってたのか、アントニオが死んだことを」

「ええ。大野部長に聞いたわ。新聞にも出ていたし」

たばこをもみ消す。

「この間は言いそびれたが、フローラは先週帰国したんだ。パコは、そのフローラを追って行ったわけだ」

「二人は愛し合っているの」

理沙代はその言葉を、上質のブランデーの封を切るような感じで言った。

「パコの方が、夢中らしいがね」

理沙代は、喉を鳴らして水割りを飲んだ。白い喉が、そそるように躍動した。

グラスを置いて言う。

「わたしには、あなたがどうしてもスペインへ行かなければならない理由がある、とは思えないわ」

「得意先の依頼を、断ることはできない」

理沙代は、寂しそうな笑いを浮かべた。

「あなたは、スペインに取りつかれているのね。スペインへ行くのに、理由なんか必要ないんだわ」

痛いところをつかれた。わたしは黙っていた。理沙代も口をつぐんだ。

たばこをくわえようとすると、理沙代の手がそれを奪い取った。

「吸いすぎよ。体に悪いわ」

「きみも飲みすぎだ」

理沙代はたばこを折り、灰皿に投げ込んだ。それから、わたしをじっと睨む。

「どうしてさっきは、人前でわたしを怒鳴ったの。とっても恥ずかしかったわ」

「本音を吐くときは、人前も何も関係ない」

そう答えると、理沙代は目をうるませて言った。

「本音を吐くときは、人がいないときにして」

車が、アビタシオン・ノガタに着いたとき、理沙代は一人では下りられなかった。

わたしは、好色そうに笑いかける運転手に札を投げつけ、理沙代を助け下ろした。

ロビーには、幸い人影がなかった。

理沙代は、自力で立とうと努力していた。意識の方は、体ほど酔ってはいないようだ。

エレベーターに乗ると、自分で四階のボタンを押した。壁にもたれ、ハンドバッグを探って、鍵を取り出す。

手を差し出すと、理沙代はちょっとためらったが、無言でそれをよこした。顔色が青ざめ、ときどき苦しそうに眉根を寄せる。

「酔いつぶそうと思ったんでしょう」

げっぷしながら言う。

「否定はしないけど、きみも警戒することはできたはずだ」

理沙代は顔をそむけた。ほつれた髪が、汗でこめかみに張りついている。

鍵をあける間、理沙代は横の壁に頭から、もたれ込んでいた。

短い廊下の奥に、十畳ほどのリビング・ダイニング・キチンがあった。そこの長椅子に理沙代を寝かせ、流しで水を汲んできて飲ませた。

一方の壁一面に、大きなロマン派風の風景画がかけてある。その下に、かなり本格的な、ステレオのコンポーネント。二台のスピーカーの上には、それぞれ極彩色の飾り壺が載っている。

長椅子の背後は、天井まで届きそうな幅広の書棚で、石川淳全集、夢野久作全集、ホフマン全集、アルベール・ベガン著作集などが、きちんと並べられている。

食器棚、テーブル、流し台などの手入れの様子から、神経質なほど几帳面な性格が、うかがわれた。

突然理沙代は体を起こし、食い入るようにわたしを見た。せわしく唾を飲む。

「気持ち悪い」

そう言って、ふらふらと立ち上がる。

わたしは、理沙代の体を支えた。

「バスルームはどこ」

「廊下の、手前」

バスルームへ連れて行く。ドアの前で、理沙代は弱よわしくわたしの腕を、押しもどした。

「あっちへ行ってて」

わたしはかまわず明かりをつけ、マットを洗い場に投げ入れた。その上に、膝をつかせる。

「お願い」

理沙代は、泣き声を出した。

わたしは理沙代の背を左手で支え、右手で胃のあたりを強く押した。理沙代は前かがみになり、勢いよく中身をその場へ吐き出した。

水をたくさん飲ませたあと、無理やり口をこじあけ、指を突っ込んで、もう一度吐かせる。

理沙代を寝室に押し込み、バスルームをきれいにしてから、ようやく長椅子に腰を落ち着けた。しばらく忘れていた打撲傷の痛みが、急にもどってくる。すでに、午前一時に近かった。

たばこを一本吸い、脱いだ上着を取って立ち上がったとき、寝室のドアがあいて理沙代が出て来た。

着替えていなかった。しわだらけになったブラウスの裾が、半分スカートからはみ出したままだ。顔色はまだ悪く、足元も頼りないが、とにかく自分の足で立っていた。

理沙代はわたしを見ずに、バスルームへ行った。

二本めのたばこを吸っていると、タオルを握り締めてもどって来た。目がうるみ、唇が震えている。

「バスルーム、洗ってくださったのね」

「ときどきうちでやってるから、慣れてるんだ」

理沙代はわたしを睨み、タオルを投げつけた。

「ひどい人ね。恥をかかせて」

わたしはタオルを払い落とし、長椅子の上に理沙代を抱き寄せた。理沙代は顔を左右に振って、わたしを避けようとした。しかし辛抱強く追い続けると、とうとう根負けして唇を許した。

歯を磨いたらしく、さわやかな匂いがした。例のとろけそうなほど柔らかい舌が、やさしく押し返してくる。乳房に手を当てると、理沙代は身をよじったが、押しもどそうとはしなかった。

それは、見た目よりもはるかに、豊かな乳房だった。理沙代の体が、わたしの下で震え始めるのが分かる。

わたしは理沙代を抱き上げ、寝室に運んだ。理沙代は額に手の甲を当て、運ばれるままになっていた。かすかに開いた唇から、並びのいい歯がのぞく。

明かりはつけなかった。リビングからの光で、セミダブルのベッドが置いてあるのが、ぼんやりと見える。

理沙代の肌はあくまでも白く、赤ん坊のようにすべすべしていた。体を重ねると、理沙代はあえぎ、おずおずと背中に腕を回してきた。息遣いが激しくなる。

わたしは、乳房に顔を埋めた。舌の上で、乳首がしだいに固くなるのが分かる。思わず、強く体を抱き締めた。こんなに、力を込めて女を抱いたのは、初めてだった。

ふと思い出して言う。

「どうしてこの間、脚にさわらせてくれなかったんだ」

理沙代は大きく息をつき、かすれた声で応じた。

「だって、運転手がいたわ。人がいるときは、やめてほしいの。二人だけのときなら、どんな恥ずかしいことをしてもいいから」

わたしは唇をずらし、それをしようとした。

理沙代の膝は固く、なかなか開かなかった。しかし最後には頭一つ分、力を緩めた。自分の言葉を証明するために、じっと恥ずかしさをこらえていた。

やがてわたしがはいろうとすると、理沙代は体でうめきながら、少しずつせり上がった。わたしを完全に受け入れるまでに、ある時間がかかった。

一度受け入れてしまうと、あとは観念したように、わたしが何をしても許した。ときどき、歯を食い縛って苦痛に耐えていたが、やがて小さく、甘い声を漏らすまでになった。わたしは思う存分、理沙代をいじめた。

まもなくわたしは切羽つまり、正直にそれを告げた。無防備であることに抑制が働き、無意識に腰を引きそうになる。

理沙代はわたしの腰を抱いて、強く引きもどした。上ずった声でささやく。

「いいの。好きなようにして」

わたしは、理沙代の髪の匂いを吸いながら、我を忘れて体を動かし続けた。心臓が破裂しそうになる。次の瞬間わたしはたまらず、したたかに理沙代の中に自分を注ぎ込んだ。思わず声が出た。理沙代の名を、呼んだような気がする。体中の快楽が、全部そこに吸い取られるような、めくるめく一瞬だった。

ほんのわずか遅れて、理沙代が突然恐ろしい力で、しがみついてきた。体の内部から、わたしを激しく締めつけてくるものがある。わたしも、それに応えた。理沙代は胸に歯を立て、背に爪を立てて、身悶《みもだ》えしながら泣き声を上げた。わたしの下で、体がえびのように跳ねる。

わたしたちは一つになったまま、長い間離れられずにいた。

人生を、一晩で体験したような気分だった。

12

日野楽器とは、正式に契約書を取り交わした。

個人経営のＰＲ事務所にとって、それは所長のためにも所員のためにも、必要最低限の保証だった。

出発の前日、ホテル・ジャパンにホセ・ラモスを訪ねた。二日後に、八王子のマンションに移るので、荷物などあらかたまとめられていた。

ラモスは、体調の方はどうやら回復したように見えたが、さすがに元気がなく、眉間《みけん》に深いしわを寄せていた。両手でわたしの手を握り、スペイン行きを引き受けたことに対して、何度も礼を言う。

わたしはラモスから、まずマドリードの工房の住所、電話番号を聞いて、書きとめた。ラモスは、フローラが接触しているＦＲＡＰについては、メンバーも連絡先も知らなかった。

フローラが、力を借りたいと思う人間がいるとすれば、それはだれか。その質問には、すぐに答えが返ってきた。

「グラナダに、わしの姪《めい》がおる。カディスにいたころ、母親のようにフローラの面倒をみてくれた女じゃ」

「名前と住所を、教えてください」

「名前は、エンカルナシオン・カサレス。素人だが、なかなかの歌い手でな。フラメンコの仲間内では、ペルラ・デ・ラ・イスラ（島の真珠）と呼ばれておる」

ラモスはたどたどしい字で、住所を書いてくれた。念のため、カディスに工房を開いていたときの住所も、書いてもらう。

「ここは区画整理で、団地になったという噂も聞いたが、教会はまだ残っとるだろう。日曜ごとに、フローラを連れて行ったもんだった。ちょうどメルカード（市場）の裏手にあってな」

それからラモスは、わたしのスペインにおける三つの仕事について、くどく念を押した。

「お断りしておきますが、何も約束はできませんよ。最大限努力はするけれども、正直なところわたしも、命は惜しい。フローラが、どうしても危ない橋を渡るつもりなら、いくら説得しても無駄でしょう。同じように、パコが心底からフローラに惚れているなら、わたしの手には負えない。せいぜいできることと言えば、例のギターを取りもどすくらいしかない、と思いますよ」

「いや、フローラはあんたの言うことなら、絶対聞く。あれは決して、物分かりの悪い娘ではない。わしには分かっとる」

ラモスは頑固に言い張った。

この頑固さが日野楽器の社長を動かし、さらにわたしをも動かしたのだ。

ラモスの一徹さには、だれも抵抗できないような、不思議な力があった。


九月十九日。

朝刊の外電は、前日スペインの軍事法廷が、一ヵ月前に起きた治安警備隊員殺害事件の容疑者五人に、死刑の判決を言い渡したと報じた。

この審理は、新たに制定されたばかりの、テロリスト取締法に基づいて行なわれたらしく、即決裁判だったようだ。五人の被告は、全員ＦＲＡＰのメンバーで、その中には妊娠中の女性が二人、含まれていた。

さらにその記事によると、今年にはいってＦＲＡＰとＥＴＡの手で暗殺された治安当局者は十三人にのぼり、逆に同じ容疑で死刑を宣告された両グループのメンバーは、十人に達したという。

横から、新聞をのぞき込んでいた大倉幸祐が、心配そうな顔で眼鏡を押し上げた。

「やばいじゃないですか。所長があっちで捕まって、銃殺されちゃったらどうするのかなあ」

「きみが所長になればいいさ」

「よかった、それを聞いて安心しましたよ。ついでに、マンションの権利証も預けて行ってくれると、もっと嬉しいんだけど」

わたしは苦笑したが、急に寒けを感じてすわり直した。

「それはそうと、実は昨日近所の興信所に、ちょっとした調査を依頼しておいたんだがね」

大倉は横目で、わたしを見た。

「何を頼んだんですか。だいたい、無断で大倉探偵事務所をお払い箱にするなんて、ひどいじゃないですか」

「これぱかりは、プロのノウハウが必要な仕事でね。内容はまだ言えないが、とにかくそのレポートが届いたら、金庫にしまって大切に保管しておくんだ。おれが帰国したら、いちばんで渡してくれ」

羽田には、一人で行った。

新井にも、見送りはいらないと言い含めてあった。

空港レストランで食事をすませ、コーヒーを飲んでいると、背の高い、眉の太い色白の男が、通路をやって来るのに気づいた。視線がぶつかったが、男はわたしを見忘れたようだった。

「清水さん」

立って声をかけると、マノロ清水はあらためてわたしを見返し、足を止めた。目に、驚きの色が浮かぶ。

「これはこれは、漆田さん、でしたっけね。どうしたんです、どなたかお見送りですか」

「いや、違います。すわりませんか」

清水は向かいにすわり、ウェートレスにチケットを渡した。洗いざらしのコットンのシャツに、ジーンズという軽快な旅装だった。

そう言えば清水は、九月の半ば過ぎにスペインへ行く、と言っていた。

「これからスペインですか」

「ええ。あんたは」

「わたしも、スペインに行くんです。やぼ用でね」

清水は、眉をぐいと引き上げた。

「へえ、あんたもね。何時の便ですか」

「九時四十五分発の、ＪＡＬ四二三便。ロンドンで、英国航空に乗り継ぐつもりだけど」

「じゃあ、まったく同じだ。奇遇だね、これは」

わたしたちは搭乗券を出し、見せ合った。ジャンボ機なので席は離れているが、確かに同じ便だ。

ビールが来た。わたしももう一本追加し、清水に付き合った。乾杯する。

清水はぶらっとあてもなく、一ヵ月くらいスペインを放浪するつもりだ、と言った。

「うらやましいな、そういう旅ができるなんて」

「あんたこそ、やぼ用でスペインとは、ずいぶんけっこうな身分じゃないですか」

「実は例のサントス探しの一件が、あとを引いてるものだから」

清水は眉をひそめた。

「サントスは、スペインへ行ったのかね」

「いや、そうじゃないけど」

わたしは言いよどんだ。

清水と出会ったことで、一つ思いついたことがあったが、それを切り出す決心がまだつかなかった。

清水はそれ以上聞こうとせず、黙ってビールをあけた。

搭乗案内のアナウンスがあり、わたしたちは腰を上げた。レストランを出る。

ロビーは、相変わらず混雑していた。新婚旅行の見送りらしい一団が、あたりをはばからず万歳を合唱している。新郎は、棒を飲んだように緊張していたが、新婦の方は横を向いて、手袋で口をぱたぱた叩いていた。

税関の入り口にも、人の塊があった。頭のはげた男が、赤いカーペットの上を歩きながら、盛んに手を振っている。政治家らしい、げびた顔つきの男だ。

清水が、あきれたように首を振った。

そのとき、土産物売り場の柱の陰で、白い顔がふっと動いた。どきりとする。

わたしは、清水の腕を軽く叩いた。

「先にはいっててください。買い物を思い出したので」

清水を見送り、土産物売り場へ回る。

那智理沙代は、ショーケースの中のカメラを、眺めるふりをしていた。大きな襟の白いブラウスに、明るいグレイのパンタロン・スーツ。腰に金の鎖を、巻きつけている。

そばへ行くと、理沙代は気配を察して体を起こし、通路の方へ歩き出した。黙ってあとを追う。

公衆電話のとぎれた所で、理沙代は振り向いた。ちょうどパコとフローラが、熱烈なキスを交わしていたあたりだった。

人波を避け、壁際に寄る。髪から、清潔なシャンプーの香りが漂ってきた。

「ひどい人ね。どうして、電話をくれなかったの」

上目遣いになじる。

「口実がなかった」

「口実が必要なの」

「勇気が必要だった」

「言葉の遊びはやめて」

たばこを探ろうとすると、理沙代はその手を押さえた。

「見送りに来いって言えばいいのに」

「言ってほしかったのか」

理沙代は、唇を嚙み締めた。

「言ってほしかったわ」

「出発便は教えたはずだ」

「そんなのずるいわ。わたしに何か、負い目を感じるようなことでもあるの」

わたしは首筋をこすった。

「きみは処女だった」

理沙代はうろたえ、顎の先まで真っ赤になった。唇を震わせて言う。

「こんな所で、何を言うの」

「だれにも聞こえないさ、それが心配なら」

理沙代は、わたしから離れた。

「わたしは、あなたに何も要求しなかったし、するつもりもないわ」

「ほっとするね。きみのことは忘れないよ」

理沙代は、また一歩離れた。心はもっと離れたようだった。目尻から、血が出るかと思った。

「わたしは、悪いくじを引いた、というわけ」

「くじを引いたつもりならね」

理沙代はわたしに背を向け、階段の方へ駆け出した。

わたしは、理沙代の姿が見えなくなったあとも、しばらく階段を見つめていた。

税関を抜けて待合室にはいると、免税品店の方から清水がやって来た。腕に、洋酒らしい包みを、抱えている。

清水はわたしを見て、顎を引いた。

「どうしたんです、女に振られたような顔して」

〈上巻・了〉

|著者| 逢坂 剛　1943年東京都生まれ。中学時代から探偵小説、ハードボイルド小説を書きはじめ、'80年「暗殺者グラナダに死す」でオール讀物推理小説新人賞を受賞。'86〜'87年、ギターとスペイン内戦を扱った本作『カディスの赤い星』で第96回直木賞、第40回日本推理作家協会賞、第5回日本冒険小説協会大賞をトリプル受賞。著書には「近藤重蔵シリーズ」「イベリアシリーズ」(ともに講談社)、「長谷川平蔵シリーズ」(文藝春秋)、映像化されて話題となった「百舌シリーズ」(集英社)など多数。

新装版《しんそうばん》　カディスの赤《あか》い星《ほし》(上)
逢坂《おうさか》 剛《ごう》

2007年2月15日第1刷発行
2023年7月27日第9刷発行

発行者——髙橋明男
発行所——株式会社　講談社
東京都文京区音羽2-12-21　〒112-8001
電話　出版　(03) 5395-3510
　　　販売　(03) 5395-5817
　　　業務　(03) 5395-3615
Printed in Japan

講談社文庫
定価はカバーに
表示してあります

KODANSHA

デザイン—菊地信義
本文データ制作—講談社デジタル製作
印刷———株式会社KPSプロダクツ
製本———株式会社KPSプロダクツ

ISBN978-4-06-275640-2

講談社文庫刊行の辞

二十一世紀の到来を目睫に望みながら、われわれはいま、人類史上かつて例を見ない巨大な転換期をむかえようとしている。

世界も、日本も、激動の予兆に対する期待とおののきを内に蔵して、未知の時代に歩み入ろうとしている。このときにあたり、創業の人野間清治の「ナショナル・エデュケイター」への志を現代に甦らせようと意図して、われわれはここに古今の文芸作品はいうまでもなく、ひろく人文・社会・自然の諸科学から東西の名著を網羅する、新しい綜合文庫の発刊を決意した。

激動の転換期はまた断絶の時代である。われわれは戦後二十五年間の出版文化のありかたへの深い反省をこめて、この断絶の時代にあえて人間的な持続を求めようとする。いたずらに浮薄な商業主義のあだ花を追い求めることなく、長期にわたって良書に生命をあたえようとつとめるところにしか、今後の出版文化の真の繁栄はあり得ないと信じるからである。

同時にわれわれはこの綜合文庫の刊行を通じて、人文・社会・自然の諸科学が、結局人間の学にほかならないことを立証しようと願っている。かつて知識とは、「汝自身を知る」ことにつきていた。現代社会の瑣末な情報の氾濫のなかから、力強い知識の源泉を掘り起し、技術文明のただなかに、生きた人間の姿を復活させること。それこそわれわれの切なる希求である。

われわれは権威に盲従せず、俗流に媚びることなく、渾然一体となって日本の「草の根」をかたちづくる若く新しい世代の人々に、心をこめてこの新しい綜合文庫をおくり届けたい。それは知識の泉であるとともに感受性のふるさとであり、もっとも有機的に組織され、社会に開かれた万人のための大学をめざしている。大方の支援と協力を衷心より切望してやまない。

一九七一年七月

野間省一

岡嶋二人　クラインの壺
岡嶋二人　ダブル・プロット
岡嶋二人　新装版 焦茶色のパステル
岡嶋二人　チョコレートゲーム 新装版
岡嶋二人　そして扉が閉ざされた〈新装版〉
太田蘭三　殺《さつ》・風《ふう》景《けい》〈警視庁北多摩署特捜本部〉
大前研一　企業参謀 正・続
大前研一　やりたいことは全部やれ！
大前研一　考える技術
大沢在昌　野獣駆けろ
大沢在昌　相続人TOMOKO
大沢在昌　ウォームハート コールドボディ
大沢在昌　アルバイト探偵《アイ》
大沢在昌　調毒師を捜せ〈アルバイト探偵《アイ》〉
大沢在昌　女王陛下のアルバイト探偵《アイ》
大沢在昌　不思議の国のアルバイト探偵《アイ》
大沢在昌　拷問遊園地〈アルバイト探偵《アイ》〉
大沢在昌　帰ってきたアルバイト探偵《アイ》
大沢在昌　雪蛍

大沢在昌　夢の島
大沢在昌　新装版 氷の森
大沢在昌　暗黒旅人
大沢在昌　新装版 走らなあかん、夜明けまで
大沢在昌　新装版 涙はふくな、凍るまで
大沢在昌　語りつづけろ、届くまで
大沢在昌　罪深き海辺 (上)(下)
大沢在昌　やぶへび
大沢在昌　海と月の迷路 (上)(下)
大沢在昌　鏡の顔〈傑作ハードボイルド小説集〉
大沢在昌　覆面作家
大沢在昌　ザ・ジョーカー 新装版
大沢在昌　亡命者〈ザ・ジョーカー 新装版〉
大沢在昌／藤田宜永／堂場瞬一／井上夢人／今野敏／月村了衛／東山彰良　激動 東京五輪1964
逢坂剛　十字路に立つ女
逢坂剛　奔流恐るるにたらず〈重蔵始末(八)完結篇〉
逢坂剛　新装版 カディスの赤い星 (上)(下)
オノ・ヨーコ 飯村隆彦 編　ただの私《あたし》
オノ・ヨーコ 南風椎 訳　グレープフルーツ・ジュース

折原一　倒錯の帰結
折原一　倒錯のロンド〈完成版〉
小川洋子　ブラフマンの埋葬
小川洋子　最果てアーケード
小川洋子　琥珀のまたたき
小川洋子　密やかな結晶〈新装版〉
乙川優三郎　霧の橋
乙川優三郎　喜知次
乙川優三郎　蔓の端々
乙川優三郎　夜の小紋
恩田陸　三月は深き紅の淵を
恩田陸　麦の海に沈む果実
恩田陸　黒と茶の幻想 (上)(下)
恩田陸　黄昏の百合の骨
恩田陸　薔薇のなかの蛇
恩田陸　『恐怖の報酬』日記〈酩酊混乱紀行〉
恩田陸　きのうの世界 (上)(下)
恩田陸　七月に流れる花／八月は冷たい城
奥田英朗　新装版 ウランバーナの森

奥田英朗　最悪
奥田英朗　マドンナ
奥田英朗　ガール
奥田英朗　サウスバウンド
奥田英朗　オリンピックの身代金(上)(下)
奥田英朗　ヴァラエティ
奥田英朗　邪魔(上)(下)〈新装版〉
乙武洋匡　五体不満足〈完全版〉
大崎善生　聖《さとし》の青春
大崎善生　将棋の子
小川恭一　江戸の旗本事典〈歴史・時代小説ファン必携〉
奥泉　光　プラトン学園
奥泉　光　シューマンの指
奥泉　光　ビビビ・ビ・バップ
折原みと　制服のころ、君に恋した。
折原みと　時《とき》の輝き
折原みと　幸福のパズル
大城立裕　小説 琉球処分(上)(下)
太田尚樹　満州裏史〈甘粕正彦と岸信介が背負ったもの〉

太田尚樹　世紀の愚行〈太平洋戦争・日米開戦前夜〉
大島真寿実　ふじこさん
大泉康雄　あさま山荘銃撃戦の深層(上)(下)
大山淳子　猫弁〈天才百瀬とやっかいな依頼人たち〉
大山淳子　猫弁と透明人間
大山淳子　猫弁と指輪物語
大山淳子　猫弁と少女探偵
大山淳子　猫弁と魔女裁判
大山淳子　猫弁と星の王子
大山淳子　猫弁と鉄の女
大山淳子　雪猫
大山淳子　イーヨくんの結婚生活
大倉崇裕　小鳥を愛した容疑者
大倉崇裕　蜂に魅《ひ》かれた容疑者〈警視庁いきもの係〉
大倉崇裕　ペンギンを愛した容疑者〈警視庁いきもの係〉
大倉崇裕　クジャクを愛した容疑者〈警視庁いきもの係〉
大倉崇裕　アロワナを愛した容疑者〈警視庁いきもの係〉
大鹿靖明　メルトダウン〈ドキュメント福島第一原発事故〉
荻原　浩　砂の王国(上)(下)

荻原　浩　家族写真
小野正嗣　九年前の祈り
大友信彦　オールブラックスが強い理由〈世界最強チーム勝利のメソッド〉
乙　一　銃とチョコレート
織守《おりがみ》きょうや　霊感検定
織守きょうや　霊感検定〈心霊アイドルの憂鬱〉
織守きょうや　霊感検定〈春にして君を離れ〉
織守きょうや　少女は鳥籠《とりかご》で眠らない
おーなり由子　きれいな色とことば
岡崎琢磨　病弱探偵〈謎は彼女の特効薬〉
小野寺史宜《ふみのり》　その愛の程度
小野寺史宜　近いはずの人
小野寺史宜　それ自体が奇跡
小野寺史宜　縁《ゆかり》
大崎　梢　横濱エトランゼ
太田哲雄　アマゾンの料理人〈世界一の美味しいを探して僕が行き着いた場所〉
小竹正人　空に住む
岡本さとる　駕籠屋《かごや》春秋 新三《しんざ》と太十《たじゅう》
岡本さとる　質屋の娘〈駕籠屋春秋 新三と太十〉

講談社文庫　目録

岡本さとる　雨やどり〈駕籠屋春秋 新三と太十〉
岡崎大五　食べるぞ！世界の地元メシ
荻上直子　川っぺりムコリッタ
海音寺潮五郎　新装版 江戸城大奥列伝
海音寺潮五郎　新装版 孫子(上)(下)
海音寺潮五郎　新装版 赤穂義士
加賀乙彦　新装版 高山右近
加賀乙彦　ザビエルとその弟子
加賀乙彦　殉教者
加賀乙彦　わたしの芭蕉
柏葉幸子　ミラクル・ファミリー
勝目梓　小説家
桂米朝　米朝ばなし〈上方落語地図〉
笠井潔　梟《ふくろう》の巨《おお》なる黄昏《たそがれ》
笠井潔　青銅の悲劇(上)(下)〈瀕死の王〉
笠井潔　転生の魔〈私立探偵飛鳥井の事件簿〉
川田弥一郎　白く長い廊下
神崎京介　女薫の旅 放心とろり
神崎京介　女薫の旅 耽溺《たんでき》まみれ

神崎京介　女薫の旅 秘に触れ
神崎京介　女薫の旅 禁の園へ
神崎京介　女薫の旅 欲の極み
神崎京介　女薫の旅 青い乱れ
神崎京介　女薫の旅 奥に裏に
神崎京介　I LOVE
加納朋子　ガラスの麒麟〈新装版〉
角田光代　まどろむ夜のUFO
角田光代　恋するように旅をして
角田光代　人生ベストテン
角田光代　ロック母
角田光代　彼女のこんだて帖
角田光代　ひそやかな花園
角田光代 石田衣良 ほか　こどものころにみた夢
川端裕人　せちやん〈星を聴く人〉
川端裕人　星と半月の海
片川優子　ジョナさん
神山裕右　カタコンベ
神山裕右　炎の放浪者

加賀まりこ　純情ババアになりました。
門田隆将　甲子園への遺言〈伝説の打撃コーチ高畠導宏の生涯〉
門田隆将　甲子園の奇跡〈斎藤佑樹と早実百年物語〉
門田隆将　神宮の奇跡
鏑木蓮　東京ダモイ
鏑木蓮　屈折光
鏑木蓮　時限
鏑木蓮　真友
鏑木蓮　甘い罠
鏑木蓮　京都西陣シェアハウス〈憎まれ天使・有村志穂〉
鏑木蓮　炎罪
鏑木蓮　疑薬
川上未映子　そら頭はでかいです、世界がすこんと入ります
川上未映子　わたくし率 イン 歯ー、または世界
川上未映子　ヘヴン
川上未映子　すべて真夜中の恋人たち
川上未映子　愛の夢とか
川上弘美　ハヅキさんのこと
川上弘美　晴れたり曇ったり

講談社文庫 目録

川上弘美 大きな鳥にさらわれないよう
海堂 尊 新装版 ブラックペアン1988
海堂 尊 ブレイズメス1990
海堂 尊 スリジエセンター1991
海堂 尊 死因不明社会2018
海堂 尊 極北クレイマー2008
海堂 尊 極北ラプソディ2009
海堂 尊 黄金地球儀2013
門井慶喜 パラドックス実践 雄弁学園の教師たち
門井慶喜 銀河鉄道の父
梶よう子 迷 子 石
梶よう子 ふ く ろ う
梶よう子 ヨ イ 豊《とよ》
梶よう子 立身《りっしん》いたしたく候《そうろう》
梶よう子 北斎まんだら
川瀬七緒 よろずのことに気をつけよ
川瀬七緒 法医昆虫学捜査官
川瀬七緒 シンクロニシティ〈法医昆虫学捜査官〉
川瀬七緒 水《みな》底《ぞこ》の棘《とげ》〈法医昆虫学捜査官〉

川瀬七緒 メビウスの守護者〈法医昆虫学捜査官〉
川瀬七緒 潮騒のアニマ〈法医昆虫学捜査官〉
川瀬七緒 紅のアンデッド〈法医昆虫学捜査官〉
川瀬七緒 スワロウテイルの消失点〈法医昆虫学捜査官〉
川瀬七緒 フォークロアの鍵
川瀬七緒 ヴィンテージガール〈仕立屋探偵 桐ヶ谷京介〉
風野真知雄 隠密 味見方同心(一)〈くじらの姿焼き騒動〉
風野真知雄 隠密 味見方同心(二)〈干し卵不思議味〉
風野真知雄 隠密 味見方同心(三)〈幸せの小福餅〉
風野真知雄 隠密 味見方同心(四)〈恐怖の流しそうめん〉
風野真知雄 隠密 味見方同心(五)〈フグの毒鍋〉
風野真知雄 隠密 味見方同心(六)〈鵺《ぬえ》の闇鍋〉
風野真知雄 隠密 味見方同心(七)〈絵巻寿司〉
風野真知雄 隠密 味見方同心(八)〈ふふふの魅〉
風野真知雄 隠密 味見方同心(九)〈殿さま漬け〉
風野真知雄 潜入 味見方同心(一)〈恋のぬるぬる膳〉
風野真知雄 潜入 味見方同心(二)〈陰膳だらけの宴《うたげ》〉
風野真知雄 潜入 味見方同心(三)〈五右衛門の鍋〉
風野真知雄 潜入 味見方同心(四)〈謎の伊賀忍者料理〉

風野真知雄 潜入 味見方同心(五)〈牛の活きづくり〉
風野真知雄 潜入 味見方同心(六)〈肉欲もりもり不精進《ふしょうじん》料理〉
風野真知雄 昭和探偵1
風野真知雄 昭和探偵2
風野真知雄 昭和探偵3
風野真知雄 昭和探偵4
風野真知雄 岡本さとる ほか 五分後にホロリと江戸人情
カレー沢 薫 負ける技術
カレー沢 薫 もっと負ける技術〈カレー沢薫の日常と退廃〉
カレー沢 薫 非リア王
加藤千恵 この場所であなたの名前を呼んだ
神楽坂 淳 うちの旦那が甘ちゃんで
神楽坂 淳 うちの旦那が甘ちゃんで2
神楽坂 淳 うちの旦那が甘ちゃんで3
神楽坂 淳 うちの旦那が甘ちゃんで4
神楽坂 淳 うちの旦那が甘ちゃんで5
神楽坂 淳 うちの旦那が甘ちゃんで6
神楽坂 淳 うちの旦那が甘ちゃんで7
神楽坂 淳 うちの旦那が甘ちゃんで8

神楽坂 淳　うちの旦那が甘ちゃんで 9
神楽坂 淳　うちの旦那が甘ちゃんで 10
神楽坂 淳　うちの旦那が甘ちゃんで〈鼠小僧次郎吉編〉
神楽坂 淳　うちの旦那が甘ちゃんで〈寿司屋台編〉
神楽坂 淳　うちの旦那が甘ちゃんで〈飴どろぼう編〉
神楽坂 淳　帰蝶さまがヤバい 1
神楽坂 淳　帰蝶さまがヤバい 2
神楽坂 淳　ありんす国の料理人 1
神楽坂 淳　あやかし長屋〈嫁は猫又〉
神楽坂 淳　妖怪犯科帳〈あやかし長屋2〉
加藤元浩　捕まえたもん勝ち！〈七夕菊乃の捜査報告書〉
加藤元浩　量子人間《クオンタムマン》からの手紙〈捕まえたもん勝ち！〉
加藤元浩　奇科学島の記憶〈捕まえたもん勝ち！〉
梶永正史　銃の啼《な》き声〈潔癖刑事・田島慎吾〉
梶永正史　潔癖刑事　仮面の哄笑《こうしょう》
川内有緒　晴れたら空に骨まいて
柏井 壽《ひさし》　月岡サヨの小鍋茶屋〈京都四条〉
神永 学　悪魔と呼ばれた男
神永 学　悪魔を殺した男

神永 学　青の呪い〈心霊探偵八雲〉
神津凛子　スイート・マイホーム
神津凛子　ママ
加茂隆康　密告の件、Mへ
岸本英夫　死を見つめる心〈ガンとたたかった十年間〉
北方謙三　試みの地平線〈伝説復活編〉
北方謙三　抱影
菊地秀行　魔界医師メフィスト〈怪屋敷〉
桐野夏生　新装版 顔に降りかかる雨
桐野夏生　新装版 天使に見捨てられた夜
桐野夏生　新装版 ローズガーデン
桐野夏生　OUT (上)(下)
桐野夏生　ダーク (上)(下)
桐野夏生　猿の見る夢
京極夏彦　文庫版 姑獲鳥《うぶめ》の夏
京極夏彦　文庫版 魍魎《もうりょう》の匣《はこ》
京極夏彦　文庫版 狂骨《きょうこつ》の夢《ゆめ》
京極夏彦　文庫版 鉄鼠《てっそ》の檻《おり》
京極夏彦　文庫版 絡新婦《じょろうぐも》の理《ことわり》

京極夏彦　文庫版 塗仏《ぬりぼとけ》の宴《うたげ》—宴の支度
京極夏彦　文庫版 塗仏の宴—宴の始末
京極夏彦　文庫版 百鬼夜行—陰
京極夏彦　文庫版 百器徒然袋—雨
京極夏彦　文庫版 百器徒然袋—風
京極夏彦　文庫版 今昔続百鬼—雲
京極夏彦　文庫版 陰摩羅鬼《おんもらき》の瑕《きず》
京極夏彦　文庫版 邪魅《じゃみ》の雫
京極夏彦　文庫版 今昔百鬼拾遺—月
京極夏彦　文庫版 死ねばいいのに
京極夏彦　文庫版 ルー=ガルー〈忌避すべき狼〉
京極夏彦　文庫版 ルー=ガルー2〈インクブス×スクブス 相容れぬ夢魔〉
京極夏彦　文庫版 地獄の楽しみ方
京極夏彦　分冊文庫版 姑獲鳥《うぶめ》の夏 (上)(下)
京極夏彦　分冊文庫版 魍魎《もうりょう》の匣《はこ》 (上)(中)(下)
京極夏彦　分冊文庫版 狂骨《きょうこつ》の夢《ゆめ》 (上)(中)(下)
京極夏彦　分冊文庫版 鉄鼠《てっそ》の檻《おり》 全四巻
京極夏彦　分冊文庫版 絡新婦《じょろうぐも》の理《ことわり》 全四巻
京極夏彦　分冊文庫版 塗仏《ぬりぼとけ》の宴《うたげ》 宴の支度《したく》 (上)(中)(下)

2023年6月15日現在